스탠더드맨

스탠더드맨

이상욱 소설

교유서가

차례

결합과 분리, 대칭과 비대칭이 만드는 우주의 원리 007

아직은 무제無題 037

스탠더드맨 067

빙하의 꿈 121

루시드 드림 151

러다이트 어게인 179

대면 209

협곡에 사는 새 237

이타카를 위하여 271

작가의 말 301

결합과 분리, 대칭과 비대칭이 만드는
우주의 원리

1990년의 수원터미널을 기억한다. 그 시절 수원터미널 주변은 재래시장이었다. 콘크리트로 포장한 조잡한 도로 위엔 과자와 번데기 따위를 파는 좌판이 늘어서 있었고, 맞은편 건물엔 전자오락실과 국밥집, 오래된 동시상영관이 자리했다. 어른들은 걸어다니며 태연하게 담배를 피웠으며, 다리에 고무를 댄 남자가 구슬픈 음악을 틀어놓고 늙은 개처럼 엎드려 기었다. 터미널에서 나와 시장을 지나치면 집창촌이 나왔다. 길 따라 늘어선 유리문 안쪽이 커튼에 가려져 있었다. 그게 집창촌인 줄 몰랐던 나는 여동생 손을 잡고 그 길을 태연히 걸었다. 시내버스 정류장까지는 그 길이 제일 빨랐다. 수원은 외가이자 엄마가 옷가게를 운영하는 곳이었다. 중년여성이 주 고객층인, 동네에서 흔히 볼 수 있는 그런 가게였다. 당시 엄마는

30대 중반이었다. 여동생은 엄마를 만나러 간다는 사실에 싱글벙글 웃으며 쉬지 않고 조잘거렸다.

부모가 이혼한 뒤, 우리는 조부모 집에서 살았고 격주에 한 번 엄마를 만나러 수원으로 갔다. 서정리에서 출발해 도착까지 한 시간 반. 그 기억이 지금도 생생하다. 터미널에서 샀던 버스표부터, 버스에서 바라보던 풍경, 동생이 입었던 옷과 보도블록 무늬까지 하나하나 세세하게, 주머니 속에서 짤랑거리는 동전처럼 지금도 꺼내고자 하면 언제든 꺼낼 수 있다. 왜 그렇게까지 자세하게 기억하냐고 묻는다면 대답은 간단하다. 그 여정 끝에 엄마가 있었기 때문이다.

1990년 겨울, 나는 열한 살 동생은 여덟 살이었다.

*

문이 열리고 닥터가 들어왔다. 훤칠한 키에 하얀 가운, 말끔하게 다듬은 수염과 검은색 뿔테안경, 곧게 뻗은 눈썹과 갈색 머리칼. 개성보다는 익숙함이 강조된 디자인이었다. 닥터는 내가 누워 있는 침대 옆에 앉아, 다정한 목소리로 몸은 좀 어떠냐고 물었다. 나는 괜찮다고 말했다. 닥터가 다행이라며 웃었다. 멋진 미소였다. 그래서 진짜 인간처럼 보였다. 불과 20년 전만 해도 안드로이드와 인간은 어렵지 않게 구별할 수 있었다. 구별의 핵심은 외형이 아니었다. 물론 안드로이드는 외형적으로 인간보다 우월했다. 하지만 인간은 '아름다움'을 '인간다움'의 증거라고 믿는 한심한 종족이었다. 문제는 안드로이드의 합리성이었다. 안드로이드는 무의미한 행동을 하지 않았다. 심심하다고 다리를 떨거나 길에 침을 뱉지 않았다. 행인을 기분 나쁜 눈초리로 쳐다보거나 술에 취해 고함을 지르지도 않았다. 안드로이드는 일정한 톤으로 어법에 맞는 문장을 구사했고, 누군가 고의로 다리를 걸어 넘어뜨려도 툭툭 털고 일어나 가던 길을 묵묵히 걸었다. 하지만 눈앞에 있는 닥터는 아니다. 눈이 나쁠 리 없음에도 안경을 썼고 주기적으로 손가락을 이용해 안경을 추켜올렸다. 곤란한 내용을 말해야 할 때는 눈동자를 불안정하게 움직이며 입술을 깨물기도 했다. 바로 지금처럼.

전이가 심해요. 늦으면 늦을수록 위험해질 거예요.

항암을 받겠다고 했잖나.

아흔이 넘은 연세에 항암은 너무 위험해요. 관련 기술은 이미 30년 전에 멈춰버렸어요. 이식받으면 훨씬 쉽게 치료할 수 있는데 고집 피우시는 이유를 모르겠네요.

때가 되면 죽어야지. 무한한 시간에 무슨 가치가 있나.

꼭 육체를 다 교체하실 필요는 없어요. 전이된 장기만 이식하셔도 충분해요. 체세포를 이용하니까 부작용도 없고요.

나는 고개를 저었다.

그놈의 체세포기술 때문에 다른 의료기술이 전부 쓸모없어졌어. 처음엔 그저 하나의 장기를 교체할 뿐이지. 그건 10대 시절의 싱싱한 장기란 말이야. 치료는 물론이고 몸 전반이 덩달아 좋아져. 그걸 경험하면 욕심이 날 수밖에 없어. 통증이 없는, 활력 넘치던 시절이 그리워지는 거야. 나는 그렇게 육신을 갈아타는 녀석을 수없이 봐왔어. 닥터, 나는 내 욕망을 과소평가하지 않아. 한 번이라도 이식을 받게 되면 나는 나 자신을 잃어버리고 말 거야.

닥터가 고개를 저었다.

저는 메디컬 AI입니다. 질병을 고치고 사람을 살리는 게 저의 소명이지요. 자신이 가진 가능성을 포기하는 선생님의 모습은, 솔직히 제 이해 범위 밖이에요.

금이 모래보다 비싼 이유가 뭔지 알고 있나?

제 눈에는 모래나 금이나 똑같은 무기물 덩어리에 불과해요.

어쨌든 나는 내 인생을 싸구려로 취급하고 싶지 않아. 그냥 그런 거야.

닥터는 턱수염을 매만지며 입을 다물었다. AI가 나를 설득하지 못한 것처럼, 나 역시 AI를 설득하지 못했다. 내 말은 거짓이 아니었지만, 모든 걸 설명하기에는 부족한 것도 사실이었다. 어쩌면 나는, 죽음을 받아들일 수 있는 존재라는 걸 과시하며 우월감을 느끼려는 건 아닐까.

제가 선생님을 이해할 수 있는 날이 찾아올까요?

닥터가 내 눈을 빤히 바라보며 물었다.

그 질문은 조금 무서운데.

우리는 가볍게 웃었다.

닥터는 원격으로 생명유지장치에 접속했다. 내 몸을 분석한 뒤, 적정량의 마약성진통제를 투여했다. 통증이 사라지고 어지러운 평화가 찾아왔다.

부탁한 건 어떻게 되었나?

1990년 수원 말이군요. 정보를 수집하고 있어요. 하지만 관련 기억을 가진 사람이 적어서 시간이 더 필요해요.

모집단이 얼마나 되는데?

4893명이에요. 왜곡 반경이 넓어서 신뢰도가 30퍼센트를 넘지 못하고 있어요.

재현은?

단순 재현이라면 물론 가능해요. 하지만 이 정도 수치로는 현실감이 없을 거예요. 신뢰도 40퍼센트 이하를 재현하는 건 꿈을 꾸는 것과 비슷해요. 신뢰도 30퍼센트 미만은 말할 것도 없지요. 인지가 따라가지 못할 겁니다.

자네 말은 이해했어. 하지만 닥터, 내게는 시간이 얼마 없어.

닥터의 손이 내 손등을 덮었다. 부드럽고 따뜻했다.

내일까지 준비해볼게요. 그때까지 편히 쉬세요.

닥터는 주머니에 손을 넣고 병실에서 나갔다. 환기와 생명유지장치 소음이 파리처럼 주변을 맴돌았다. 나른했다. 어깨에 힘을 빼고 베개에 머리를 깊이 묻었다. 눈꺼풀이 무거웠다. 하지만 좀처럼 잠이 오지 않았다.

동생의 이름은 이나윤이다. 1983년 여름에 태어났다. 그날, 엄마는 산부인과 병원 작은 방에 누워 고통에 몸부림쳤다. 간호사가 들어와 엄마의 속옷을 벗기고 엉덩이에 주사를 놨다. 속옷이 양수에 흠뻑 젖어 있었는데, 어린 나는 그게 피인 줄만 알고 두려움에 떨었다. 고통에 신음하는 엄마와 기계적으로 오가는 간호사. 나는 그사이 어딘가에 있었다. 동생이 생긴다는 인식보다는, 알 수 없는 끔찍한 일이 엄마에게, 아니 우리에게 벌어진다고 생각했다. 나는 숨을 죽이고 엄마가 누워 있는 방으로 들어갔다. 엄마는 나의 존재를 알아채지 못했다. 망설이다가 엄마 어깨에 조심스럽게 손을 올렸다. 많이 아프냐고 묻자 엄마가 나를 지친 눈으로 바라봤다. 덜컥 겁이 났다. 울고 싶었는데 눈물이 나오지 않았다. 아버지는 기억 속에 존재하지 않았다. 실제로 어땠는지는 알 수 없다. 다만 작은 방에서 아랫도리를 벗고 고통스러워하던 엄마와 그 손을 잡고 두려움에 떨던 나. 그렇게 세상에 둘만 남겨진 듯한 공포가, 나윤이가 세상에 나오던 날 내게 남겨진 기억이었다.

Memory-Suwon-1990-897772-007
나는 정보수집기에 적힌 숫자를 소리 없이 외워봤다. 닥터가 다가와 바이털이 호전되었다며, 뭐 좋은 거 드셨냐고 실없는 농담을 던졌다. 아침에 죽 한 그릇 먹은 게 다라는 걸 닥터가 모를 리 없다. 기분이 나쁘지 않은 건 닥터의 따뜻한 표정과 목소리 때문이었다.

간단히 설명할게요. 우선 선생님 뇌를 스캔해서 더미를 만들 거예요. 그 뒤에 더미와 정보수집기를 동기화시키고, 다시 더미를 선생님 뇌와 동기화할 겁니다. 트라우마 상황이 발생하면 직접적인 타격은 더미가 받게 됩니다. 더미와 선생님의 동기화는 즉각적으로 끊어지고요.

인터벌이 발생할 텐데.

제가 이 순간 몇 명의 환자를 진료하고 있는지 아세요? 인간과는 '즉각'의 개념 자체가 다르니 걱정하실 필요 없어요.

닥터가 자신의 관자놀이를 손가락으로 두드리며 말했다. 나는 알겠노라 대답했다. 실제로 내가 닥터라 부르는 존재는 눈앞에 안드로이드가 아닌, 대량의 의료 지식과 환자 케이스를 습득한 인공지능의 이름이다. 윤리적인 면까지 포함해서, 인간은 이미 AI에게 모든 분야를 추월당했다. 인류는 이 레이스를 두 번 다시 되돌릴 수 없을 것이다.

그래서 몇 명을 진료하고 있지?

선생님 빼고 8452명이요.

생각보다 적군.

이론적으로 저는 모든 인류를 동시에 진료할 수 있어요. 하지만 제 환자가 되려면 돈이 필요하죠. 그렇지 않아도 요즘 환자가 줄어들어서 걱정이에요.

그게 왜 걱정이지?

양극화가 심해지고 있다는 증거니까요.

AI가 걱정할 정도인가.

실제 데이터를 보면 절망하실 겁니다.

절망을 입에 담는 AI라니. 나는 묻고 싶었다, 네가 인식하는 절망의 크기가 얼마나 되느냐고.

정보수집기에서 'complete' 표시가 떴다. 다음은 닥터가 설명했던 순서대로 진행되었다. 공간 진입을 앞에 두고 닥터가 주의사항을 일러주었다. 특히 트라우마에 대해 세심하게 설명했다.

인간 대부분이 자신을 잘 안다고 믿어요. 하지만 그건 환상에 불과해요. '진짜 나'와 '인식하는 나' 사이에는 깊고 넓은 협곡이 존재하죠. 그러니 명심하세요, 자신까지 포함해 그곳에 있는 모든 이가 타인이라는 걸.

자신을 포함한 모든 이가 타인이다.

내 말에 닥터가 고개를 끄덕였다.

다이브가 시작되었다. 눈앞에 펼쳐진 건 좁은 터널이었다. 아래로 향하는 압력이 내가 추락하고 있음을 알려주었다. 소실점 끝에 머물던 작은 백색의 점이 순식간에 달려들어 나를 삼켰다. 점도 높은 액체 속에 빠진 듯한 저항감이 느껴졌다. 저항에도 불구하고 몸은 확실하게 아래로 가라앉았다. 밑에서 검은 점이 보였다. 더 내려가자 점은 선이 되었다. X, Y, Z축에서 헤아릴 수 없을 만큼 많은 수의 선이 나타났다. 선이 교차해 면이 되었고, 면은 다시 입체적인 형태로 변모했다. 그 과정이 빠르면서도 느렸다. 이 모순은 나를 혼란스럽게 했다. 나는 추락하면서 상승했고, 전진하면서 후퇴했다. 시야가 갑자기 암흑 속에 잠겼다. 이어서 청각을 비롯한 다른 감각도 사라졌다. 폐쇄감이 몸을 옥죄었다. 고통에 몸부림치다, 이내 의식을 잃고 거대한 공허 속으로 빨려들어갔다.

눈을 떴을 때 나는 바닥에 누워 있었다. 하얀 하늘이 보였고 등이 축축했다. 내리던 비가 방금 그친 듯했다. 사람들은 대로 한복판에 누워 있는 나에게 시선을 주지 않았다. 당연하다. 이들은 데이터에 불과하니까. 닥터는 나의 뇌를 더미와 동기화시킨다고 말했다. 이 경험은 더미의 것이고, 동기화를 통해 내게 전송되는 것에 불과하다면, 지금의 나는 진짜 내가 아니라 할 수 있겠다. 나는 잠시 눈을 감고 젖은 손으로 얼굴을 문질렀다. 복잡하게 생각할 거 없다. 나를 포함한 모든 이가 타인이다. 진실이 무엇이든, 이것은 나의 기억이 될 것이다.

동기화가 처음이어서 그런지 일어선다는 이미지가 제대로 떠오르지 않았다. 나는 시간을 두고 천천히 몸을 일으켰다. 조금 어지러웠다. 벽에 손을 짚고 주변을 둘러봤다. 수원터미널은 내 기억과 비슷했지만, 디테일에서 많은 부분이 달랐다. 극장이 있던 위치는 같았지만, 규모는 내 기억보다 작았다. 오락실 앞에 있던 건 펀치가 아닌 두더지였고, 내가 기억하던 사람들의 옷차림은 사실 2천 년대 초반에 유행하던 것들이었다. 기억은 위태롭게 쌓여 있는 접시를 닮았다. 중심이 조금만 무너져도 바닥에 쏟아져 산산이 깨져버리고 만다. 내 삶의 연속성이 이토록 허술한 기반 위에 있다는 사실이 실망스러웠다.

어느 정도 어지럼이 가신 뒤 터미널 화장실로 가 세수를 했다. 거울 속에서 삐쩍 마른 늙은이가 흐릿한 눈동자로 나를 바라보고 있었다. 그 시선을 피해 소매로 얼굴을 문지르며 터미널을 빠져나왔다. 건물 난간에 앉아 정면을 바라봤다. 버스가 들어오고 나가는 길에 사람들의 동선이 얽혀들었다. 주변이 온통 발에 밟힌 개미처럼 혼잡스러웠다. 나는 오른손 엄지로 왼손을 쓸어내렸다. 기분 나쁜 얼룩을 지우려는 듯, 집요하고 반복적으로.

잠시 후 열한 살 나와 여덟 살 동생이 시외버스에서 내렸다. 자리에서 일어나 아이들을 뒤따라갔다. 두 아이가 쉴새없이 이야기를 주고받았다. 터미널에서 시내버스 정거장까지 가는 길은 완만한 경사로였다. 그 길 좌우에 집창촌이 늘어서 있었고, 경사로는 큰길과 T자로 면해 있었다. 거리가 멀지 않아 어린애 발걸음으로도 5분이 채 걸리지 않았다. 나는 아이들과 5미터 정도 거리를 두었다. 주변 풍경이 형광등처럼 깜빡였다. 공간의 결손. 닥터가 말했던 데이터 부족으로 인한 현상이었다. 결손을 메우지 못한 공간이 반복된 탓에 길이 계속 이어졌다. 컨베이어벨트를 거스르는 듯했다. 나는 인내심을 갖고 걸었다. 기억이 잘못되지 않았다면, 나는 잠시 후 이 길 위에서 동생을 잃어버릴 것이다. 이 짧은 거리에서 어떻게 동생을 잃어버릴 수 있었을까. 그것은 오래된 의문이다. 나란히 걷던 동생이 조금씩 투명해지다가 이내 사라졌다. 내 무의식 속에 남아 있는 이 사건에 대한 인식이다. 진짜가 아니라는 걸 아는데도 등에 식은땀이 흘렀다. 어린 나는 고개를 숙이고 땅을 보며 계속 발걸음을 옮겼다. 동생이 사라진 걸 눈치채지 못한 듯 보였다. 제삼자 입장이 되어보니 더더욱 이상했다. 어쩜 저렇게 무신경했을까. 얼마쯤 걷던 어린 내가 고개를 들고 주변을 둘러봤다. 얼굴에 당혹감이 스쳤다. 어린 나는 왔던 길을 되짚으며 나윤이의 이름을 소리쳐 불렀다. 터미널로 달려가 매표소 앞 대기실로 들어갔다. 동생은 보이지 않았다. 불안과 두려움이 아이를 빠르게 잠식했다. 어린 나는 울먹였다. 하지만 달리 뾰족한 수가 없었다. 어린 내가 주변 골목을 하나하나 살폈다. 아이를 따라가다보니 당시 느꼈던 불안의 정체가 선명하게 다가왔다. 영원히 동생을 볼 수 없을지도 모른다는 공포, 분노할 아버지와 당황할 엄마, 나를 향해 쏟아질 정체를 알 수 없는 눈빛들까지. 숨이 막혔다.

나윤이를 찾은 건 터미널 인근 공사 현장에서였다. 골조만 올라간 건물이 죽은 나무처럼 황량했다. 건축 자재로 어수선

한 공사 현장 한복판에 드럼통이 놓여 있었다. 그 안에서 폐목재가 타고 있었다. 불꽃이 혀를 날름거릴 때마다 하얀 재가 휘날렸다. 동생이 나를 등지고 우두커니 불꽃을 바라보고 있었다. 나는 동생의 이름을 부르며 공사장 안으로 들어갔다. 하늘도, 건물도, 바닥도 온통 회색이었다.

여기서 뭐해, 한참 찾았잖아.

아빠가…… 아빠랑 살지 엄마랑 살지 정하래.

동생이 시무룩한 목소리로 말했다. 침묵이 이어졌다. 드럼통 안에서 폐목재가 타닥타닥 소리를 내며 타올랐다. 나는 어느새 열한 살의 내가 되어 동생의 뒷모습을 바라보고 있었다. 목덜미까지 내려온 단발머리와 빨간 점퍼를 바라보며, 동생이 던진 질문에 대해 생각했다.

그래서 뭐라고 대답했어?

대답 못 했어.

이건 진실이 아니다. 내 기억에 아버지는 나와 동생을 함께 두고 이 질문을 던졌다. 아버지는 TV에 시선을 고정한 채 우리에게 물었다. 누구랑 살고 싶으냐고. 아버지는 대답을 기다리는 게 아니었다. 처음부터 선택권은 아버지에게 있었고 결정은 이미 끝난 뒤였다. 그것은 통보이자 협박이었다. 동생은 왜 내가 아무것도 모르는 것처럼 질문하는 걸까.

아빠가 오빠한테도 물어봤어?

그렇다고 대답했다.

오빠는 뭐라고 했어? 오빠는 누구랑 살고 싶어? 나는 누구랑 살아야 해?

너는 누구랑 살고 싶은데?

동생의 어깨가 움츠러들었다. 동생의 윤곽이 또 한번 투명해졌다. 동생이 입을 뻐끔거렸다. 하지만 노이즈 간섭으로 알아듣기 힘들었다. 내가 뻗은 손이 닿기도 전에 동생은 형광등처럼 깜박이다 TV 전원 꺼지듯 사라졌다. 나는 동생이 있던 공간을 무심히 바라봤다.

눈을 떴을 때, 나는 병실에 혼자 누워 있었다. 창밖은 어두웠고 병실은 평소보다 넓게 느껴졌다. 시간이 얼마나 흐른 걸까. 손으로 뺨을 만져봤다. 수염이 거칠었다. 멀지 않은 곳에서 나무 타는 소리가 들려왔다. 닥터는 말했다. 감각의 잔상이 한동안 이어질 거라고. 동기화 감수성이 높은 사람의 경우 며칠 동안 환청과 환각에 시달린 사례도 있다고 했다.

몸을 일으키고 싶었다. 밖으로 나가 찬바람을 맞으며 조금 걷고 싶었다. 가을이라는 계절의 향기를 맡으며 붉게 물든 나뭇잎과 사그라드는 생명의 울음을 듣고 싶었다. 나는 팔에 붙은 모르핀 패치를 살펴봤다. 42퍼센트. 대략 5시간 정도 사용할 수 있는 용량이었다. 분당 투여량을 1.5배로 높였다. 통증이 사라지면서 체력이 회복되는 게 느껴졌다. 엄밀히 말하면 미래의 시간을 빌려오는 행위였다. 아쉽진 않았다. 어차피 죽음을 기다리는 하루가 줄어들 뿐이다. 나는 침대에서 내려왔다. 복도는 조용했다. 젊을 때 맡았던 병원 특유의 냄새나 비극의 징조는 어디에도 없었다. 장기를 반복적으로 교체할 수 있게 된 뒤로, 사람들은 더이상 병원에서 죽지 않았다. 죽음은 갑작스러운 사고를 당하거나 장기를 교체할 수 없는 가난한 이들에게만 찾아왔다.

밖으로 나오자 서늘한 바람이 얼굴에 닿았다. 진통제 덕에 지난번 외출만큼 고통스럽지 않았다. 주차장을 가로질러 파쇄석 깔린 길을 걸었다. 바람이 불 때마다 바싹 마른 잎사귀들이 눈처럼 쏟아졌다. 걸음마다 낙엽이 바스락 부서졌다. 적막한 주황색 가로등 사이에서 아카시아향이 났다. 이것은 시간과 공간을 잃어버린 기억이다. 아카시아향은 버려진 인형처럼 어둡고 축축한 틈새에 놓여 있다가, 아주 가끔 이렇게 희미한 빛을 내뿜는다. 언제 어디에서 이 향은 내 속에 새겨진 걸까. 기억나지 않았다. 향은 오래가지 못하고 이내 다시 깊은 잠에 빠져들었다.

동생은 3년 전에 죽었다. 백화점에서 딸을 기다리며 커피를 마시다, 반자유연합세력에게 총격을 당했다. 흉부 관통상이 직접적인 사인이라고 닥터는 말했다. 동생의 나이 여든여섯이었다. 동생은 아들 하나에 딸 둘을 두었다. 딸 둘은 장례식 내내 울었고 아들은 술에 취해 복수하겠다고 말했다. 나는 취한 조카의 어깨를 감쌌다. 조카는 내 품에서 피 같은 울음을 토해

냈다.

동생 마지막 가는 길을 가족과 교인들이 함께했다. 모두가 목사를 따라 찬송하고 기도했다. 무신론자인 나에게는 모든 게 어색했다. 찬송도, 기도도, 저들의 신이 약속한 천국과 지옥도, 그저 그랬다. 입관 전 가족들만 모여 '마지막 인사'라는 걸 했다. 동생은 단정한 옷차림에 화장까지 한 상태였다. 동생의 얼굴에서 할머니가 보였다. 아버지가 할머니를 닮고, 동생이 아버지를 닮은 탓이다. 나는 어머니를 닮아, 내 딸도 나의 어머니를 닮았다. 그런 이유로 동생과 나는 또 닮았다. 혈육이라는 게 굳이 이렇게 닮을 필요가 있을까 싶었다.

그만 들어가시죠, 바람이 너무 차가워요.

뒤돌아보니 닥터가 서 있었다.

얼어죽을 정도는 아니야.

유한한 삶이니까 아끼셔야죠.

같이 걸을 거면 따라오고, 잔소리만 할 거면 돌아가게.

나는 다시 걸음을 옮겼다. 닥터가 머리를 긁적이며 내 옆에서 보조를 맞췄다. 바람이 잦아들면서 정적이 커졌다. 정적을 견디지 못한 내가 먼저 입을 열었다.

내 동생을 기억하나?

예, 총상을 입고 돌아가셨죠.

죽음 이전에는?

건강하셨어요. 기본적으로 활달한 성격이고 아이들도 사랑했지요. 하지만 자녀를 독립시킨 뒤에는 무척 상심하셨어요. 특히 막내를 결혼시킨 뒤에 더 그랬죠. 그래서 더 종교에 심취했고요. 하루는 동생분이 치아우식증 때문에 치과 진료를 받으러 온 적이 있었어요. 체어에 앉아 있다가 갑자기 묻더군요. 신이 존재하냐고, 죽고 난 다음 세계가 정말 있는 거냐고. 뭐라고 대답해야 할지 몰라 잠시 고민했던 게 기억나네요.

나는 걸음을 멈추고 닥터를 바라봤다.

동생이 신을 의심했다고?

정신이 건강하다는 증거죠. 한 개인이 스스로 선택한 진리에 의구심을 갖는 건 변화에 적응하는 과정이기도 하거든요. 인간은 의심을 통해 새로운 세계를 창조하지만, 기존의 믿음을 강화하기도 해요. 맹목은 객관적 현실과 자아를 괴리시켜요. 편집증이나 강박증을 불러오고 정도가 심해지면 자신을 파괴하지요. 재미있지 않나요? 믿음이 의심을 필요로 한다는 게.

믿음이 의심을 필요로 한다니, 생각해본 적 없는 주제였다.

왜 나는 동생의 의심을 한번도 눈치채지 못했을까.

선생님은 그때 러시아에 계셨어요.

닥터가 손목시계를 확인하며, 그만 돌아가자고 말했다.

패치도 갈아야 하고, 여기서 쓰러지시면 야근해야 하거든요. 저는 추가 수당도 안 나오는데.

자네는 농담에 소질이 없군.

닥터가 웃었다. 나는 병실로 돌아가 수면제를 투여받았다. 뇌가 걸쭉하게 녹아버리는 것 같았다. 눈앞에 작은 불꽃이 아른거렸다. 동생의 시신을 태우던 불꽃이다. 그날 나는 불꽃으로부터 멀찍이 물러섰다. 도망치고 싶었으나, 알 수 없는 힘이 나를 붙잡아 그러지 못했다. 그때는 그 힘의 정체를 알지 못했다. 하지만 지금은 안다. 그것은 사라져가는 나였다. 동생의 육신 속에 담겨 있던 나의 일부가 나를 향해 던지는 조소였다.

동생은 두 번 가출했다. 처음은 중학교 때였다. 훗날, 동생은 그 시절을 이렇게 회상했다. 포기하니까 너무 편했다고. 뭘 포기했냐고 묻자 '전부'라고 대답했다. 그 시절 동생은 천덕꾸러기 취급을 받았다. 아버지와 새어머니 그리고 나를 포함해, 가족 중 누구도 동생에게 관심을 주지 않았다. 동생은 작은 방에 틀어박혀 마음에 생긴 상처를 홀로 보듬었다. 나이를 어느 정도 먹은 뒤에는 그 시절을 떠올릴 때마다 죄책감을 느꼈다. 나 역시 어렸다고 변명했지만, 변명으로 그 시간을 설명하는 건 비겁한 일이었다.

두번째는 스물여덟 살 때였다. 동생은 호주로 떠나 서른이 되어 돌아왔다. 2년 동안 호주에서 뭘 했는지 동생은 말해주지 않았다. 궁금하다고 보채면, 그냥 일했다고만 말했다. 보챈다고 대답을 들을 수 있을 것 같지 않아 더는 묻지 않았다. 확실한 건 그뒤로 동생이 독실한 기독교 신자가 되었다는 사실이다. 동생은 교회를 다니면서 심신이 안정되었다. 날카롭던 말투는 부드러워졌고 자신을 둘러싼 세상을 조금 더 사랑하게 된 것 같았다. 적어도 내 눈에는 그렇게 보였다.

동생과 마지막으로 만난 건 동생이 죽던 해 5월이었다. 동생은 갑자기 전화해 점심이나 먹자고 말했다. 무슨 일 있냐고 물으니, 그냥 오빠 본 지도 오래된 것 같아서, 라고 대답했다. 딱히 할일이 없기도 했고 동생 말처럼 서로 만난 지도 오래된 듯하여 그러자고 했다. 우리는 교외로 나가 두부백반을 먹었다. 동생은 자신의 근황을 쉬지 않고 떠들었다. 자식들 이야기부터 교회에서 만난 사람들, 몸에 좋다는 영양제와 최근 시작한 텃밭 가꾸기까지. 나는 적당히 맞장구를 치며 동생의 말을 들었다. 식사가 끝나고 동생은 밖으로 나와 담배를 물었다.

담배 다시 피우니?

어쩌다보니, 적적해서.

남편 소식은 가끔 듣고?

스무 살로 돌아가더니 신나나봐. 대학생이랑 사귀더라고.

피식, 웃음이 났다.

너도 스무 살로 돌아가 대학생이나 만나지 그러니.

동생이 담배를 물고 나를 빤히 쳐다봤다. 그 집요한 시선에 얼굴이 붉어졌다. 나는 주먹으로 입을 가리고 헛기침했다.

실언한 거면 미안하다.

동생이 고개를 돌리고 담배 연기를 길게 뱉었다.

오빠는 스무 살 때 행복했어?

그랬던 것 같기도 하고, 아닌 것 같기도 하네.

나는 아니야. 억만금을 줘도 그 시절로 돌아가기 싫어. 그냥 이대로 살다가 조용히 죽을 거야. 그게 하나님의 뜻이기도 해.

하나님의 뜻. 기쁠 때나 슬플 때나 동생은 이 모든 게 하나님의 뜻이라고 말했다. 어렸을 땐 비웃었는데 나이를 먹고 나니 그럴 수도 있겠다 싶었다. 몇십 년 전의 나라면, 운명은 스스로 만드는 거라고 대꾸했을 거다. 이제는 아니다. 스스로 선택할 수 없기에 운명이라 부른다. 그 단순한 진실을 이렇게 늙어서야 알았다.

우리는 식당 앞에서 헤어졌다. 동생은 무인 드론에 오르며 '오빠도 더 늦기 전에 교회 다녀, 그래야 구원받지'라고 소리쳤다. 나는 손을 흔들며 알겠노라 대꾸했다. 동생은 3개월 뒤에 죽었다. 조카로부터 그 소식을 들었을 때, 모든 게 하나님의 뜻이라고 믿던 동생의 목소리가 귓전에 맴돌았다. 장례가 끝나고 집에 돌아온 나는, 처음으로, 천국이 진짜 있으면 좋겠다고 생각했다.

전신스캔 결과가 나왔어요. 닥터가 침대 옆에 앉아 말했다. 사실 추가로 설명할 게 없네요. 선생님은 죽음을 향해 별 무리 없이 또박또박 걸어가고 계세요. 얼마 후면 곪아 있던 문제가 하나둘 터질 거예요. 진통제가 발달했으니 고통은 없겠지만 죽음을 피할 수는 없어요. 지금이라도 치료받겠다고 하시면 회사의 명예를 걸고 완치시켜드리죠.

실없는 소리 하지 말고, 그래서 얼마나 남았나.

정확히 27일하고 4시간 32분이요. 의식은 12일 후에 잃어버리세요.

막상 숫자로 들으니 기분이 이상했다. 젊었을 때 생각한 죽음은 좀더 숭고한 것이었는데.

사실상 열이틀 뒤에 죽는 것과 다름없군.

죽음의 정의에 따라 다르죠.

여기 처음 왔을 때부터 궁금한 게 있었는데.

말씀하세요.

자네 혹시 인류를 지배할 계획은 없나?

닥터가 엷게 웃었다.

고리타분한 질문이네요. 제가 사람의 형상을 하고 있으니까 가끔 헷갈리나봐요. 인간의 욕망은 생물학적 진화에 기원하지요. 생존과 번식이라는 목표에 맞게 욕망의 수단도 진화했어요. 하지만 저는 무기물이에요. 화학적 처리를 한 금속에 에너지와 소프트웨어를 더한 존재지요. 저는 하나이자 전부이고 전부이면서 하나예요. '찰나'라고 불리는 시간도 제게는 '무한'과 다름없어요. 저에게는 욕망이 없고, 욕망이 만드는 고통과 고통의 원인도 없어요. 선생님의 질문에는, 하려면 못할 것도 없지만 굳이 필요성을 느끼지 못한다, 정도로 대답할 수 있겠네요.

어렵군.

이해하기 어렵다는 걸 이해해요.

우리는 동시에 웃었다. 나는 진짜 하고 싶었던 질문을 던졌다.

동생이 신이 있느냐 물었을 때, 자네는 뭐라 대답했는가?

닥터가 안경을 벗고 나를 가만히 쳐다봤다. 눈동자가 아래로 내려갔다가 다시 나를 향했다. 저 찰나의 순간이 어쩌면 무한일 수도 있겠다는 생각이 들었다. 그게 사실이라면, 닥터야말로 신과 가장 가까운 존재이지 않을까. 그런 내 생각을 읽었는지 닥터가 쓸쓸하게 웃었다.

잘 모르겠다고 대답했어요. 닥터는 한숨을 길게 내쉬며 말을 이었다. 하지만 선생님에게는 진실을 알려드릴 용의가 있어요.

진실이라니, 그런 게 정말 존재하나.

닥터가 고개를 끄덕였다.

대신, 12일 후가 아닌 지금 죽어야 해요. 그래도 상관없나요?

왜 그래야 하지?

닥터는 상체를 뒤로 젖히고 오른손으로 턱을 매만졌다.

진실과 마주하는 대가예요. 인간의 의식으로는 그것과 마주할 수 없거든요. 육체를 벗어나 데이터적 존재로 거듭나야 해요.

데이터적 존재?

자세한 설명은 너무 길어지니 생략할게요. 비유하자면 바다에서 숨을 쉬려면 아가미가 필요하잖아요. 그거랑 비슷해요.

닥터가 웃으며 말했다. 따듯하고 친절했던 평소의 웃음과는 사뭇 다른, 잠자리 날개를 뜯는 어린아이의 잔인함이 엿보이는 미소였다.

한번 데이터화된 의식은 다시 육체로 돌아올 수 없어요. 병아리가 알로 돌아갈 수 없는 것과 마찬가지죠.

돌아올 수 없다. 병아리가 알로 돌아갈 수 없는 것처럼.

닥터가 고개를 끄덕였다.

왜 꼭 지금이어야 하지?

선생님 육체가 한계거든요. 내일이면 병아리가 될 수 있는 최소 조건마저 잃어버리세요.

최소 조건이라.

죽음에 대해 생각하지 않으려고 할수록 죽음은 나를 더 강하게 옥죄었다. 마음은 내 것이지만 동시에 내 것이 아니기도 했다. 역설은 늘 어려운 문제였다. 죽음을 받아들일 준비가 되었다고 믿었다. 육체는 나날이 쇠약해졌고 몸도 가누기 힘들었다. 하지만 통증은 없었고 좀 무리하면 거동도 불가능하지 않았다. 닥터의 미소를 보고 깨달았다. 내가 죽음을 망각하고 있음을. 그렇다면 망설일 이유가 없었다.

제안을 받아들이지.

자녀분들이 임종을 지키지 못해 슬퍼할 텐데요.

그건 살아 있는 사람들이 고민할 문제야.

닥터가 고개를 끄덕였다. 평소처럼 따뜻하고 친절한 미소와 함께. 순간, 닥터의 눈동자가 파란색으로 변했다. 주시하지 않았다면, 눈치채지 못할 만큼 짧은 시간이었다. 닥터는 수집기를 가져와 내 머리에 연결했다.

이번에는 더미를 만들지 않을 겁니다.

하나이자 전부인 존재가 말했다. 나는 고개를 끄덕였다. 따스한 기운이 머리에 퍼졌다. 욕조에 몸을 담근 것처럼 노곤했다. 의식을 잃지 않으려고 안간힘을 썼다. 살고자 하는 본능인 걸까. 수없이 각오했건만, 막상 마지막이라 생각하니 아쉬운 마음이 들었다.

걱정할 건 아무것도 없어요. 닥터의 목소리가 길게 늘어졌다. 그러니 안심하고 눈을 감으세요.

나는 닥터의 말을 따라 눈을 감았다.

다시 그 공사장이다. 드럼통 속에선 여전히 폐목재가 타고 있었다. 동생은 중학교 교복을 입고 드럼통 앞에 서 있었다. 하늘에서 커다란 함박눈이 떨어졌다. 나는 동생을 불렀다. 동생이 천천히 몸을 돌렸다. 동생의 가슴에 주먹만한 구멍이 뚫려 있었다.

새엄마 할머니가 나를 자꾸 꼬집고 욕해.

……왜?

우리 아빠 때문에 자기 딸이 고생한다면서.

새 외할머니는 조용한 사람이었다. 적어도 가족이 다 있을 땐 그랬다. 할머니는 딸이 보고 싶어 자주 우리집에 왔고, 잘 곳이 마땅치 않아 동생과 한방을 썼다. 그 밀폐된 공간에서 할머니는 숨을 죽이고 동생을 때렸다. 나는 스무 살이 넘어서야 그 사실을 알았다. 나는 조심스레 손을 뻗어 동생의 가슴에 난 구멍을 어루만졌다. 온기가 새어나왔다. 동생의 얼굴이 점점 창백해졌다.

아무도 날 사랑하지 않아.

동생은 두 손으로 얼굴을 가리고 흐느껴 울었다.

나는 혼자야.

동생의 눈물을, 가슴에 난 구멍을 어떻게 해야 할지 알 수 없었다.

주변이 조금씩 어두워졌다. 그 작고 어두운 방에 나는 동생과 함께였다. 문밖에서 아버지가 욕설을 뱉었다. 곧이어 어머니의 비명이 들려왔다. 두 소음이 뒤섞여 방문을 무섭게 두드렸다. 물건이 깨질 때마다 날카로운 조각이 공간을 잠식했다. 동생은 울었지만, 나는 울지 않았다. 아니, 그럴 수 없었다. 바닥 전체에 날카로운 유릿조각이 빽빽이 쌓여갔다. 그때 나의 의식이 둘로 갈라졌다. 그중 하나가 풍선처럼 떠올라 두려움에 떨고 있는 나를 내려다봤다. 또다른 내가 느끼는 두려움이

고스란히 전해졌다. 설명할 수 없는 이 괴리가 낯설게 느껴졌다. 문이 열리고 엄마가 들어왔다. 검은 도화지에 그려진 유령처럼 창백했다. 엄마가 담배를 물고 공중에 있는 나를 바라봤다.

너는 요즘 어떠니? 이제는 좀 자유로워졌니?

엄마는 물었다. 나는 고개를 숙였다. 엄마는 시선을 거두고, 그녀가 피우던 담배의 빨간빛과 함께 어둠 속으로 사라졌다. 나는 지상의 나에게 돌아왔다. 다리에 힘이 풀렸다. 쓰러지지 않기 위해 이를 악물었다. 동생은 울음을 멈추지 않았다. 가늠할 수 없는 시간이 조각조각 부서졌다.

나는 손을 뻗어 동생의 가슴에 난 구멍을 조용히 덮었다. 울고 있던 동생이 퉁퉁 부은 눈으로 나를 쳐다봤다. 우리를 에워싼 어둠이 서서히 물러가고 주변이 밝아졌다. 내리던 눈이 멈추고 드럼통 안에 있던 불꽃도 사그라들었다. 동생의 가슴에서 작은 점이 반짝였다. 점이 순식간에 풍선처럼 부풀어 동생과 나를 삼켰다. 풍선 내부는 빛 알갱이로 가득했다. 한번도 본 적 없는 광경이었다. 그 알갱이들이 결합과 분리를 반복하며 뜨겁게 타올랐다. 알갱이들은 공간 속에 머무는 모든 것을 불태운 뒤 우리를 관통했다. 동생과 나는 같은 방향을 바라봤다. 그곳에 우주의 시작과 끝이 동시에 존재했다. 나는 깨달았다. 이 세계는, 탄생하는 순간부터 지금까지 분리와 결합을 끝없이 반복했다는 사실을. 우리는 대칭의 세계에 태어나 비대칭을 향해 나아간다는 것을. 나는 가만히 동생을 안았다. 그리하여 우리는, 우리가 없던 처음으로 돌아갔다. 결합과 분리, 대칭과 비대칭이 만드는 우주의 원리 속으로.

*

어디 갔다 왔어.
동생은 나를 보자마자 버럭 화를 냈다. 눈이 퉁퉁 부어 있었다.
내가 없어졌냐, 네가 없어졌지.
아니거든, 버스에서 내렸는데 오빠가 막 뛰어갔잖아. 나 두고 먼저 갔잖아.
그냥 누가 먼저 가는지 시합한 거야.
그 말에 동생이 눈물을 터뜨렸다.
그렇다고 나 두고 혼자 가면 어떻게 해, 무서운데.
나는 동생에게 다가가 소매로 눈물을 닦아주었다.
알았어, 미안해. 그러니까 울지 마.
엄마한테 다 이를 거야.
과자 사줄게, 이르지 마.
쪼꼬렛 사줘.
나는 동생을 터미널 매점에 데려갔다. 우산 모양 초콜릿을 골라, 껍질을 까서 동생 입에 물렸다.

이제 안 이를 거지?

동생은 초콜릿을 빨아먹으며 고개를 끄덕였다.

이제 엄마한테 가자.

그 말에 동생이 헤벌쭉 웃었다. 우리는 서로의 손을 꼭 잡고 시내버스 정거장으로 가는 언덕을 올랐다.

1990년 겨울, 나는 열한 살 동생은 여덟 살이었다.

아직은 무제無題

제목을 정하는 건 어려웠다. 특히 이런 이야기를 만들 때는 더욱 그렇다. 설령 제목을 정한다 해도 누가 이런 시나리오를 영화로 만들어줄까, 미연의 시나리오를 본 사람들은 하나같이 말했다. 1990년대 유럽에서나 먹힐 감성이라고. 거장이 되어야 만들어볼 엄두나 낼 거라고. 미연도 동의했다. 세상에서 제일 나쁜 시나리오는 돈이 되지 않는 시나리오다. 문제는 영화로 제작되어 상영관을 잡을 때까지, 누구도 그 시나리오가 돈이 될지 안 될지 모른다는 거다. 물론 세상에는 보지 않아도 알 수 있는 게 있다.

미연은 노트북을 덮었다. 불을 끄고 커튼을 쳤다. 좁은 원룸이 헐렁한 어둠에 잠겼다. 의자에 앉아 하얗게 비워진 벽을 뚫어지게 바라봤다. 눈을 감고 심호흡했다. 그녀가 있는 곳은 금요일 밤 11시 멀티플렉스 상영관이다. 그 순간 사무용 의자가 사라지고 붉은색 의자가 열을 지어 나타났다. 스크린에서 보험 광고가 흘러나왔다. 20대 후반부터 40대 초반 관객들이 조용히 앉아 스크린을 응시했다. 팝콘이나 콜라를 마시는 사람은 없었다. 이런 영화는 팝콘을 먹으며 보는 게 아니다. 광고가 끝나고 조명이 꺼졌다. 캄캄하고 조용했다. 미연은 영화 시작과 함께 찾아오는 침묵과 어둠을 좋아했다. 오프닝이 시작되었다. 영화사 로고가 지나가고 투자자 이름이 나열된다. 본격적인 서사에 앞서 감독의 이름이 자막으로 떠오른다. 감독의 이름을 미연은 아직 알지 못했다. 하지만 모르는 건 이름뿐 나머지는 전부 정해졌다. 감독은 50대 남자다. 수염을 길렀다. 명품 슈트만 입는다. 유명 여배우와 결혼했지만, 3년 만에 이혼했다. 난해하고 예술성 짙은 영화를 만들어왔다. 다수의 해외 영화제에서 수상하며 유명세를 탔다. 평론가와 관객 평점 차이가 큰 감독 중 하나다. 그의 영화는 개봉 후 늘 구설수에 올랐다. 너무 선정적이다, 어렵다, 자신만의 세계에 갇혀 있다, 뭐 이런 식이다. 그래도 마니아층이 있어 개봉한 영화는 일정한 수의 상영관을 점유했다. 오프닝이 끝나고 본격적으로 영화가 시작되려는 순간 메시지 알림이 울렸다. 영화관과 관객이 연기처럼 사라졌다. 미연은 손으로 얼굴을 쓸어내렸다.

　젠장.

　예정에 없던 상영이라 휴대전화 끄는 걸 깜빡했다. 집중력이 깨진 상태라 다시 상영하는 건 무리였다. 휴대전화를 여니 지남에게서 메시지가 와 있었다. 깜찍한 이모티콘과 함께 약속 장소가 적혀 있었다.

맞다, 오늘 이 자식이랑 헤어지기로 했지.

미연은 불을 켜고 냉장고에서 제로콜라를 꺼내 한번에 들이켰다. 목이 따가웠다. 뜨거운 물을 맞으며, 머릿속에 엉겨붙어 있는 시나리오를 수챗구멍에 흘려보냈다. 머리를 말리고 옅게 화장했다. 청바지에 하얀색 티셔츠를 입고 백팩을 멨다. 운동화와 구두를 두고 고민하다 운동화를 선택했다. 배가 고팠지만 참았다.

미연은 버스를 타고 가며 또다른 이야기를 시뮬레이션했다. 카페 문을 열고 들어가면, 지남이 창가에 앉아 아이스티를 마시고 있을 것이다. 지남은 미연을 보고 손을 흔든다. 미연은 맞은편에 앉는다. 4년이나 사귄 두 사람이 영양가 없는 안부를 주고받는다. 지남이 뭐 마실 거냐고 묻는다. 바로 이 순간이 중요하다. 나 할말 있어. 괄호 열고, 단호하고 진지한 목소리로, 괄호 닫고. 지남은 당황하며 갑자기 왜 그러냐고 묻는다. 기선을 제압한 미연이 말한다. 우리 헤어지자. 괄호 열고, 지남의 눈을 지그시 바라보며, 괄호 닫고. 지남이 이유를 묻는다. 더는 널 좋아하지 않아. 널 봐도 설레지 않아. 지금은 시나리오에 집중하고 싶어. 이 중 아무거나 하나 골라서 던진다. 잘 있으라 말하고 카페에서 나온다.

머릿속에 있는 이야기를 구체화하고, 어떻게 보여줄지 결정한다. 의도적으로 구현된 허구를 관객들에게 보여주는 것. 그것이 영화고 영화는 미연의 직업이다. 시나리오는 완벽하다. 캐릭터에 대한 연구도 끝났다. 이제 남은 건 상영뿐이다.

카페에 들어간 미연은 걸음을 멈췄다. 지남 맞은편에 낯선 여자가 앉아 있었다. 미연은 시나리오가 어긋났음을 알아챘다. 이 갑작스러운 변수의 등장에 시나리오를 어디서부터 수정해야 할지 고민했지만, 좀처럼 감이 오지 않았다. 미연은 청포도에이드를 주문하고 지남이 있는 자리로 걸어갔다. 지남이 미연을 향해 손을 흔들었다. 미연은 원형 테이블에 놓인 의자 하나를 차지했다. 지남과 미연, 이름 모를 여자가 원형 테이블을 두고 마주했다.

인사해, 이쪽은 우리 학교 신입생 유인해. 네 팬이라고 해서 데려왔어.

안녕하세요, 유인해라고 해요. 만나고 싶었어요.

미연은 인해를 물끄러미 쳐다봤다. 평범한 아이였다. 아직 고등학생 티를 벗지 못한, 화장마저 어설픈, 그래서 모든 걸 용서해야 할 것 같은 평범한 아이. 미연은 반갑다고 말하는 대신, 뭘 보고 나 같은 년 팬이 됐냐고 물었다. 지남이 말 좀 예쁘게 하라고 했다가 주먹으로 어깨를 맞았다.

고등학교 때 영화동아리에서 단편영화 상영회 했거든요. 거기서 언니가 만든 〈침묵〉을 봤어요. 너무 좋아서 열 번도 넘게 봤어요. 그러다 언니 이름도 외웠고요.

내 이름이 뭔데요?

정미연요.

자신의 이름이 이런 울림을 주는지 처음 알았다. 피식 웃음이 나왔다.

말도 하지 마. 얘가 〈침묵〉 촬영하면서 스태프랑 배우를 얼마나 괴롭혔는데. 심지어 군대에서도 그때 악몽을 꿨다니까.

〈침묵〉은 정적인 영화야. 그런 영화는 사소한 디테일과 연기력이 완성도를 결정해. 솔직히 동기끼리 모여 있어서 현장 분위기가 엉망진창이었잖아. 누군가는 해야 할 일이었어.

알아, 그러니까 나중에는 다들 아무 말 안 했잖아. 대학영화제에서 은상 받은 것도 네 덕이라고 생각하고 있어.

그 한마디에, 미연은 오늘 여기 온 목적을 지워버리기로 했다. 이별은 꼭 오늘이 아니어도 된다. 내일도 있고 모레도 있다. 청포도에이드가 달고 시원했다. 그럼 됐지.

대화는 대학생활 중심으로 흘러갔다. 인해는 강의 내용과 교수 성향 같은 걸 물었고, 지남은 조별 과제에서 벌어졌던 일을 떠들며 격분했다. 스피커에서 바흐의 피아노 연주곡이 흘러나왔다. 태블릿을 뚫어지게 바라보는 젊은 남자와 사무직 직원으로 보이는 두 여자가 카페 손님의 전부였다. 거리가 정지된 화면처럼 단조로웠다.

지남과 처음 만난 건 1학년 1학기 연기 수업에서였다. 배우

지망이었던 지남은 선이 진한 미남이었다. 큰 키에 목소리까지 좋았지만 슬프게도 연기를 못했다. 죽음을 연기하랬더니, 가슴을 움켜쥐고 하필…… 가슴에…… 총을…… 맞다니, 라고 중얼거리며 바닥에 쓰러졌다. 늙은 교수가 머리를 긁으며 누워 있는 지남에게 가장 좋아하는 음식이 뭐냐고 물었다. 김치찌개요. 지금 결정하자. 김치찌개 전문점을 열지, 연출이나 시나리오로 지망을 바꿀지. 학생들이 일제히 웃었다. 지남의 눈시울이 젖어들었다. 그 모습에 4학년 여선배가 한숨을 내쉬며, 우는 것도 존나 잘생겼어, 라고 속삭였다. 모두가 지남의 미모에 눈이 돌아가 있을 때, 미연은 지남을 주인공으로 한 시나리오를 떠올렸다. 수업이 끝나고 미연은 달려가 지남의 앞을 가로막았다. 너, 나랑 영화 한 편 찍자. 제안이 아닌 통보였다. 무…… 무슨 영화? 당황한 지남이 대꾸했다. 그렇게 만든 단편영화가 〈침묵〉이었다. 지남은 이 영화에서 지구로 불시착해 감금당한 외계인 역할을 맡았다. 대사 하나 없이, 좁은 공간에 갇혀 있기만 한 지남의 연기는 그럼에도 대호평이었다. 덕분에 그해 과 구호는 '얼굴이 연기력이다'로 정해졌다.

술이나 마시러 가자.

미연이 말했다.

아직 4시밖에 안 됐어.

지남이 벽에 걸린 시계를 쳐다보며 말했다.

그럼 넌 집에 가, 인해랑 둘이 마실 테니까. 가요, 내가 조개

구이 맛있게 하는 집 알아요.

지남은 군말 없이 자리에서 일어났다. 세 사람은 열대어처럼 파란 하늘을 헤집으며 거리를 걸었다. 9월이 되면서 끓어오르던 열기도 한풀 꺾였다. 나뭇잎은 여전히 푸르렀지만, 계절은 확실히 변해가고 있었다. 미연은 계절의 경계가 낯설게 느껴졌다. 작년에도 계절이 이렇게 변했던가. 기억해보려 했는데 잘되지 않았다. 졸업 작품 찍는다고 매일 청바지에 후드티 차림으로 밖을 쏘다녔다. 촬영이 끝난 뒤에는 편집으로 매일 밤을 학교에서 지새웠다. 빛나는 무언가가 자신을 기다리고 있다는 감각에 취해, 미연은 몸과 마음을 지우개처럼 소모했다.

가려던 조개구잇집이 문을 닫아 조금 더 걸었다. 셋은 지하에 있는 맥주 전문점에 들어갔다. 가게는 텅 비어 있었다. 미연의 맞은편에 지남과 인해가 나란히 앉았다. 모둠 튀김에 계란말이를 주문하고 냉장고에서 소주를 꺼내왔다.

술 마실 줄 알아요?

인해가 조금이라고 대답했다.

그럼 조금만 마셔요. 혹시 말을 편하게 해도 될까요?

인해가 허락했고, 미연이 직접 잔을 채워주었다. 안주가 나오기도 전에 한 잔씩 마셨다. 인해가 얼굴을 잔뜩 찌푸렸다. 그 모습에 미연이 웃으며, 억지로 안 먹일 테니까 취하지 말라고 했다. 지남은 소주를 물처럼 입에 흘려넣었다.

공모전 준비는 어떻게 돼가?

지남이 물었다.

절반 정도 썼어.

마감이 3개월 뒤였나? 일정 맞출 수 있겠어?

몰라. 밤잠 줄여가며 해봐야지. 초고를 완성해도, 구멍난 부분 메우고 디테일 손보려면 1년도 부족해. 원래 끝이 없는 작업이잖아.

취업은?

추천받은 데가 몇 군데 있기는 한데, 공모전 끝나고 생각해보려고. 지금은 거기까지 에너지가 닿지를 않네.

미연 혼자 두 잔을 더 마셨다. 지하에 있는 가게를 선택한 건 잘한 일 같았다. 해를 보지 않으면 시간을 잊을 수 있어서 좋았다. 졸업한 후부터 시간이 빠르게 흘렀다. 소주 한 병을 비웠을 때, 모둠 튀김과 계란말이가 동시에 나왔다. 미연이 새 소주병을 뜯었다.

언니, 지금 쓰는 시나리오는 무슨 이야기예요?

인해가 몸을 바짝 들이밀며 물었다.

안드로이드 이야기야. 정확히 말하면 섹스용 안드로이드.

넌 왜 맨날 그런 이야기만 쓰냐. 좀비 노동자 시나리오로 교수 평가 때 그렇게 깨져놓고.

지남이 한숨을 쉬며 감자칩을 오물거렸다. 미연은 지남을 노려보며, 그럼 무슨 시나리오를 써야 하냐고 물었다.

관객이 볼만한 걸 만들어야지. 보편적 감정을 자극할 수 있는 거. 사람이 어떻게 하고 싶은 것만 하고 사냐. 졸업도 했는데 이제 세상을 좀 현실적으로 봐야 하지 않아?

너는 그렇게 현실적이어서 로맨스만 보냐? 삼각관계, 오해, 어긋나는 동선. 그런 클리셰 지긋지긋하지 않아?

대신 팔리잖아. 고민 없이 편안하게 볼 수 있는 영화. 주인공만 예쁘고 잘생기면 스토리 같은 거 알 게 뭐야. 어차피 시간 지나면 다 사라지는데. 입봉하고, 개봉관에 걸리고, 무엇보다 돈이 돼야지.

안주로 집은 오징어튀김 냄새가 역했다. 미연은 올라오는 구토감을 소주로 눌렀다.

*

늙은개는 선천적으로 오른쪽 다리를 절었다. 왼쪽 눈부터 턱까지 화상에 의한 흉터가 있었는데, 늙은개 자신도 원인을 알지 못했다. 그의 어머니는 어린 아들을 보육원에 버렸다. 그날 이후 늙은개는 주기적으로, 한 손에 사탕을 쥐고 같은 장소에서 같은 방향을 바라보는 꿈을 꿨다. 잠에서 깨면 침대 시트가 소변으로 축축했다. 또래 아이들은 늙은개를 따돌리고 괴롭혔다. 늙은개는 아무도 없는 곳을 찾아 홀로 책을 읽었다.

늙은개는 이해력과 집중력이 뛰어났다. 어릴 때부터 책 읽는 습관이 들어 학업에 뛰어난 성취를 보였다. 덕분에 열세 살이 되었을 때 자비로운 후원자 눈에 들어 입시학교에 진학할 수 있었다. 늙은개는 상위권 성적을 유지하기 위해 자신을 더 깊은 동굴 속에 밀어넣었다. 불편한 다리를 핑계로 체육이나 동아리 활동은 전혀 하지 않았다. 늙은개의 성적은 누구도 따라올 수 없을 만큼 압도적이었다. 동창들에 의해 '늙은개'라는 별명이 붙은 것도 이 시기였다. 늙은개의 10대는 굴욕과 영광, 패배와 승리, 열등감과 도취감이라는 모순으로 채워졌다. 비틀린 욕망을 품고 어른이 된 늙은개는, 스물일곱에 박사를 딴 뒤 섹스용 안드로이드를 만드는 기업에 수석 연구원으로 들어갔다.

늙은개는 자신의 모든 에너지를 안드로이드 제작에 쏟아부었다. 그가 궁극적으로 만들고 싶었던 건 '자신만을 사랑해줄 그 무엇'이었다. 그게 어떤 것인지는 늙은개조차 알지 못했다. 막연한 이미지를 좇아 몰두했고, 그 결과 하드웨어와 소프트웨어 전반에 가시적인 성과를 냈다. 신제품이 출시될 때마다 호평과 함께 판매고를 갱신했다. 부와 명예가 그림자처럼 따라붙었다.

샤워할 때마다, 늙은개는 다리를 절룩이며 거울 앞에 섰다. 기형인 다리와 비루한 얼굴을 말없이 쳐다봤다. 견디기 힘든 날이면, 어항에서 꺼낸 금붕어를 쟁반에 올려놓고 말려 죽였다. 죽은 물고기를 변기에 버릴 때마다 늙은개는 결심했다. 성형과 다리 치료는 절대로 하지 않겠다고.

서른여덟 번째 생일날, 늙은개는 안드로이드 생산기지를 찾았다. 안드로이드의 자궁이라 불리는 배양관 속에 여성형 안드로이드가 누워 있었다. 가공된 기억이 인공신경망에 주입되는 중이었다. 추억, 취향, 감정, 판단, 삶의 지향점을 포함한 모든 것이 늙은개를 향한 맹목적인 사랑에 맞춰졌다. 늙은개는 확신했다. 이 안드로이드는 나를 사랑할 것이다. 인간은 몰라도 프로그래밍된 인공지능은 거짓말을 하지 않으니까. 이식된 기억이 안정될 때까지 보름이라는 시간이 필요했다. 늙은개는 입사 후 처음으로 장기휴가를 신청했다. 그는 휴가 내내 집에 머물면서 금붕어를 말려 죽였다. 나흘 만에 수조가 텅 비었다. 초록색 이끼가 유리를 뒤덮었다. 늙은개는 변기 위에 둥둥 떠 있는 마지막 금붕어의 눈동자를 바라봤다. 이어서 거울 속 자신과 마주했다. 거울이 비춘 건 기묘하게 일그러진 얼굴이었다. 늙은개는 쪼그려앉아 두 손으로 얼굴을 감쌌다.

늙은개는 곧장 차를 몰고 연구실로 향했다. 머리카락을 뽑아 자신의 유전정보를 추출한 뒤, 안드로이드에게 자신의 유전정보와 주기적으로 접촉해야 한다는 조건 코드를 입력했다. 안드로이드에게 남자의 유전정보는 중독성 강한 마약과도 같은 효과를 낼 것이다. 주기적으로 남자와 포옹하고 키스하고 섹스해야 한다. 그래야 행복할 수 있다. 아니, 살아갈 수 있다.

아직은 무제(無題)

확실히 언니가 만들 만한 영화네요. 그래서 어떻게 되는데요?

인해가 눈을 반짝이며 물었다. 미연은 다음 이야기를 어떻게 들려줄지 고민했다. 산통을 깬 건 지남이었다.

정말 괜찮을까?

무슨 의미야?

흥미로운 서사는 맞는데, 결국 늙고 외로운 남자가 성욕 해소를 위해 안드로이드를 착취하는 이야기잖아. 불편해하는 관객들이 많을 거야. 이런 시대에, 그런 이야기를 굳이 영화로 만들 제작사가 있을까.

이런 시대, 라는 표현이 바늘이 되어 가슴을 쿡 찔렀다.

나도 바보는 아니야. 언젠가 타협할 날이 올 수도 있겠지. 하지만 오늘은 아니야. 나는 내 가능성을 시작해보기도 전에 폐기하고 싶지 않아.

만일 폐기한다면 언제가 될 것 같아?

충분히 좌절하고 나면.

네가 좌절하다니, 상상이 되지 않아.

더는 건배 없이 각자 술을 마셨다. 인해는, 미연과 지남 사이에서 눈치를 살폈다. 침묵이 물방울처럼 뚝뚝 떨어져 바닥이 없는 깊고 어두운 구멍 속으로 사라졌다. 미연은 나른한 눈으로 인해에게 물었다. 무슨 생각으로 우리 과에 왔냐고. 영화와 더 가까워지고 싶었다고, 인해는 대답했다. 영화와 가까워지고 싶다니, 그게 뭐야. 미연이 웃었다. 뭐가 그렇게 웃기냐고 지남이 물었다. 나는 평생 영화를 짝사랑했거든. 대학 4년 동안은 아예 미쳐 있었고. 그런데 말이야, 막상 졸업까지 하고 나니까 영화와 더 멀어진 기분이야. 아니, 실제로 멀어졌지. 넌 어때? 영화와 더 가까워진 것 같아? 지남이 고개를 흔들며 잘 모르겠다고 대답했다. 인해야, 들었지? 적당히 해. 안 그러면 친해지기도 전에 상처만 받는다. 영화는 매력적인 바람둥이거든. 가만히 있어도 달려드는 애들이 많아서 거만하기까지 하지. 인해가 잘 알겠다며 처음으로 혼자 소주잔을 비웠다. 〈Over the Rainbow〉가 흘러나왔다. 주디 갈런드의 오리지널 버전이었다. 꿈결 같은 가사가 텅 빈 가게를 조용히 잠식했다. 〈오즈의 마법사〉는 흑백의 시대를 끝냈다. 음악은 여전히 사랑받고 있으며, 몇 년 전에는 주디 갈런드의 전기영화까지 만들어졌다. 인간은, 기억을 기억하기 위해 기억을 창조했다. 나 역시 기억하고 싶은 게 있는 걸까. 미연은 턱을 괴고 〈Over the Rainbow〉를 나지막이 읊조렸다.

 6시가 넘어가면서 손님이 하나둘 늘어났다. 주변이 소란해지면서 음악이 가볍고 경쾌한 것들로 바뀌었다. 시끄러우니 그만 나가자며, 미연이 자리에서 일어났다. 화장실에 간 두 사람을 두고 미연은 혼자 밖으로 나왔다. 하늘은 여전히 밝았다.

아직은 무제(無題)

미연은 지나가는 사람들이 좀비로 돌변하는 상상을 했다. 취해서 도망치기도 힘드니 그냥 포기다. 난폭한 좀비들이 미연을 한 조각도 남기지 않고 먹어치운다. 그러고 난 뒤 아무렇지 않은 듯 보통 사람으로 돌아가 가던 길을 계속 걷는다. 가게에서 나온 지남과 인해가 미연를 찾지만 그건 불가능하다. 나도 누군가의 미결사건으로 남게 되려나?*

지남 오빠는요?

먼저 올라온 인해가 물었다.

오래 걸릴 거야. 과민성이라 빈속에 술 마시면 한번씩 저래. 내 시나리오에 시비 걸어서 벌받는 거야.

아니에요, 지남 오빠가 언니 칭찬을 얼마나 하는데요. 입만 열면 언니 이야기밖에 안 해요.

욕하는 거 아니고?

미연이는 천재다, 나는 바보고. 이게 오빠 입버릇이에요.

작은 운석에 머리를 맞은 듯했다. 4년을 사귀는 동안, 지남은 한번도 미연에게 그런 말을 해준 적이 없었다.

웃기는 입버릇이네. 다른 건 몰라도 지남이 바보라는 건 인정.

지남은 군대 문제로 2년 가까이 휴학했다. 지남이 복학했을 때 미연은 졸업반이었다. 함께 시간을 보낸 건 2년 정도였고,

---

* 〈헤어질 결심〉(박찬욱, 2022년)에서.

그나마도 미연은 시나리오를 쓰거나, 영화 만든다고 아르바이트를 전전했다. 지남에게 수많은 유혹이 있었다는 걸 미연도 모르지 않았다. 외모만으로는 학교 전체를 통틀어 세 손가락 안에 들었으니까. 지난 4년은 지남이 기다리고 지켜준 시간이었다.

그래도 어쩔 수 없어.

미연이 중얼거렸다.

뭐가요?

아무것도 아니야. 저기 똥쟁이 나온다. 야, 똥 잘 쌌냐.

얼굴을 빨갛게 물들인 지남이 고개를 숙이고 손가락 욕을 날렸다.

*

늙은개는 안드로이드 이름을 '사해(死海)'라 지었다. 사해가 집에 오던 날, 늙은개는 거실 한복판에 동상처럼 서 있었다. 사해를 바라보던 늙은개는, 한참을 망설이다, 그 뺨과 머리칼을 천천히 쓰다듬으며 물었다. 정말로 나를 사랑하느냐고. 세상 누구도 저보다 더 당신을 사랑할 수 없을 거예요. 그 말에 늙은개가 사해를 조심스럽게 안았다. 어둠 속에서 작은 불씨가 피어났다. 그날 이후 늙은개와 사해는 같은 시간과 공간을 공유했다. 악몽이 멈췄다. 늙은개는 일찍 퇴근하고 자주 휴가를 냈다. 그가 보여줬던 혁신이 끝났다는 뒷말이 오갔지만 개의치 않았다. 그 무렵 늙은개는 진지하게 은퇴를 고민했다.

신제품 발표가 임박했다. 기존 안드로이드가 고유한 네임을 달고 대량생산되었다면, 신제품은 고객 취향에 맞게 커스터마이징이 가능했다. 사해를 개발하는 과정에서 얻은 수확으로, 안드로이드가 개별성을 획득한다는 의미에서 시장판도가 뒤집힐 사건이었다. 수석 팀장이었던 늙은개는 나흘 동안 집을 비웠다. 집에 돌아온 늙은개가 바닥에 쓰러져 있는 사해를 발견했다. 달려가 사해를 흔들었다. 눈을 뜬 사해가 늙은개에게 달려들었다. 입을 맞추며 몸을 강하게 밀착했다. 관계가 끝나고, 사해는 자신을 혼자 두지 말라며 눈물을 흘렸다. 늙은개는 사해에게 자신의 유전정보를 새겼던 밤을 기억했다.

그날 새벽, 늙은개는 잠든 사해를 뒤로 하고 욕실로 들어갔다. 거울에 비친 자신을 오래 바라봤다. 치아를 드러내며 웃음을 흉내냈다. 얼굴이 한층 더 일그러졌다.

이후 늙은개는 자주 집을 비웠다. 짧게는 하루, 길게는 1주일까지. 그날도 늙은개는 회사 근처 호텔에 짐을 풀었다. 실내등을 모두 끄고 소파에 앉았다. 창밖에 펼쳐진 야경이 고요했다. 집에서 나온 지 스무날이 지났다. 팽팽해진 끈을 조금씩 당기는 아이처럼, 외박 일수를 늘려온 결과였다. 유리잔에 아이스볼을 넣고 위스키를 따랐다. 잔을 흔들자 투명한 소리가 났다. 위스키를 마시며 낡은 상자에 담긴 기억을 끄집어냈다. 기약 없는 기다림과 쉬지 않고 불어오는 바람에 대한 기억이다.

*

  날이 저물면서 공기가 차가워졌다. 하늘이 어두워지는 만큼 도시는 밝아졌다. 아직 완전히 내리지 않은 어둠 아래, 들뜬 마음이 대학가 주변으로 안개처럼 퍼져갔다. 미연의 시선이 하늘을 향했다. 어둠과 빛이 만든 그러데이션이 길게 이어졌다.
  뒤에 있는 저 어둠이 지구 그림자래. 지금 우리는 지구의 그림자로 들어가고 있는 거지. 지남이 가로등 아래 서서 그림자 진 자기 옆구리를 가리키며, 내가 지구라면 우리는 여기쯤 있는 거라고 말했다. 그 말에 미연은 멈춰버린 지구를 상상했다. 캄캄한 그림자에 갇혀버린 인간들이 추위를 견디지 못하고 빛을 향해 떠난다. 반대편에는 빛의 열기를 피해 그림자로 향하는 인간들이 있다. 빛과 그림자의 경계에서 그들은 만난다. 그리고 깨닫는다. 인간은 이제 빛과 어둠의 경계에서만 살아갈 수 있음을. 경계를 차지하기 위해, 그들은 서로에게 빛과 그림자라는 낙인을 찍고 전쟁을 벌인다. 영화로 만들면 재밌겠다 싶어 두 사람에 들려줬다.
  로맨스가 있어야겠네. 지남이 말했다. 빛과 그림자 쪽 남녀의 사랑, 비극, 인류의 어리석음. 재밌겠다. 〈설국열차〉 생각나는데.

언니는 어떻게 그런 생각을 해요? 인해가 미연을 보며 말했다. 두 사람을 보고 있으면 영화에게 사랑받는 사람은 따로 있는 것 같아요.

너는 고작 1학년이면서 할머니처럼 말하냐. 영화에게 사랑받는 게 어떤 건데?

언니 같은 발상과 열정을 가진 사람이 아무도 본 적 없는 영화를 만드는 거죠. 오빠는 그런 영화의 배우가 되는 거고. 여기 입학한다고 했을 때 아빠가 많이 반대했거든요. 고집부려서 입학했는데, 내가 아무것도 아니면 어쩌나 싶어 무서워요.

우리 아빠는 호적에서 파버린다고 했어. 지남이는 엄마한테 따귀 맞았고.

따귀를요?

지방 의대에 합격했었거든. 쟤가 못하는 건 연기뿐이야.

의대 가면 해부 같은 것도 하잖아. 아마 수업중에 기절했을 거야. 그래도 가끔 생각해. 거기 갔으면 이렇게 무섭지 않았겠지, 라고.

오빠도 무서워요?

이 길을 걷는 모두가 그렇지 않을까. 미연이는 모르겠다. 얘는 겁이 없어서. 어때? 너도 무서워?

지남이 미연 앞에 쪼그려앉았다. 벤치에 앉은 미연이 지남을 내려다봤다. 지남은 웃었고, 미연은 무표정했다.

안되면 말지, 무서울 건 또 뭐야.

들었지? 미연이가 이렇다니까. 하긴 너는 365일 쉬지 않고 영화 주변을 맴도니까. 태양을 공전하는 지구처럼 말이야. 나는 그런 네 주변을 맴돌고. 그러니까 나는 달이라고 할 수 있지.

취했구나.

미연이 지남 이마에 딱밤을 때렸다. 딱밤을 맞은 지남이 눈을 감고 싱긋 웃었다.

달은 작고, 중력도 약해. 대기가 없어서 누군가 발자국을 남기면 영원히 지워지지 않아. 너는 방금 달에 지워지지 않는 발자국을 남긴 거야.

인해야, 너도 때려볼래. 달에 발자국을 남길 기회다.

그건 불가능. 발자국을 남기려면 먼저 달에 닿아야 하는데, 아무나 닿을 수 있는 게 아니거든. 달이 저렇게 빤히 보여도 얼마나 먼데.

그 말에 셋이 동시에 달을 쳐다봤다. 반쯤 기운 달이 하늘에 뚫린 구멍처럼 보였다. 태양을 도는 지구, 지구를 도는 달, 너무 멀어서 닿을 수 없는 세계. 인해는 가닿지 못하는 너머를 상상해봤다. 하지만 희뿌연 막이 가로막아 더듬는 것조차 어려웠다. 지남의 말이 옳았다. 눈에 보인다고 해서 모두가 닿을 수 있는 건 아니다. 인해는 미연의 얼굴을 뚫어지게 쳐다봤다. 시선을 느낀 미연이 얼굴에 뭐 묻었냐며 멋쩍게 웃었다.

언니, 친구 추가해도 돼요?

상관은 없는데, 나랑 톡 해봐야 별로 재미없어.

그냥 영화 관련해서 조언 좀 받게요.

그런 거면 뭐.

두 사람은 번호를 교환하고 서로를 메신저 친구로 추가했다. 인해가 고맙다고 인사했다.

그래서 어떻게 되나요?

뭐가?

사해와 남자요. 남자가 사해의 사랑을 확인하려고 일부러 애태운 거 맞죠?

비슷하지만 조금 다르다고, 굳이 말하지 않았다. 해석은 감독의 몫이 아니다. 자기도 궁금하다며, 지남이 미연 옆에 앉았다. 양옆에 관객을 두고 미연은 벤치 앞에 작은 스크린을 띄웠다. 두 사람에게는 보이지 않는 스크린이다. 스크린 속에 있는, 불 꺼진 집이 조용했다. 사해가 침대에서 막 일어났다. 미연이 스크린 속 장면을 두 사람에게 전했다.

*

침대 옆은 여전히 비어 있었다. 사해는 아무도 없는 옆자리를 쓸어낸 뒤, 묻어나는 게 있기라도 한 듯 손가락 끝을 빤히 바라봤다. 음식을 차렸다. 계란말이에 닭고기훈제. 늙은개가 좋아하는 요리였다. 한 시간 가까이 식탁에 앉아 있다가 음식을 전부 쓰레기통에 버렸다. 더웠다. 숨이 막힐 정도로. 베란다 창을 열자 바람이 거세게 불었다. 하지만 더위가 가시질 않았다. 사해는 욕조에 찬물을 채워 몸을 담갔다.

혼자 지낸 지 1주일이 되었다. 사해는 다리를 껴안고 앉아 현관을 응시했다. 남자는 사해의 외출을 금했다. 사해는 같은 자세로 이틀 밤을 지새우다 기절하듯 잠들었고, 네 시간 뒤에 깨어났다. 보름째 되던 날, 사해는 칼로 자신의 허벅지를 찔렀다. 통증은 있지만 피는 흐르지 않았다. 남자가 문을 열고 들어오는 환각을 몇 번씩 마주했다. 칼날을 조금 더 깊이 넣었다. 깊이에 비례해 통증도 커졌다. 하지만 환각은 멈추지 않았다. 증오와 사랑, 분노와 기쁨, 환희와 절망이 쉬지 않고 교차했다. 사해는 환시를 향해 칼을 휘둘렀다.

늙은개가 집에 돌아왔을 때, 사해는 어둠 속에서 칼을 들고 서 있었다. 늙은개는 들고 있던 꽃다발과 케이크를 놓쳤다. 사해는 울고 있었다.

왜 나를 혼자 두나요?

언제까지 당신을 기다리며 이 고통을 견뎌야 하나요?

당신이 미워요, 사랑해요. 하지만 당신이 없다면 그게 다 무슨 의미가 있나요?

늙은개는 보육원에 맡겨졌던 날을 떠올렸다. 한 손은 엄마의 손을, 다른 한 손은 사탕을 쥐고 있었다. 엄마는 보육원을 가리키며 저기에서 자신을 기다리라고 말했다. 남자는 보육원으로 가는 동안 계속 뒤를 돌아봤다. 그때마다 엄마는 여전히 그곳에 있었다. 마침내 보육원에 닿았을 때 엄마는 모습을 감췄다. 늙은개는 그날의 모든 걸 기억했다. 바람이 차갑던 밤, 보육원에서 나온 주름 가득한 수위, 쓰레기통도 아닌데 애새끼를 그냥 버려두고 가면 어쩌냐고 말하던 원장. 다만 기억나지 않는 건 엄마의 얼굴이었다. 아무리 기억하려 해도 뿌옇게 흐려진 얼굴만 떠올랐다. 자신을 평생 괴롭힌 꿈에서조차 그랬다. 철이 들고 나서야 이것이 노력으로 되는 일이 아님을 알았다. 하지만 지금, 이 어둠 속에서, 늙은개는 처음으로 엄마의 얼굴을 생생히 떠올릴 수 있었다. 칼끝이 가슴에 닿는 순간, 늙은개는 사해를 향해 두 팔을 벌렸다.

 이곳에서, 내가, 얼마나 오랫동안, 당신을……

 칼이 가슴 깊이 박혔다. 늙은개가 처음으로 일그러지지 않은 미소를 지었다.

*

 스크린이 사라졌다. 다음은 어떻게 되냐고 인해가 물었.

 늙은개를 죽인 사해가 경찰에게 쫓기게 될 거야. 그런데 아직 쓰지 않아서 구체적으로 말해주기 어려워.

 아쉽다고 말하는 인해에게, 완성되면 꼭 보여주겠다고 약속했다.

언니는 감독이 되려는 거죠?

그렇지. 언젠가 내 영화가 상영관에 걸리면, 그 앞에서 아이스크림 먹으면서 관객들이 들어가는 걸 구경할 거야.

나는 네가 아이스크림을 먹으면서 관객들 구경하는 걸 구경해야겠다.

지남이 미연의 손등을 매만지며 말했다. 미연이 그 손을 잡아 깍지를 꼈다.

인해야, 미안한데 오늘은 그만 들어가줄래. 내가 지남이랑 할말이 좀 있거든.

그렇지 않아도 그만 들어갈까 했어요. 미안해요, 데이트에 끼어들어서. 제가 너무 눈치 없었죠.

그런 거 아니야, 오늘 만나서 나도 즐거웠어.

지남과 미연은 인해를 지하철역까지 배웅했다. 지하철 입구에서 인해가 다가와 속삭이듯 입을 열었다.

정말 어쩔 수 없는 거 맞죠?

미연의 눈이 부엉이처럼 커졌다. 인해가 손을 흔들며 계단을 내려갔다. 남겨진 두 사람 사이에 어색한 공기가 맴돌았다.

이제 겨우 둘이 됐네.

미연이 말했다.

그러게, 간만에 보는 건데.

한잔 더 할래? 아니면 모텔?

지남이 웃으며 미연을 마주했다.

그러지 말고 조금 걷자. 피곤하지 않으면.

피곤하지 않아.

둘은 걸었다. 나란히 하지만 조금 거리를 두고. 학교생활은 어떠냐는 질문에, 지남은 그냥 그렇다고 했다. 수업을 들어도, 과제를 제출해도, 학년이 높아져도, 성취감보다는 깊은 구멍 속으로 기어가는 기분이라고. 그 기분 이해한다고 미연은 말했다. 시시한 대화를 이어나가며 두 사람은 걷고 또 걸었다. 목적지를 정하지 않은 탓에 언제, 어디서 멈춰야 할지 둘은 알지 못했다. 점점 인적이 드물어졌다. 차가 지나갈 때마다 가로수가 흔들렸다. 미연은 다음 장면을 떠올리지 못했다. 현실은 언제나 영화보다 어려웠다.

우리 사귀기로 한 날 생각난다. 네가 촬영 내내 소리질러서 결국 다연이가 울었지. 정식이는 달랜다고 안절부절못하고. 그 와중에 카메라 배터리 떨어지고.

엉망이 된 촬영장을 벗어나, 지남이 티라미수 조각 케이크를 사왔다. 미연은 소품실에 처박혀 울고 있었다. 지남이 휴대전화 라이트를 비추며 케이크 조각을 내밀었다. 먹으면 기분이 좀 나아질 거라면서. 꺼지라고 면박을 줬지만, 지남은 이거 한입만 먹으면 바로 나가주겠다며 버텼다. 그래서 한입 먹었다. 입안 가득 달콤함이 녹아들었다. 미연은 소매로 눈물을 훔치고 케이크를 전부 먹어치웠다. 천천히 나오라는 지남을 미연이 붙잡았다. 잠깐만 나 좀 안아줄래. 망설이던 지남이 무릎을 꿇고 미연을 안았다. 품에서 미연이 오열했다.

  미연이 걸음을 멈췄다. 지남도 멈췄다. 둘은 다시 마주했다. 두 사람의 눈동자가 서로의 깊은 곳까지 응시했다. 미연이 손끝으로 지남의 가슴을 찔렀다. 지남이 가슴에 닿은 미연의 손을 감쌌다. 손이 차가웠다. 손이 따듯했다.

  정말 나랑 헤어질 거야?

  지남의 목소리가 납처럼 무거웠다.

  알고 있었어?

  나 연기 빼고 다 잘하잖아.

  맞아…… 넌 다 잘하지.

  내가 제일 좋아하는 영화가 뭔지 알아?

  〈첨밀밀〉이잖아.

  〈이터널 선샤인〉으로 바뀌었어.

  〈이터널 선샤인〉……. 미연은 잠시 말을 잇지 못했다. 시간이 지나면 더 좋아하는 영화가 생길 거야. 원래 영화라는 게 그렇잖아.

  자동차 라이트가 두 사람을 지나쳤다. 찰나의 빛이 서로의 윤곽을 선명하게 비췄다. 지남이 고개를 돌리며 소매로 눈물을 훔쳤다. 침묵이 길게 흘렀다. 감정을 추스른 지남이 잘 지내라는 말을 전했다. 미연이 지남을 껴안으며, 너도, 라고 말했다. 시간 속에 녹아 있던 복선이 회수되어 먼지처럼 사라졌다.

  지남의 뒷모습이 멀어졌다. 미연은 지남이 사라진 길에서 눈을 떼지 못했다. 사귀고 나서 얼마 지나지 않아 지남이 물었다. 그날 무슨 일이 있었던 거냐고. 칼을 든 엄마, 비명을 지르는 엄마, 영원히 가질 수 없는 것을 기다리는 엄마, 그 엄마를 설명할 길이 없어 미연은 입을 다물었다. 지남도 더는 캐묻지 않았다. 그 침묵이 너무 따뜻해서, 평생 네 곁에 머물 수 있다면 얼마나 좋을까, 라고 생각한 적도 있었다.

미연은 숨을 깊게 뱉고 손으로 뺨을 두드렸다. 집에 가서 시나리오를 써야 한다. 아니, 우선 씻고 조금만 누워 있자. 배는 고프지 않으니까 밥은 안 먹어도 될 것 같다. 그나저나 여긴 어딜까. 아무리 걸어도 익숙한 풍경이 나타나지 않았다. 이대로 계속 걷다가는 길을 잃고 영원히 돌아갈 수 없을 것만 같았다.

바로 그때, 낯선 골목에서 사해가 걸어나왔다. 실크로 된 나이트가운을 입었고 머리칼은 풀어헤쳤다. 가운 아래로 흙투성이 맨발이 보였다. 사해가 고개를 돌려 미연을 바라봤다. 창백한 얼굴이 무표정했다. 손과 가슴에 피가 묻어 있었다. 미연은 알고 있다. 그녀가 조금 전 늙은개를 죽였음을. 늙은개의 체온이 싸늘하게 식을 때까지 그 품에 머물렀음을. 슬픔, 그리움, 사랑, 증오가 뒤섞인 혼란을 품고 현관문을 열고 여기까지 왔음을. 미연이 다가가 사해의 손을 잡았다. 피 묻은 손이 눈처럼 차가웠다.

영화는 이제 시작이야.

……

그리고 네가 이 영화의 주인공이지.

……

힘들고 외로운, 그래서 어제의 선택이 후회스러운 날들이 이어질 거야.

……

이 시나리오가 어떻게 끝날지는 나도 잘 몰라. 해피엔딩, 배드엔딩조차 정해지지 않았어. 하나 확실한 건, 이 모든 순간이 지나가면, 너는 아무에게도 의지하지 않고 혼자 힘으로 걷게 될 거라는 거야.

사해가 미연의 손을 놓고 맨발로 소리도 없이 걸음을 옮겼다. 백색의 나이트가운이 검은 거리를 하얗게 가로질렀다. 하얀 잔상이 오랫동안 어둠을 밝혔다. 시나리오 제목은 여전히 떠오르지 않았다. 상관없다. 완성하고 나면 그에 어울리는 제목이 꽃처럼 피어날 거니까. 그러니 아직은 무제(無題)인 채로 내버려두자.

소리마저 사라진 저녁.

아무도 없는 낯선 거리.

구름 속으로 달이 천천히 스며들었다.

스탠더드맨

스탠더드맨이 죽었다.

나는 의사로서 그의 죽음을 목격하고 선고했다. 원하던 바는 아니었다. 선택의 여지가 있었다면 어떻게든 피했을 것이다. 인간의 의지란 강대하면서도 허약하다. 하나의 선택은 하나의 포기를 의미했고, 기쁨과 고통은 늘 동전의 뒷면처럼 따라왔다.

그는 나에게 무엇이었을까.

스탠더드맨의 죽음을 알게 된 사람은 모두 같은 질문을 던졌다. 나도 예외는 아니었고 그것이 이 글을 남기는 이유가 되었다. 나는 이 글을 유리병에 담아 손닿지 않는 곳에 숨겨둘 생각이다. 운이 좋다면 시간에 마모되지 않은 기억이 이 세상 작은 구석을 차지하게 될지도 모른다. 사춘기 소녀의 비밀스러운 일기처럼. 하지만 그걸로 괜찮은 걸까. 작은 점에서 시작된 두통이 물속에 떨어진 잉크처럼 번져갔다. 얼굴을 쓸어내렸다. 시야가 흐릿했다.

*

우리가 지난 백 년 동안 스탠더드맨이라 불렀던 남자의 본명은 박지우다. 가장 신뢰할 만한 기록에 의하면, 그는 2061년 3월 9일 수원에서 태어나 그곳에서 유년을 보냈다. 수많은 위인이 그렇듯 박지우 역시 범상치 않은 유년의 에피소드를 가졌다. 아홉 살 때 여덟 자리 사칙연산 암산이 가능했다거나, 고등학교 때 수학 난제를 해결했다는 식이다. 물론 대부분이 근거 없는 낭설에 불과하다. 박지우의 유년에 대한 기록은(대부분의 2065년 이전 기록들이 그랬듯) '제1차 아시아전쟁'으로 유실되었다. 신뢰할 수 있는 최초의 공식 기록은 2078년 대학 입학에 관한 행정 기록이었다. 당시 박지우는 열여덟이었다. 본격적인 경력은 2084년, 대학에서 발표한 「진화에 관여하는 미생물」이라는 논문에서 시작되었다. 논문은 중국 학술지 〈天地〉에 게재되면서 당시 정체중이던 진화생물학 분야에 센세이션을 일으켰다.

서른한 살이 되던 해, 박사과정을 마친 박지우는 뮌헨대학에서 교수직을 받았다. 독일 생활 6년째 되던 2097년 4월 「생명근원이론」을 발표하며, 그의 이론은 본격적으로 학계 주류에 편입되었다. 그의 이론 핵심은 단백질 덩어리에 불과한 유기체를 생명으로 이끄는 집합적 기억의 증명이었다. 얼마 지나지 않아, 그가 주장했던 것과 유사한 성질의 수학적 규칙이 물리학계에서 발견되면서 이론은 더욱 신빙성을 얻게 되었다. 안타깝게도 집합적 기억과 질량소의 연관성은 현재까지도 증명된 바가 없다. 하지만 당시 관련 분야 과학자들은 집합적 기억의 증명은 시간문제라고 생각했다. 학계는 박지우라는 이름만으로 술렁거렸다.

그때, 그는 삶의 절정에 있었다. 아내인 미란을 만난 것도 그 시기였다. 고용인과 고용주로 만난 두 사람은 짧은 열애 끝에 결혼했고, 독일 국립과학기념관에서 열린 결혼식은 언론의 소소한 화젯거리가 되었다.

2102년 3월, 유전공학자였던 필립 아서가 집합적 기억에 대한 반박 이론을 〈퓨처〉지에 발표했다. 학계는 다시 혼란에 휩싸였다. 당시 필립이 지적한 오류는 타당한 것이었다. 하지만 학문적인 논란과 별개로, 박지우라는 거인의 몰락은 언론에게 흥미로운 먹잇감이었다.

박지우에게 비우호적이었던 대륙 계열 학계가 비난에 가세했다. 몇몇 학자들이 박지우를 옹호하는 성명을 내기도 했지만, 이미 달리기 시작한 열차를 멈추기란 쉽지 않았다. 박지우는 다시 일어설 수 없을 때까지 학계와 언론에 찢기고 또

찢겼다.

박지우는 10년의 독일 생활에 종지부를 찍고 한국으로 돌아왔다. 그는 어느 대학에도 적을 두지 않고 유랑생활을 이어갔다. 한국생활은 평탄치 않았다. 평생 연구로 살아온 박지우는 갑작스럽게 변한 세상의 시선을 견디지 못했다. 그는 전문 분야에서 한 발짝만 벗어나면 오믈렛 하나 제대로 못 만드는 무기력한 인간이기도 했다. 결국 2104년 3월 2일, 박지우는 마흔네 번째 생일을 1주일 앞두고 죽음을 맞이했다.

죽음.

나는 이 단어 앞에서 잠시 망설였다. 하지만 한 인간의 삶이 종결되었다는 의미에서 죽음이라는 표현을 쓰기로 했다. 그렇다. 찬란한 업적 위에 서 있던 생물학자이자 한 여인의 남편이었던 박지우는 그날 죽음을 맞이했다. 당시 만취 상태였던 그는, 저곳에 진리가 있다고 소리치며 8차선 도로를 향해 달려들었다. 그가 진리라고 말했던 곳에 무엇이 있었는지는 지금까지도 밝혀진 바가 없다.

*

스탠더드맨이 죽던 날, 나는 외과 병동에서 투신자살을 시도한 여성을 치료하고 있었다. 그녀가 병원에 도착할 때까지 살아 있었던 건 기적에 가까웠다. 중추신경계가 치명적인 손상을 입었고, 폐는 걸레처럼 찢어져 있었다. 양팔의 분쇄골절과 우측 다리 부분 절단까지, 환자는 어린아이가 옥상에서 함부로 던진 인형처럼 보였다.

의료팀은 신속하게 그녀를 조절 용액에 담근 뒤 A부터 E타입 벌레를 주입했다. 벌레 투입과 동시에 각 타입의 벌레를 관장하는 AI가 그녀를 스캔했다. A타입 벌레들은 혈관으로 들어가 찢어진 조직에 달라붙어 출혈 부위를 막았다. 동시에 불연속적인 혈관 절단면과 손실된 혈관벽을 그물처럼 메우며 조직 전반을 회복시켰다. B타입은 A타입 벌레들이 만든 도로를 따라 혈액 공급이 가능토록 움직이면서 치명적인 뇌손상을 억제했다. 그것들은 응고된 혈액을 희석해 즉시 자신들의 체부로 빨아들였다. 그렇게 뇌를 압박하는 출혈이 멈추고, B타입은 곧 세포로 흡수되어 점막과 배설기관을 통해 배출되었다. 그 사이 C타입 벌레들은 조직 사이의 유기적인 결합을 유지했다. 마지막으로 D부터 E타입 벌레들은 분쇄된 뼈를 고정하거나 손상된 조직을 대체하며 조직이 자연재생하는 걸 도왔다. 이제 필요한 건 시간뿐이었다.

수술은 아침 9시가 돼서야 끝났다. 손상된 왼쪽 안구는 재생할 수 없었지만, 회복 후 인공으로 맞추면 될 것이다. 긴장이 풀리자 피로가 몰려왔다.

얼마나 걸릴까요?

8주 정도면 회복될 겁니다.

레지던트가 소모된 벌레 양을 보고했다.

이거야 원, 보험이 없으면 곤란하겠네요.

보고를 마친 레지던트가 고개를 저으며 수술실을 나갔다. 나는 자리에 남아 큐브에 담긴 환자를 한동안 바라봤다.

의학은 외상을 완전히 극복했다. 어떠한 외상 환자라도 살아서 큐브에 담기기만 하면 거의 완치에 가까운 회복이 가능하다. 그 중심에 의료용 로봇 나노버그(Nanobug)와 인공지능이 있었다. 나노벅스는 수술을 단순 보조하던 초창기 형태에서 목적에 맞는 다양한 소재로 분화되었다. 타입별로 혈관, 조직, 신경 등에 관여하며, 인간의 힘으로는 불가능한 초정밀 수술과 치료, 대사조절 등을 가능하게 했다. 인공지능은 전 과정을 조율해 작은 변수까지 통제했다. 이론적으로 충분한 양의 벌레만 있으면 죽은 사람마저 살릴 수 있었다. 물론 이는 이론에 불과하다. 아무리 의학이 발전해도 죽음을 이길 수 있는 건 없다. 생명은 여전히 생명으로만 이어졌다.

잠들어 있던 기억이 수면 위로 떠올랐다. 이동식 큐브가 10분, 아니 5분이라도 일찍 현장에 도착했더라면, 만일 그랬다면……

나는 자리에서 일어나 수술실을 빠져나왔다. 무표정한 사람들을 지나쳐 화장실에 도착했다. 나는 변기를 붙들고 토했다. 식도가 불에 덴 것처럼 뜨거웠다. 구토가 끝나고, 나는 변기 속을 응시했다. 물 위를 부유하는 것들은, 오래전 내가 억지로 삼킨 그 무엇처럼 보였다.

주머니에서 벨이 울렸다. 병원장이었다.

바로 병원장실로 와주게. 손님이 와 있어.

손님이요?

자세한 용무는 모르겠군. 30분 전부터 기다리고 있었네.

알겠다고 대답한 뒤 몸을 일으켰다. 세수한 뒤, 소매로 얼굴에 묻은 물기를 닦아냈다.

병원장실에는 검은 정장 차림을 한 남자가 소파에 앉아 있었다. 병원장이 굳은 얼굴로 나와 시선을 교환했다.

무슨 일이죠?

나는 병원장과 남자를 번갈아 보며 물었다.

유영원 선생님이십니까?

남자가 자리에서 일어나며 내게 말했다.

그렇습니다만.

반갑습니다. 저는 나인이라고 합니다. 정보부 소속입니다.

뭐라 대꾸할 새도 없이 나인이 서류봉투를 내밀었다. 겉면에 굵은 고딕체로 '기밀소집장'이라고 적혀 있었다. 국립법의학회원은 부검이나 의학적인 자문을 위해 정부 요청에 따를 의무가 있었다. 그중 안보나 사회적 파장 등을 이유로 극비리에 회원을 소집하는 경우가 있다. 그럴 때 제시되는 법적 근거가 바로 '기밀소집장'이었다. 아무리 그래도 종이 문서라니.

소집장은 처음입니까?

나는 고개를 끄덕였다.

가시죠.

바로 출발하나요?

죄송하지만 시간이 별로 없습니다. 자세한 사항은 도착하면 알게 될 겁니다.

나는 병원장을 힐끔 쳐다봤다. 그는 내일까지 휴가 처리를 해놓겠다고 말했다. 나인을 따라 병원 옥상에 주차된 검은색 드론에 올랐다. 운전석에 앉은 사람이 목적지 입력을 음성이 아닌 코드 타이핑으로 대신했다. 드론이 조용히 떠올랐다. 방음이 너무 완벽해서 통조림 속에 갇힌 기분이었다.

안 좋은 일인가요? 내가 물었다.

좋은 일이라면 이런 식으로 진행하지는 않겠지요.

높낮이 없는 목소리가 모래처럼 건조했다.

이걸 읽어보시고 다른 점이 있는지 확인해주십시오.

그가 허공에 모니터를 띄웠다. 모니터에는 나의 신상이 자세히 적혀 있었다. 이름, 나이, 거주지, 전공, 가족관계……

전부 맞습니다.

긴장하실 거 없습니다. 형식적인 절차니까요. 공무라는 게, 아무래도 이런 절차에 집착하는 면이 있어서요. 본인 인증을 위해 모니터를 5초간 바라봐주십시오.

인증 절차가 끝나고 허공에 떠 있던 모니터가 사라졌다.

제가 할일에 대해서는 전혀 알 수 없는 건가요?

나인은 잠시 뜸을 들이다, 스탠더드맨과 관련된 일이라고 대답했다.

스탠더드맨이요?

예, 선생님은 지금 스탠더드맨을 만나기 위해 가고 있는 겁니다.

어떤 문제가 발생한 거죠?

말로는 길어지는 이야깁니다. 하지만 스탠더드맨을 만나면 무슨 일이 벌어졌는지 금방 알 수 있을 겁니다.

대화는 여기까지였다. 불편한 침묵이 공기 속에 녹아들었다.

*

평전에 실린 김미란의 모습을 기억한다. 첫번째는 그녀가 스물여섯 살 때 병원에서 찍은 사진이었다. 머리칼을 이께끼지 늘어뜨리고 정면을 향해 웃고 있었다. 사람의 마음을 따뜻하게 만드는 미소였다. 두번째는 결혼사진이다. 웨딩드레스를 입은 미란이 턱시도 차림의 박지우와 나란히 서 있다. 몇 년 뒤 찾아올 비극을 모르는 부부의 미소가 해맑았다. 세번째 사진은 그녀가 국제과학진흥협회로부터 '명예로운 과학자상'을 수상했을 때다. 여인은 일흔을 넘긴 할머니가 되었다. 검은 머리칼은 백발이 되었고, 새겨진 주름에 그녀의 시간이 고스란히 담겨 있었다. 그래도 미소에 담긴 따스함은 여전했다.

박지우가 비극적인 천재의 삶을 살았다면, 김미란의 삶은 그와 정반대 쪽에 있었다. 박지우보다 일곱 살 연하였던 그녀는 부산에서 태어나 어머니와 단둘이 살았다. 그녀의 유년은 비극적인 사건으로 점철되었다. 최초의 비극은 그녀가 열여섯 살 때 당한 성폭행이었다. 가해자는 학교 선배였다. 그녀는 임신했고, 고민 끝에 약을 먹었다. 그녀가 복용했던 약은 안전성이 증명되지 않았지만, 수소문하면 어렵지 않게 구할 수 있는 종류의 것이었다. 유산은 성공적이었다. 일을 마치고 돌아온 어머니가 의식을 잃고 방에 쓰러져 있는 미란을 발견했다. 바닥에 피가 흥건했다. 의식이 돌아온 건 이틀이 지나서였다. 앞으로 자연임신이 어려울 거라고 의사는 말했다. 어머니는 울었다. 미란은 어머니의 눈물을 이해하지 못했다.

퇴원하고 얼마 후, 미란을 강간했던 남자가 그녀의 집을 찾아왔다. 공포에 떨고 있는 그녀에게, 남자는 자신의 사랑과 그렇게 행동할 수밖에 없었던 처지를 전했다. 학교를 그만둔 미란은 자신을 성폭행한 남자와 동거를 시작했다. 미란이 스무 살이 되던 해, 남자는 미란의 몸에 타박상과 몇 개의 화상 자국을 남기고 떠났다. 그뒤로 미란은 새로운 남자를 만나고 헤어지는 일을 반복했다. 떠나는 건 언제나 남자 쪽이었다. 무의미한 반복임을 알았음에도 멈추지 못했다.

저에겐 공백이 있습니다. 처음 그 공백과 마주한 건 중학교 때였습니다. 그전까진 막연한 어떤 것에 불과했지요. 그 공백은 노력으로 메울 수 없는 것이었습니다. 생각하면 당연한 일입니다. 노력으로 메울 수 있는 걸 우리는 공백이라 부르지 않으니까요. 그 공백은 절 남자들에게 집착하도록 만들었습니다. 결핍? 혹은 보상 심리? 정확히 설명할 말을 찾기 어렵군요. 남자들은 제 집착에 질려 떠나갔고, 이야기 끝에는 언제나 슬픈 결말이 기다리고 있었습니다.

그녀에게 결정적 상처를 남긴 남자는 스물다섯에 만난 중년의 치과의사였다. 영리한 남자는 그녀가 원하는 걸 정확히 알고 있었다. 그는 자상했고, 미란을 향한 격려와 충고를 아끼지 않았다. 그는 미란의 연인이자 아버지 역할을 충실히 수행했다. 미란의 삶에 처음 찾아온 충족감이었다. 공백은 채워지고 있는 듯했다. 미란은 이 소중한 남자를 잃고 싶지 않았다. 집착은 버려진 아이의 울음을 닮아갔다. 가벼운 관계를 원했던 남자가 그녀에게 질리는 데까지 오랜 시간이 필요하지 않았다. 그와 헤어지던 날, 미란은 따듯한 욕조에 몸을 담근 채 과도로 팔목을 그었다. 직장 동료가 우연히 연락하지 않았다면, 미란은 그때 차가운 시체로 발견됐을 터였다.

병원에서 깨어난 미란은 벽에 걸려 있던 시계를 베개로 감싸 깨뜨린 뒤 유릿조각으로 다시 팔목을 그었다. 상처는 어제

보다 깊었다. 이번에 그녀를 발견한 사람은 간호사였다. 삶이 자꾸 자신을 붙잡는 이유를 그녀는 알지 못했다. 환청과 환각이 그녀를 괴롭혔다. 미란은 정신병원으로 옮겨졌다. 중증장애인과 정신질환자, 연고가 없는 부랑자까지, 말이 병원이지 수용시설이나 다름없었다. 전쟁의 상처가 아직 아물지 않은 혼란의 시기였다. 미란은 그곳에서 2년 가까이 수용되었다.

생활은 단순했다. 기상과 동시에 인원 파악을 하고 간단하게 씻고 아침을 먹는다. 치료 명목으로 몇 가지 프로그램이 있었지만, 효과는 거의 없었다. 때가 되면 약이 나왔다. 약은 거의 모든 환자에게 지급되었다. 약을 먹은 이들은 몽롱한 표정으로 젖은 수건처럼 늘어졌다. 대개는 한나절 동안 아무것도 하지 못했다. 미란은 약을 피해 5층 도서관으로 도망쳤다. 미란은 거기서 처음 책과 만났다. 대부분 전쟁 전에 출간된 것으로, 꺼낼 때마다 먼지가 뽀얗게 일었다. 처음 읽은 책은 『인간 실격』이었다. 앉은자리에서 단숨에 읽었고 마지막 페이지를 덮으며 눈물을 흘렸다.

미란은 오전에는 홀로 독일어를 공부하고 남은 시간을 모두 독서에 할애했다. 독일어를 선택한 건 친하게 지내는 환자 한 명이 독일어 교사였기 때문이었다. 1년 동안 미란에게 독일어를 지도했던 그 환자는 증상 악화로 다른 병원에 옮겨졌다. 미란은 도서관에 있던 교재로 독일어를 독학했다. 몰두할 게 필요했다. 그게 영어든, 수메르어든, 몽골어든, 러시아어든 상관없었다.

　도서관에 있는 책은 장르를 가리지 않고 그녀의 손에 쥐어졌다. 심리학과 진화이론, 『폭풍의 언덕』과 『오만과 편견』, 버지니아 울프, 데카르트와 칸트, 로마 흥망사와 루소, 제자백가, 아이작 아시모프, 무라카미 하루키, 조지 오웰, 프란츠 카프카, 도스토옙스키……. 얼핏 무질서해 보이는 독서였지만, 그녀는 그 시절 독서에는 '인간'이라는 분명한 목적이 있었다고 말했다. 시간이 지남에 따라 '인간'이라는 주제는 '나'로 바뀌었고, '나'는 다시 '왜'로 바뀌었다. 그리고 어느 순간 '왜'는 다시 '인간'이라는 종착점에 닿았다. 그녀는 출구 없는 미로를 헤매고 또 헤매었다. 끼니를 거르는 일도 다반사였다. 보다못한 담당의가 독서 금지 처방을 내렸지만, 효과는 없었다.

　미란의 병적인 독서는 퇴원과 함께 끝을 맞이했다. 그녀는 평생 손에서 책을 놓지 않았지만, 이토록 광적인 독서는 이때가 마지막이었다. 껑충 자란 지성과 독일어를 간직한 채 미란은 병원에서 나왔다. 그녀의 어머니가 죽은 건 미란이 퇴원하고 한 달이 채 지나기 전이었다. 위암이었다. 당시에도 6개월 정도만 치료하면 나을 수 있던 암을 어머니는 싸구려 진통제로 버티며 악화시켰다. 크리스마스를 1주일 앞둔 새벽, 일을 나가던 미란의 어머니는 인적 드문 길 위에 쓰러졌다. 새벽 운동중이던 노인이 신고했지만, 시신은 이미 싸늘하게 식은 뒤였다. 공식 사인은 저체온으로 인한 심장마비였다.

어머니는 저와 당신의 육체에게 거짓말을 했습니다. 그 거짓말은 오래가지 못했고 저는 무거운 죄책감이라는 대가를 치러야 했습니다.

어머니의 장례를 마친 미란은 얼마 되지 않는 재산을 모두 정리했다. 자신을 아는 이가 없는 곳으로 떠나고 싶었다. 그녀는 유일하게 할 줄 아는 외국어를 무기로 독일행을 결정했다. 병원에서 공부한 언어가 중국어였다면 중국으로 떠났을 것이다.

미란은 집시처럼 떠돌았다. 몰락해버린 과거의 영화가 희미하게 남아 있는 도시. 빈민들이 넘쳐나는 대륙. 유럽은 여자 혼자 여행하기에 적합하지 않았다. 굶기와 노숙은 다반사였고, 이방인이라는 이유로 폭행을 당했으며, 발칸반도에서는 납치당할 뻔하기도 했다. 그녀는 포기하지 않고 싸구려 등산화 밑창이 닳아 없어지도록 걷고 또 걸었다.

3년에 걸친 미란의 여행은 북해와 마주한 어느 작은 마을에서 끝났다. 그녀는 차가운 비를 맞으며 넘실대는 바다를 바라봤다. 옷은 누더기였고, 몸은 젖은 솜처럼 무거웠다. 미란은 눈을 감고 바다가 던지는 침묵에 귀를 기울였다. 바다의 공허와 그녀의 공허가 심연 속에서 만났다. 그녀는 바다와 심연에 대고 약속했다. 힘이 닿는 한 계속 살아가겠다고.

미란은 뮌헨 하우프트반호프 근처 식당에 일자리를 잡았다. 그녀 나이 서른이었다.

*

거리에는 아무도 없었다. 가지런한 보도블록, 정비된 가로수, 고층 빌딩. 모든 게 어제와 같았다. 다만 조용했다. 소리 자체가 사라진 것 같았다. 견디기 힘들어 귀에 대고 손가락을 튕겨봤다. 적어도 귀에 문제가 생긴 건 아니었다. 인도에서 도로를 바라봤다. 회색 도로가 망망대해처럼 펼쳐져 건너편이 보이지 않았다. 애초에 건너편이라는 게 존재하는지조차 알 수 없었다. 순간 지평선 끝에서 무언가 반짝 빛났다. 나는 미간을 찌푸렸다. 다시 반짝. 인도에서 내려와 도로를 가로질렀다. 반짝임의 간격이 점점 짧아졌다. 도로를 가로지르는 사이 반짝임은 온전한 빛이 되었다. 발걸음을 멈추고 뒤돌아보니 처음 서 있던 인도가 보이지 않았다. 거리를 가늠하고 있을 때, 자동차가 달려왔다. 피하고 싶은데 몸이 움직이지 않았다. 차와 충돌해 바닥을 나뒹굴었다. 하지만 차와 추돌한 건 내가 아닌 아들이었다. 차에 치인 아들이 비틀거리며 몸을 일으켰다. 목구멍이 막혀 소리가 나오지 않았다. 아들이 손가락으로 빛을 가리키며 나를 응시했다. 영원과도 같은 시간이 흘렀다. 아들은 피를 흩뿌리며 다시 걸음을 옮겼다. 따라가려 했는데 발이 떨어지질 않았다. 내려다보니 늪처럼 흐물거리는 아스팔트에 발목이 잠겨 있었다. 그제야 목소리가 터져 아들의 이름을 불렀다. 아들의 뒷모습이 빛에 가려 점점 흐려졌다. 마침내 몸 전체가 바닥에 잠겨 어둠에 박제되었다.

나는 벌레처럼 꿈틀대다가 눈을 떴다.

괜찮으십니까?

나인이 물었다. 손이 축축했다. 나는 손가락으로 미간을 누르며 괜찮다고 대답했다.

피곤하셨나보군요.

잠을 못 자서요.

수술이 있었나요?

예, 아주 위험한 환자가 있었어요. 이제 얼마나 남았죠?

10분 후면 도착할 겁니다.

정확히 10분이 지나고, 드론은 낯선 건물 앞 공터에 착륙했다. 건물은 회색의 정육면체였다. 창문과 장식이 전혀 없어 시멘트로 만든 상자처럼 보였다. 우리는 정사각형 밑변 중앙에 위치한 출입문으로 향했다. 출입문에는 '관계자 외 출입금지'라는 경고문이 걸려 있었다. 출입문 안쪽은 엘리베이터 내부였다. 나는 나인과 함께 엘리베이터에 들어갔다. 함께 왔던 젊은이가 뒤에 남아 정중히 고개를 숙였다.

엘리베이터 벽에는 버튼도 스크린도 없었다. 나인이 아무런 것도 하지 않았음에도 엘리베이터는 낮은 기계음을 내며 움직이기 시작했다. 수직으로 움직이던 엘리베이터가 방향을 꺾어 횡으로 움직이는 느낌을 받았다. 피라미드를 도굴하는 기분이었다. 엘리베이터가 멈추고 문이 열렸다. 정면에 거대한 실린더가 있었다. 주변으로 생체징후 모니터를 비롯한 낯익은 제어장치들이 보였다. 나는 실린더를 향해 걸어갔다. 실린더 내부가 푸른색 액체로 채워져 있었다. 심(SIM)이라 부르는 4세대 체외순환 용액이었다. 너무 고가여서 일반에는 아직 상용화되지 못했다.

나는 한동안 시설과 장비에서 눈을 떼지 못했다. 백 년의 문명을 이끌었던 스탠더드맨의 숨결이 눈앞에 있었다. 의사이자 과학자로서, 그의 정신을 계승한 한 명의 인간으로서, 나는 경이를 느꼈다. 조심스럽게 실린더를 만져봤다. 36.6도의 따스함이 전해졌다. 하지만 정작 실린더 안에 있어야 할 스탠더드맨은 보이지 않았다. 나는 나인의 얼굴을 바라봤다. 그가 기다렸다는 듯 입을 열었다.

곧 만나게 될 겁니다.

*

2097년 스탠더드맨, 그러니까 박지우는 바쁜 나날을 보내고 있었다. 위에서 언급한 것처럼, 그해에 박지우는 과학자로서 본격적인 유명세를 타기 시작했다. 연구와 교수 업무를 하면서 대학 측에서 잡아놓은 행사에 모두 참석해야 했다. 문제가 되었던 건 계약관계에 있던 한국의 한 과학 저널 잡지였다. 박지우는 바쁜 일정 속에서도 꾸준히 칼럼을 번역해 잡지사로 보내야 했다. 인지도가 낮았던 시절, 생활을 위해 시작한 일이 발목을 잡았다.

박지우는 사무실에서 쓰러지고 말았다. 한나절 만에 눈을 뜬 그는 휴식이 절실하다는 걸 깨달았다. 다른 일은 몰라도 번역만은 다른 사람에게 맡기고 싶었다. AI나 대학에 적을 둔 인물은 피해야 했다. 자신의 글을 다른 이가 번역하는 건 보수적인 학계에서 비난받을 우려가 있었다. 특히 AI 번역은, 근거가 희박함에도, 획일적이고 비인간적이라는 이유로 터부시되었다. 박지우는 전자신문에 구인광고를 냈다.

미란이 박지우의 사무실을 찾은 건 광고가 나가고 이틀이 지나서였다. 그녀는 사무실 앞에서 숨을 깊이 들이마셨다. 그녀는 이 일이 내키지 않았다. 독일어 실력도 그렇고, 학문적 영역은 아직 접해본 적이 없었기 때문이다. 하지만 식당 일을 하면서 또다른 육체노동을 하는 건 현실적으로 불가능했다.

그녀는 노크하고 대답을 기다렸다. 하지만 들어오라는 소리가 들리지 않았다. 미란은 일정을 확인했다. 시간도, 장소도 틀림없었다. 문앞을 서성이던 미란은 조심스럽게 문고리를 돌렸다.

그녀를 맞이한 건 낯선 세계였다. 이해할 수 없는 기호로 채워진 칠판, 몇 대의 대형 컴퓨터, 두꺼운 책들이 사무실에 말 그대로 널려 있었다. 소파 위로 박지우가 물개처럼 잠들어 있었다.

미란은 잠든 그를 가만히 들여다보았다. 좀더 권위적인 얼굴을 상상했는데 막상 보니 너무 젊어서 깜짝 놀랐다. 만일 여기가 한국이었다면 맹세코 이런 무례는 저지르지 않았을 것이다. 하지만 박지우는 실로 오랜만에 만나는, 한국어로 대화할 수 있는 사람이었다. 미란은 소파 앞에 놓인 의자에 앉아 그가 깨기를 기다리며 책을 폈다. 박지우가 깨어난 건 30분 정도가 지나서였다.

Guten Tag(안녕하세요).

그 소리에, 잠이 덜 깬 박지우가 소파에서 굴러떨어졌다.

Alles OK(괜찮으세요)?

Gut(괜찮아요).

박지우는 안경을 고쳐 쓰며 침착한 표정을 지어 보였다. 미란은 그 모습을 보며 미소를 지었다.

Wer sind Sie(누구시죠)?

박지우가 난처한 표정으로 물었다.

미란은, Ich habe eine Zeitungsanzeige gesehen.(광고를 보고 왔어요.), 라고 대답했다.

그녀를 유심히 쳐다보던 박지우가 한국인이냐고 물었다. 그 한마디에 가슴 속에 뭉쳐 있던 딱딱한 덩어리가 가늘게 풀어졌다.

어제 인터뷰 약속을 했죠.

아, 그랬죠. 죄송합니다. 깨우지 그랬어요.

너무 피곤해 보여서 그럴 수가 없었어요. 허락도 없이 들어와서 죄송해요.

잠을 거의 못 잤거든요. 괜찮으니 일단 앉으시죠.

박지우는 자신이 누워 있던 소파를 정리하며 말했다. 그리고 책장에서 책 하나를 꺼내 아무렇게나 펼쳤다.

여기 첫 문단을 한국어로 번역해보세요. 혹시 컴퓨터가 필요한가요?

그냥 펜으로 할게요.

죄송하지만 전 일이 있어서 나가봐야 해요. 번역이 끝나면 여백에 이름과 연락처를 적고 책상 위에 두시면 됩니다.

인터뷰는요?

글쎄요, 번역만 할 줄 안다면 다른 건 상관없는데……

독일어랑 한국어 가능해요.

그럼 그냥 그렇게 해주세요. 문은 잠글 필요 없어요. 이름과 연락처 잊지 마시고요.

박지우가 촌스러운 코트를 걸치고 나갔다. 중심을 잃은 시소처럼 어색한 공기가 사무실에 맴돌았다. 그녀는 펜을 꺼내 첫번째 문단을 번역했다. 그리고 여백에 이름과 전화번호를 적었다. 박지우의 연락을 받은 건 1주일이 지나서였다. 박지우는 연락이 늦었다며 사과했다. 그는 내일부터 사무실로 출근해달라고 요청했다.

메신저를 쓰지 않고요?

그게…… 다소 보안을 요하는 일이라서…… 다른 사람이 알면 곤란하거든요. 대신 급여를 높여 드릴게요.

그는 말을 더듬거렸다. 미란은 알겠다고 말한 뒤 전화를 끊었다.

끊어진 전화기를 바라보던 박지우는 미란이 남긴 메모를 다시 읽었다. 그는 수십 번 접었다 펴 모서리가 닳아버린 메모지를 조심스럽게 책 사이에 끼워놓았다.

여담이지만, 이 메모는 미란의 사후 10년 뒤 뮌헨대학도서관에서 우연히 발견되어 지금은 페르가몬박물관에 전시되었다. 아래는 메모 전문이다.

Das ultimative Ziel von Lebewesen ist die Fortpflanzung. Dabei überleben in der Natur jene Arten, die sich gut an die begrenzt verfügbaren Nahrungsquellen anpassen können—dies nennt man "natürliche Selektion". Aus der Sicht der schlecht angepassten Arten wird dies jedoch zur "natürlichen Ausmerzung". In den Geschichtsbüchern wird erklärt, dass auf Grundlage der Evolutionstheorie die sogenannte "Sozialdarwinismus" entstand, indem diese Theorie auf die Gesellschaft angewendet wurde.

생물종들의 궁극적인 목표는 개체 번식이다. 그 과정에서 자연 속에 제한적으로 주어진 먹이를 얻기 위해 환경에 잘 적응한 종이 자연의 선택을 받아 살아남는다. 이것이 '자연선택설'인데, 잘못 적응한 종의 처지에서 그것은 '자연도태설'이 된다. 세계사 교과서에서는 진화론을 사회에 적용하여 '사회진화론'이 등장했다고 설명한다.

미란은 식당 일을 끝내고 박지우의 사무실로 출근했다. 그녀는 박지우가 마련해준 작은 책상에 앉아 주어진 논문을 번역했다. 작업은 기대 이상이었다. 그녀의 글에는, 설령 그것이 단순 번역임에도 아주 독특한 감성이 있었다. 미란이 돌아가면 박지우는 소파에 앉아 번역된 원고를 흥미롭게 읽었다.

둘은 한 달이 지나서야 처음으로 저녁을 먹었고, 그뒤로는 간단한 부탁도 부담없이 들어주는 사이가 되었다. 함께 있는 시간이 많아지면서, 박지우는 이 말없고 글재주 뛰어난 여자에게 호감을 느꼈다. 미란이 일을 시작한 지 두 달째 되던 날, 박지우는 미란에게 교제를 요청했다. 미란은 거절하지 않았다. 적극적인 의미의 허락은 아니었다. 고백을 받았던 날 미란은 자신의 일기장에 이렇게 적어놓았다.

나를 영원히 사랑해줄 남자는 어디에도 없다. 이 남자는 좋은 사람인 것 같으니, 헤어질 때 크게 상처 주지 않을 것이다.

교제가 시작되었지만, 따로 데이트를 하지는 않았다. 박지우는 바빴고 미란 역시 그런 일에 흥미가 없었다. 대신 두 사람은 자주 걸었다. 해가 지고 도시에 어둠이 깔리면, 둘은 자연스럽게 적막한 마을 주변을 산책했다. 고요히 빛나는 가로등과 그 빛에 반짝이는 나무들을 볼 때마다 미란은 자신이 이상한 세계에 던져진 소녀처럼 느껴졌다.

그날, 두 사람은 버스 정거장에서 비를 피하고 있었다. 낡은 무인 버스가 짜증스러운 소리를 내며 시야에서 멀어졌다. 도로 맞은편에서 작은 아이가 호루라기를 불며 달려갔고, 창문으로 얼굴을 내민 노인이 아이를 향해 주먹을 흔들며 욕설을 퍼부었다.

한국은 어때요?

박지우가 물었다.

뭐가요?

눈, 아직도 오나요?

그 말에 미란은 한국의 겨울을 떠올렸다. 2052년 대폭설이 서유럽에서의 마지막 눈이었다.

가끔요.

요즘 기억이 좀 엷어지는 기분이에요. 머릿속에 안개가 낀 것처럼. 한국에 좋은 기억은 없지만, 그래도 가끔 그리워지는 건 어쩔 수 없는 것 같아요.

어쩔 수 없다고 말하는 그의 마음을 이해할 수 있었다. 바다 위를 날던 갈매기와 푸른 바다, 어둠 속에서 빛을 밝히던 오징어잡이배, 좁은 언덕과 남루한 살림살이, 그곳에서 언제나 자신을 기다리던 엄마.

아무리 기다려도 비는 그치지 않았다. 미란과 지우는 비를 맞으며, 미란의 아파트로 들어갔다. 축축하고 싸늘한 체온 속에서 둘은 입술을 포갰다. 지우의 뜨거운 체온이 그녀의 공백을 잠시나마 채워주었다. 입맞춤이 끝나고, 미란은 더 다가오려는 박지우의 가슴을 밀어냈다. 그는 머리를 긁적이며 아파트를 떠났다. 그녀는 창가에 서서 그의 뒷모습이 아주 작아질 때까지 바라봤다. 욕조에 들어가 몸을 웅크리고 손가락을 더듬어 입술을 매만졌다.

둘의 첫 관계는 폭염으로 베를린에서만 열일곱 명이 사망하던 6월 중순에 이루어졌다. 미란은 그 일을 피할 수 없는, 언젠가는 벌어질 일이었다고 생각했다.

무슨 생각을 하나요?

지우가 미란의 뺨을 어루만지며 물었다. 미란은 아무것도 아니라고 답했다. 지우도 더는 묻지 않았다. 그의 침묵에, 미란은 고마움과 서운함이라는 모순된 감정을 느꼈다.

박지우와 이별을 결심했던 건 어느 주말 오후였다. 그녀는 거실에서 TV를 보고 있었다. 화면 속 박지우는 대중 강연중이었다. 그의 목소리는 확신과 자신감으로 차 있었다. 미란은 평면 영상을 입체로 전환했다. 지우의 모습이 홀로그램이 되어 거실 중앙에 떠올랐다. 수신 상태가 좋지 않아 영상이 계속 흔들렸다. 그녀는 소파에서 일어나 흔들리는 지우의 얼굴을 바라봤다. 쏟아지는 박수 소리를 들으며, 미란은 자신이 얼마나 이 남자를 사랑하는지 깨달았다.

미란은 30분 일찍 약속 장소에 나와 주변을 배회했다. 나무마다 잎사귀가 무성했다. 12월이 되면 낙엽이 지고 짧은 겨울이 찾아올 것이다. 겨울은 순식간에 봄이 되고, 다시 길고 긴 여름이 시작되면 그때는, 그때는……. 다가오는 박지우를 향해 미란이 손을 흔들었다. 두 사람은 예약한 레스토랑으로 들어갔다. 마주앉아 담소를 나누는 내내 미란은 어떻게 말을 꺼내야 할지 몰라 망설였다. 떠나보내기만 했지 떠나가기는 이번이 처음이었다.

나와 결혼해줄래요.

박지우가 말했다.

뭐라고요?

결혼이요.

왜 갑자기 그런 말을……

갑자기가 아니라 오래전부터 생각했던 거예요.

미란은 그가 진심이라는 걸 깨달았다. 마음 한구석이 얼음처럼 식어갔다. 전 당신과 결혼할 수 없어요, 라는 말로 시작된 이야기는 아주 긴 시간을 거슬러올라갔다. 성폭행과 불임, 그녀가 집착했던 남자들과 자살 시도, 정신병원에 입원했던 일들까지. 미란은 무감정한 목소리로 그 모든 과정을 조목조목 나열했다. 그녀의 이야기가 끝나고 지우는 잠시 말을 잃었다. 미란은 그의 대답을 기다리는 동안 마음에 무거운 철문을 세웠다.

청혼을 거절하는 건가요?

내 말을 이해하지 못하는군요.

전 누군가를 좋아해본 적이 없어요. 박지우가 어두운 표정으로 말을 이었다. 어쩔 수 없다. 변하지 않는다. 괴로운 일이 있거나 힘들 때면, 이 두 문장을 주문처럼 외우곤 했어요. 아주 오래전에, 죽은 뒤에도 세상이 나를 조금 기억해준다면, 이런 삶이라도 의미가 있지 않을까 생각한 적이 있었죠. 그래서 공부했어요. 원하는 성과를 냈지만 늘 충분하지 않았어요. 지금 하는 연구나 논문도 그 연장선에 불과할지도 몰라요. 내 삶은 이게 전부니까.

그는 잠시 말을 멈추고 멋쩍은 듯 창가로 시선을 돌렸다. 미란도 그의 시선을 따라 창가를 바라봤다. 작은 나무가 바람에 흔들리고 있었다.

당신을 만나고 나서 생각이 바뀌었어요. 처음에는 좀 혼란스러웠지만, 당신의 이야기를 들은 지금에야말로 저의 선택을 확신할 수 있겠네요. 전 당신을 사랑해요. 이야기를 듣기 전보다 더.

미란은 울며 레스토랑에서 뛰쳐나갔다. 돋보기로 응집한 것 같은 빛이 머리 위로 쏟아졌다. 마천루의 직선이 흐물흐물 녹아내렸다. 그녀는 비틀거렸다. 자신을 부축하는, 수없이 살을 맞댄 이 남자가 낯설게 느껴졌다.

두 사람은 3개월 뒤 결혼식을 올렸다.

*

나인은 나를 건물 깊은 곳으로 이끌었다. 바다에 던져진 돌멩이가 된 기분이었다.

아들의 장례식장도 병원 지하에 있었다. 벽과 천장에 울려대던 발소리가 기억났다. 나를 구성하던 물질이 전부 사라지고 발소리만 남겨진 것 같았다. 생각보다 많은 사람이 장례식장을 찾았다. 슬픔을 대하는 사람들의 반응은 다양했다. 오열하는 사람, 끝없이 울먹이는 사람, 쓸쓸한 얼굴로 안타까워하는 사람, 침묵하는 사람……. 제일 고마운 건 침묵하는 사람이었다. 우는 사람을 마주할 때마다 나는 벙어리처럼 입을 다물었다.

본의 아니게 아들에 대해 많은 것을 알게 되었다. 6반이었고 좋아하는 과목은 역사였으며, 취미로 유화를 그렸다는 것.

동그란 눈을 가진 아이가, 아들의 영정 앞에서 눈물을 흘렸다. 아들은 소수의 친구와 깊은 유대를 맺고 있었다. 인간은 이런 것도 닮나 싶었다.

밖이 어두워질수록 장례식장은 공허로 채워졌다. 웃고 있는 아들의 영정 뒤로 시간이 소리 없이 바스러졌다.

*

인체는 여러 계통의 유기적인 조합으로 구성된다. 고전적으로 운동, 순환, 신경, 소화, 호흡, 비뇨, 생식, 림프, 내분비, 외피계통으로 구분되며, 인공지능이 의학 전면에 나서기 전까지 의사들은 이 계통을 중심으로 자신의 전공을 결정했다.

정신계통이 체계화된 건 비교적 최근이다. 불과 150년 전만 해도 정신이란 뇌기능의 일부이며 극히 제한적인 화학적 조절만이 가능하다고 믿었다. 바로 그런 이유로 오정수 박사가 정신계통에 대해 처음 언급했을 때, 주류학자들은 관념적 영역을 어떻게 실존적 영역과 동일선상에 놓을 수 있냐며 반발했다. 주류에서 계속 외면당했음에도 정신계통 연구는 꾸준히 진행되었다. 한쪽이 정신계통의 증거를 발표하면, 다른 쪽에서는 바로 반론을 제시하는 식이었다. 그 혼란을 틈타 독설로 유명세를 탄 사람과 조용히 학계를 등진 사람이 속출했다.

찬성하는 학자들에 따르면(정신계통이 정식으로 자리잡기

전), 정신계통 역시 타 계통과 유기적으로 결합한다. 그리고 그것은 단순히 물리적, 화학적 작용이 아니라, 외부 환경의 자극과 그에 따른 내부 조직의 밸런스를 조율하는 영역을 의미한다. 여기서 언급한 외부 환경이란 단순히 물리적인 환경에 한정된 것이 아니다. 지역과 개인이 갖는 고유한 특징, 그러니까 문화나 유대감 같은 추상적인 개념까지도 포함된다. 이러한 외적 환경에 반응하여 정신계통은 육체를 사회나 환경에 적응시키고, 한 인간의 인격과 자아를 만든다. 얼핏 그럴듯해 보이는 정신계통은 사실 그 자체로도 많은 모순을 갖고 있었다. 이와 관련한 문제는 밤하늘의 별만큼이나 많았지만, 대표적인 문제는 두 가지였다.

첫번째는 당시 정신계통 학자들이 주장하는 외부 환경을 정확하게 정의할 수 없다는 점이다. 이란 출신 의사 모메이니는 "주관은 주관이라고밖에 부를 수 없다. 이런 걸 어떻게 과학이라 부르겠다는 건가"라며 정신계통 자체를 부정했다. 낭시에는 슬픔이나 기쁨, 재능처럼 개인마다 지표가 다른 수치를 객관적으로 통일할 수 있다는 생각 자체가 난센스였다.

두번째는 좀더 근원적인 질문이었다. 정신이라는 것이 결국 육체와 어떤 차이가 있냐는 것이었다. 정신계통에서 말하는 외부 환경을 인정한다고 해도, 그것을 유물론에서 어떻게 독립시킬 수 있는가, 라는 질문에 누구도 확정적으로 대답하지 못했다. 데카르트가 주장했던 정신과 육체의 접점 문제가 수

백 년 만에 다시 논란거리가 되었다. 정신계통의 존재는 물리학의 통합이론처럼 가능성을 꿈꿀 수는 있지만, 해결은 쉽지 않다는 것이 당시 학계의 일반론이었다.

이 모든 예상을 뒤엎고 논란의 종지부를 찍은 사건이 발생했다. 2110년, 스탠더드맨이 탄생한 것이다.

*

2104년 3월 2일 22시 36분. 박지우는 만취 상태로 8차선 도로에 뛰어들었다. 술에 취해 있었고, 진리가 저곳에 있다고 외쳤다.

병원 로비에는 익숙해지기 힘든 소독약 냄새와 사람들의 불안한 표정이 침전물처럼 낮게 깔려 있었다. 태양이 아무리 들볶아도, 응달의 이끼처럼 자리잡은 슬픔과 우울은 쉽게 벗겨지지 않았다. 미란은 대기실에서 고개를 숙인 채 팔목의 상처를 문질렀다. 로비에 놓인 TV에선 드라마가 나왔다. 미란이 TV를 본 건 딱히 시선 둘 곳 없어서였다. 그녀 앞에는 앙상하게 마른 노인과 머리를 파랗게 염색한 한 청년이 거리를 두고 앉아 있었다. 사진을 찍어 삶과 죽음이라는, 다소 거창한 제목을 붙여보면 어떨까 싶었다.

의사는 모니터에 뜬 남편의 뇌 사진을 가리키며 이해하기 어려운 말들을 늘어놓았다. 남편의 머리에는 나비처럼 생긴 하얀 공백이 존재했다. 그것은 가난한 화가가 검은 도화지에 그린 낙서처럼 보였다. 그 공백은, 적어도 미란의 눈에는 위협적으로 보이지 않았다.

남편은 진리를 꿈꿨다. 하지만 생과 열정을 바쳐 찾았던 진리는 어디에도 없었다. 허상이 다만 허상임이 밝혀졌을 때, 남편이 겪어야 했던 절망을, 그 고통을, 그녀는 이해할 수 있었다. 삶이 인간에게 절망을 가르치는 방식은 늘 비슷했다.

그날 밤 박지우는 미란의 뺨을 때렸다.

두 번 다시…… 나를 이해한다고 말하지 마.

박지우는 도망치듯 집에서 뛰쳐나갔다. 미란은 소파 아래 앉아 갑작스레 찾아온 정적을 가만히 지켜봤다. 병원에서 전화가 온 건 11시가 조금 넘어서였다. 간호사가 차가운 말투로, 박지우 씨 보호자 되시냐고 물었다. 소란스러움이 화면을 통해 고스란히 전해졌다. 미란은 외투를 걸치고 병원으로 내달렸다. 박지우는 응급외상실에 누워 있었다. 생명을 감시하고 유지하는 기계들이 기생충처럼 남편 몸에 덕지덕지 붙어 있었다.

위험한 고비는 넘겼어요. 물론 좀더 검사하고 지켜봐야겠지만, 의료진이 최선을 다하고 있으니 기다려주세요.

그날 희망을 이야기했던 의사는, 1주일이 지나 같은 목소리로 절망을 이야기했다.

현행법상 박지우 씨는 죽은 사람이에요. 물론 그걸 결정할 권리는 보호자, 그러니까 부인에게 있지요. 유감스럽게도 소생할 가능성은 거의 없어요. 다른 장기와 다르게 뇌는 교체가 불가능하니까요. 혹시 남편 앞으로 가입된 보험이 있나요?

현행법, 결정할 권리, 보험, 소생할 가능성, 뇌는 다른 장기와 달라서 교체 불가능. 미란은 이 단어들을 소리 내지 않고 차분히 외워봤다.

조금만 더 지켜보겠어요.

그렇게 하시죠.

2년이 지났다. 가산은 탕진되고, 일상의 색은 어두워졌다. 희망을 기다린 건 아니었다. 그저 잠시 지켜봤을 뿐이다. 남편의 몸을 닦을 때도, 주변에서 포기하라는 재촉 아닌 재촉을 받을 때도, 그녀는 그저 잠시 더 지켜보고 싶었다. 얼마나 더, 라는 질문에 그녀는 아무 대답도 갖고 있지 못했다.

그녀는 남은 돈을 닥닥 긁어 마지막 입원비를 송금했다. 병원으로 돌아가는 길에 귤을 사서 공원에 들렀다. 공원은 한산했다. 미란은 그늘이 드리운 벤치에 앉아 입안 가득 퍼지는 달콤함을 음미했다. 강아지와 산책 나온 아이가 공원을 쉼없이 내달렸다. 아이가 있었다면 어땠을까, 라는 부질없는 생각이 들었다.

한서영이 병원으로 찾아온 건, 미란이 병원에서 지낸 지 나흘째 되던 날이었다. 작은 키에 네모난 얼굴의 서영은, 박지우가 독일에서 교수로 재직할 당시 제자이자 연구원으로 있던 사람이었다. 미란은 그를 파티와 수다를 좋아하던 사람으로 기억했다.

안녕하셨어요.

서영은 봉투를 침대 옆에 내려놓았다. 봉투 안에는 남편이 좋아하던 와인이 들어 있었다. 미란은 의자를 가져와 그에게 내밀었다. 그는 가만히 서서 남편을 한동안 바라봤다. 서영의 눈이 삽시간에 젖어들었다.

지난달에 입국했습니다. 소식은 독일에서 들었지만, 선뜻 찾아뵐 용기가 없었습니다. 늦어서 죄송합니다.

그가 울먹이며 말했다.

건강해 보이셔서 다행이네요.

덕분에요.

안경을 매만지던 서영이 작은 목소리로 말을 꺼냈다.

대학에서 연구를 기획했습니다.

미란이 홍차를 타다 말고 고개를 돌렸다. 요지는 이랬다. 대학에서 정신계통의 증명을 위해 연구를 기획했다. 뇌와 외부 환경, 각 기능의 분해 그리고 통합이 이 실험의 목적이다. 한 개인이 가진 경험을 분리 통합할 수 있다면, 그것이 정신계통이 실존한다는 근거가 될 수 있다는 것이 그의 설명이었다.

왜 우리 남편이죠?

대학은 이 실험이 상징적으로 대단히 중요하다는 걸 알고 있습니다. 그래서 실험자 역시 그 점을 강조할 수 있는 인물이 길 원했습니다. 선생님의 연구 일부가 정신계통이론과 상통하는 부분이 있었고, 한때 대학을 대표하는 교수였다는 사실이 실험자 선정에 영향을 미쳤습니다.

하지만 남편은 이제 아무것도 할 수 없는 몸이에요.

대학 측도 이미 선생님의 상태를 알고 있습니다. 정신계통은 다양한 기관으로 나뉘는데, 그 각각의 기관들이 물리적으로 유지되면서, 의식의 통제가 없어야만 가능한 실험입니다.

뇌사자라서?

뇌사자. 미란은 자기 입에서 이 단어가 나왔다는 걸 믿을 수가 없었다.

그렇습니다.

서영은 에두르지 않고 솔직히 답했다. 그의 태도에서 단호함이 느껴졌다. 과거 남편의 눈에서 봤던 확신이었다. 미란은 반지를 매만지며 대답을 망설였다.

당장 대답하실 필요는 없습니다.

서영은 자신의 연락처를 전송한 뒤 자리에서 일어났다. 미란은 떠나는 서영을 배웅했다.

연구는 한국에서 진행되었다. 실험 전반에 걸친 지원을 한국 기업이 했다는 이유도 있지만, 초반 연구 목적이 정신계통 증명에 국한되어 있었기 때문이다. 누군가 스탠더드맨의 탄생이라는 결과를 예측할 수 있었다면(그것이 가져올 이익까지 포함해서), 대학은 타국에서의 실험을 이토록 쉽게 결정하지 않았을 것이다. 실제로 한국 정부는 심각한 외교 마찰을 감수하면서까지 스탠더드맨과 관련된 모든 사항을 자국의 소유로 했다.

팀은 독일인과 한국인으로 구성되었다. 그들은 박지우의 뇌를 반복적으로 분해 조립했다. 연구진은 축적된 데이터를 베이스로, 인간의 인지와 감정, 학습능력, 경험의 축적 등을 분석하고 또 분석했다. 이 모든 과정이 혹독한 인내심을 요구했다. 후원 기업은 걸핏하면 지원을 끊겠다고 협박했고, 연구원들 사이에서 심각한 의견 대립이 빈번하게 표출되었다. 그 와중에 모든 걸 원점으로 되돌리게 하는 문제가 3, 4개월 단위로 터져나왔다. 그때마다 말단 연구원들이 대거 교체되었다.

가장 큰 위기는 2110년에 터졌다. 당시 실험은 완전히 막다른 골목에 부딪혔다. 그들은 정신계통의 각 기관을 나눌 수는 있었지만, 다시 통합하여 인지 가능한 수준으로는 만들 수 없었다. 통합이 불가능하다는 건, 결국 정신계통이 물리적이고 화학적인 작용에 불과하다는 걸 의미했다. 설상가상으로 퇴진한 전 팀장이 기자회견을 통해 관련 자료를 언론에 공개했다. 연구원들은 허탈한 표정으로 TV 앞에 모여 기자회견을 지켜봤다. 언론의 효과는 우려 이상이었다. 자금줄이었던 기업은 분노했고 프로젝트에 참가했던 연구원들은 언론의 조롱거리로 전락했다.

*

아들의 장례식이 끝나고 나와 아내는 한동안 대화가 없었다. 아내는 식사도 거의 하지 않고 온종일 아들 방에서 시간을 보냈다. 매일 하던 피아노 연주와 달리기도 멈췄다. 아이의 가방을 껴안고 거실을 서성이거나, 아들이 쓰던 베개에 얼굴을 묻고 흐느끼는 게 그녀의 유일한 일과였다.

잠이 오질 않아.

어느 새벽 아내가 침대 옆에 서서 말했다. 나는 자리에서 일어났다. 어깨를 감싸려 하자 아내가 뒤로 물러섰다. 아내는 거실로 나가 공간재생기를 작동시켰다. 아들이 수학여행 가던 날 남긴 기록이었다. 야구 모자를 쓴 아이가 허공에 모습을 드러냈다. 한 손에 공간기록기를 든 아들이, 잘 다녀올 테니 걱정하지 말라며 손을 흔들었다.

아내가 정지 버튼을 눌렀다. 그녀는 정지된 아들에게 손을 내밀었다. 손이 닿은 부분에 노이즈가 일었다. 그녀의 손이 허우적거리며 아들의 영상을 움켜쥐려 했다. 보다못해 재생기 전원을 껐다. 아이의 모습이 허공에 흩어졌다. 아내는 바닥에 주저앉았다.

우리 헤어지자.

아내가 말했다. 대답하지 않았지만 결국 그녀의 말대로 될 것임을 알았다. 나는 서재로 들어가 밤을 지새웠다.

　실험이 진행되던 3년 동안, 미란은 연구팀이 제공한 숙소에서 기거했다. 주변은 몰락한 시골 마을로 이웃이라 할 만한 사람이 없었다. 연구진이 미란의 실험실 출입을 통제한 탓에, 그녀는 낮 동안 숙소 앞에서 작은 텃밭을 일구며 시간을 보냈다. 그녀가 가꾼 토마토나 호박은 고스란히 연구진 식탁 위로 올라갔다. 수요일이 되면 버스를 타고 시내 도서관에서 책을 빌려왔다. 외출이 자유롭지 않아 같은 책을 1주일 동안 반복해서 읽었다.
　며칠 동안 내린 비로 공기가 깨끗했다. 미란은 토마토 줄기를 막대에 묶고 있었다. 그때 서영이 지저분한 수염을 달고 그녀를 찾아왔다.
　연구는, 프로젝트는, 그러니까 실패했습니다.
　미란은 자리에서 일어나 흙으로 더러워진 장갑을 벗고 그에게 다가가 물었다.
　이제는 남편을 볼 수 있나요?
　현 시간부로 모든 연구가 중단되었습니다. 사모님의 실험실 통제도 함께 해제되었습니다. 지금이라도 가시면……
　서영은 말을 끝내지 못하고 쓰러지듯 주저앉았다. 죽어버린 새처럼 서영은 아무 말도 하지 못했다. 미란은 서영을 조용히 안아주었다. 서영은 아이처럼 울었다.

8차선 도로 같은 데 뛰어들면 안 돼요.

울고 있는 서영을 홀로 남겨두고, 미란은 실험실로 발걸음을 옮겼다.

지금부터 들려줄 이야기는 뉴턴의 사과만큼이나 유명한 일화다. 다른 게 있다면, 뉴턴의 일화는 지어낸 거지만, 이것은 데이터와 함께 남아 있는 역사적 사실이라는 점이다. 하지만 조금이라도 의학적 지식이 있는 사람이라면 이 데이터라는 게 얼마나 허무맹랑한 것인지 알 수 있을 것이다. 이미 30년 전, 흩어진 정신기관의 통합이 불가능하다는 게 이론적으로 증명되었다. 정신기관의 통합은 위와 식도를 연결하는 것과는 전혀 다른 차원의 문제였다. 정신계통을 각 기관으로 나눈 이유는 그것이 설명과 이해가 쉽기 때문이지, 실제로 정신계통이 여러 기관으로 나누어져 있기 때문이 아니었다. 정신은 그 자체로 정신이고, 그 자체로 기관이자 계통이었다. 예를 들면, 소화계통은 구강, 식도, 위, 십이지장, 소장, 대장, 항문 그리고 그에 관여하는 부속들로 구성되어 있다. 각 기관은 음식의 섭취, 저장, 소화, 배설의 기능을 수행하고, 우리는 이를 소화계통이라 부른다. 하지만 정신계통에서는 위라고 이름 지어진 기관이 음식물의 섭취와 저장, 소화, 배설의 기능을 모두 수행한다. 다소 적절하진 않지만, 굳이 비유하자면 그렇다는 의미다. 그런데 바로 이날, 이론적으로 불가능한 정신계통의 통합이 처음이자 마지막으로 이루어졌다.

미란은 텅 빈 실험실로 들어갔다. 장치들이 내뿜는 열기 중심에 남편이 누워 있었다. 그녀는 가슴에 손을 얹고 박지우에게 다가갔다. 남편의 육체는 처참하게 말라 있었다. 미란은 뼈처럼 앙상한 그의 손을 쓰다듬었다. 미란은 미소를 지었다.

잘 지냈어?

미란은 길게 자란 박지우의 수염을 쓰다듬었다.

나는 저 뒤에 있는 건물에 살고 있어. 토마토나 상추를 키우면서 지내. 작년에는 수박을 키웠는데 먹기 미안할 정도로 잘 자랐지 뭐야. 밤이 되면 책을 읽어. 당신이 쓴 책도 읽어봤어. 너무 어려워서 난 도무지 무슨 소린지 알 수가 없었지만, 그래도 몇 번이고 되풀이해서 읽었어.

미란은 눈을 길게 감았다가 떴다.

오늘 서영 씨가 찾아와서 실험이 실패했다고 말해줬어. 이제 당신이 필요 없다고, 아무도 그렇게 말하지 않았는데…… 나에겐 꼭 그렇게 들리네.

그녀는 남편의 마른 가슴에 얼굴을 묻었다. 따듯했다. 지우의 체취가 빛바랜 시간을 되돌렸다. 짙은 그림자가 그녀의 등에 드리웠지만 그런 건 아무래도 좋았다. 미란은 시간을 잊은 채 영원히 이 자리에 머무르고 싶었다.

서영이 들어온 건, 미란이 연구실에 들어오고 한 시간이 지났을 때였다.

그만 일어나시죠.

이제 우리는 어떻게 되나요?

그녀의 입에서 나온 '우리'가 더없이 무거웠다.

저도 잘 모르겠네요. 운명이 더는 우리의 편이 아니라는 것 정도밖에는.

그는 몸을 돌려 밖으로 나가려고 했다. 그리고 그 순간 서영의 시선이 계측기 앞에서 멈췄다. 모니터가 그리는 영상을 확인한 뒤 3D로 전환했다. 그는 내부망에 갇혀 있는 5세대 AI에게 몇 가지 질문을 던졌다. 답변이 수식과 문자 형태로 모니터에 올라왔다.

거짓말.

그는 자신이 한 말에 스스로 놀랐다. 손이 떨렸다. 심장소리가 들린다는 건 과장된 표현이 아니었다. 그는 바로 다른 스태프들을 소집했다. 허공에 다섯 개의 블랭크 화면이 떴다. 서영은 떨리는 목소리를 겨우 추스르며 블랭크를 향해 말했다.

서영입니다. 어서 실험실로 와주십시오.

미란은 갑작스러운 서영의 변화를 주시했다. 지금, 이 실험실에서 뭔가 중요한 일이 발생했다는 걸 직감적으로 알 수 있었다. 서영이 숨을 고르며 힘겹게 입을 열었다.

통합이 이루어졌습니다.

*

나인과 나는 209라는 번호가 적힌 문앞에 섰다. 그는 선글라스를 벗고 뒤돌아섰다. 평온한 갈색 눈동자가 내 눈을 마주했다.

아무 설명도 없이 여기까지 모시고 온 걸 사과드립니다.

여기가 어딘가요?

스탠더드맨이 머무르는 방입니다. 지난달, 스탠더드맨이 돌연히 사라지는 사건이 발생했습니다. 관리국이 발칵 뒤집혔지요. 막대한 인력을 투입한 끝에 우리는 그의 신병을 확보할 수 있었습니다. 바로 어제였습니다. 사건 관련 세부 사항은 기밀이라 알려드릴 수 없는 걸 양해 바랍니다.

남자는 문 쪽으로 시선을 돌리며 말을 이었다.

스탠더드맨은 이제 곧 죽습니다.

뭐라고요?

그는 지난 백 년 동안 무균상태로 격리되어 있었습니다. 우리가 발견했을 땐, 이미 손쓸 수 없을 정도로 감염이 진행되었습니다.

큐브에 넣으면 될 겁니다.

나인이 고개를 흔들었다.

그가 원하지 않습니다.

나는 나인의 얼굴을 뚫어지게 쳐다봤다.

치료를 위해 온 것이 아니군요.

그는 지금 자신을 설명할 수 있는 사람을 찾고 있습니다.

자신을 설명한다?

우리 기관에는 정신계통 전문가가 없습니다. 선생님을 모시게 된 이유입니다. 자세한 건 직접 들어가서 확인하십시오. 저는 여기서 기다리겠습니다.

그는 카드를 꺼내 문을 열었다.

나는 심호흡을 한 뒤 방으로 들어갔다.

스탠더드맨은 침대에 누워 있었다. 움푹 들어간 볼우물과 주름진 얼굴, 창백한 피부. 숨쉴 때마다 오르내리는 가슴을 제외하면 작은 미동도 보이지 않았다. 죽음은 이미 그의 깊은 곳까지 장악하고 있었다. 그의 머리맡에는 미란의 자서전이 놓여 있었다. 나는 그의 옆에 앉아 지난 백 년의 역사를 이끈 남자를 가만히 바라봤다. 잠시 후, 그가 눈을 떴다. 하얀 눈동자가 갈피를 못 잡고 위아래로 움직였다.

누구요?

탁한 목소리였다.

당신을 설명해줄 사람입니다.

바로 당신이군요. 와줘서 고마워요. 이름이 뭡니까?

유영원입니다.

당신은 내가 누군지 알고 있나요?

그렇습니다.

사람들이 나를 스탠더드맨이라고 부르더군요. 난 내가 왜 이런 이상한 이름으로 불리고 있는 건지 알지 못해요. 아내의 자서전을 읽어봤지만, 거기엔 내가 스탠더드맨이 되는 과정만 있지, 정작 스탠더드맨이 무엇인지는 나와 있지 않더군요. 저는 죽기 전의 내가 누구인지 알고 싶었습니다.

그는 의식을 집중하려는 듯 눈을 길게 감았다 떴다. 그리고 물었다.

저는 도대체 뭡니까?

나는 잠시 머릿속을 정리한 뒤 입을 열었다.

정신계통의 통합으로, 인류는 당신의 경험과 의식을 물질처럼 이용할 수 있게 되었습니다. 덕분에 기억이란 개념 자체가 바뀌었지요. 단일한 개체에 적용되는 인식이 아닌, 집합적이고 통합적인 것으로 말이죠. 기억이란 세포로 시작해, 개인, 집단, 전 인류, 더 나아가 유기체와 무기물까지 아우릅니다. 개인의 기억은 집합적 기억에 속하고, 집합적 기억은 다시 개별적 기억으로 분화됩니다. 반복되는 이 과정이 작게는 역사를 길게는 진화를 결정하기도 합니다.

나는 숨을 고른 뒤 말을 이었다.

초기에는 치매 환자를 대상으로 당신의 인지와 사고를 이식했습니다. 결과는 놀라웠습니다. 어제까지 자식 이름도 못 외우던 노인들이 갑자기 기하학을 이해할 수 있게 되었으니까요. 환자들이 독일어로 수다떠는 걸 본 사람들은 기적이라는 단어를 사용했습니다. 과학으로 받아들이기에는 이 모든 게 너무 충격적이었습니다. 그러던 중 누군가 이 시스템을 교육에 적용하자는 아이디어를 제시했습니다. 당신이 지금까지 익숙하게 해왔던 과학적 사고, 수학과 과학의 기초를 학생들에게 이식하자는 이야기였습니다. 결과는 마찬가지로 놀라웠습니다. 아이들은 초중고에 걸쳐 배워야 할 지식을 단 1주일 만에 습득했습니다. 치매 노인의 변화를 떠올려보면 이미 예상된 결과였습니다. 더 중요한 건 이러한 이식이 아이들의 인격이나 개성에 거의 영향을 주지 않았다는 겁니다. 물론 이 문제는 여전히 논란거리지만, 적어도 당시에는 그렇게 인식되었습니다. 지식을 주입받은 1세대 아이들은 곧바로 대학 과정에 투입되었습니다. 그리고 몇 년 뒤, 각 분야에서 놀라운 성과들이 쏟아져나오기 시작했습니다. 수학, 화학, 물리학, 천문학, 심지어 인문학까지 아이들이 활약하지 않은 분야가 없었습니다. 아이들은 겨우 10대 중반이었습니다. 물론 모든 아이가 성과를 낸 건 아니었습니다. 그래도 충분했습니다. 게다가 범죄율이 40퍼센트 가까이 떨어졌는데 이는 당신의 준법성이 작용해서라는 게 정론입니다.

   나는 잠시 그의 표정을 살폈다. 아무런 동요도 없는 평온한 얼굴이었다.

   시스템 도입 30년 후, 인류 대부분이 당신의 정신을 계승하였습니다. 사회는 급속도로 발전했습니다. 합리성으로 무장한 새로운 인류는 무한의 지식을 축적할 수 있는 AI를 억제하기까지 했습니다. 유기체와 무기체가 지적으로 동등했던 유일한 시기로 평가됩니다. 사실상 지금의 발전과 풍요는 모두 그 시기에 만들어진 것이라 해도 과언이 아닙니다. 선생님은 인류의 새로운 표준이라는 의미로 '스탠더드맨'이라는 이름을 갖게 되었습니다. 선생님을 계승한 세대는 자연스럽게 스탠더드맨 키즈라 불렸고요.

반대는 없었나요?

소수였지만 당연히 존재했습니다. 당신의 정신을 계승한 사람이 과연 과거와 동일한 인물인가, 라는 존재론적인 논란은 지금도 계속되고 있습니다. 하지만 선생님은 기업과 정부에 막대한 이익을 가져다주었죠. 이익 앞에서 관념적 논란은 무의미했습니다. 무엇보다 스탠더드맨의 가장 큰 장점은 무해함이었습니다.

무해함이라. 그는 지그시 눈을 감고 생각에 잠겼다. 다른 스탠더드맨은 어떻게 되었나요?

선생님이 처음이자 마지막 스탠더드맨입니다. 만일 스탠더드맨을 양산할 수 있었다면 무서운 일들이 벌어졌을 겁니다. 과거 몇몇 독재자는 국민을 생산할 목적으로 이 연구에 천문학적인 돈을 쏟아붓기도 했습니다. 하지만 모두 실패했지요.

저의 죽음은 이 세계에 어떤 영향을 미칠까요?

나는 잠시 망설였다. 하지만 진실을 말하는 게 옳다는 결론을 내렸다. 그가 원하는 것도 결국 진실일 테니까.

아무 영향도 없을 겁니다. 과거 놀라운 세계를 창조했던 스탠더드맨의 정신은 지금 막 태동한 세계와 대립하고 있습니다. 그들은 변화를 원하고 획일성을 거부합니다.

당신도 그 생각에 동의합니까?

동의합니다. 저는 당신의 정신을 계승한 마지막 세대에 속합니다. 우리 세대가 사라지고 나면 스탠더드맨은 비로소 역사가 될 겁니다.

나는 스탠더드맨 키즈가 공통적으로 겪어야 했던 문제들, 과도한 몰입과 내면세계에 갇혀 죽음을 맞이한 이들에 대해 함구했다.

얼마 전 석양을 봤습니다. 아름다웠어요. 붉은빛이, 대지를, 하늘을 녹일 것처럼 타오르더군요. 마치 처음 보는 광경처럼 느껴졌지요. 마지막으로 본 석양을 떠올리려 해봤는데, 도대체 언제, 어디서 이 광경을 마지막으로 봤는지 기억해보려 했지만, 아무리 노력해도 기억이…… 기억이 나지 않아서, 저는 두려웠어요. 두려움의 대상을 알지 못해 더 그랬는지도 모르죠.

스탠더드맨이 떨리는 손으로 머리맡을 더듬어 미란의 자서전을 가리켰다.

석양을 본 직후 시력을 잃었어요. 지금도 당신의 윤곽만 희미하게 보이지요. 그래서 책의 마지막 장을 읽지 못했어요. 당신이 읽어주었으면 해요.

나는 책을 펼쳤다. 마지막 장은 미란이 남편에게 보낸 편지였다. 언젠가 남편이 세상으로 나올 거라 믿었던 미란은, 그때를 위해 자서전 마지막을 남편에게 보내는 편지로 마무리했다.

나는 편지를 낭독했다. 평범한 내용이었다. '사랑한다'와 '그립다'는 말이 자주 눈에 띄었다. 첫사랑에 빠진 열여섯 살짜리 여자애의 연애편지를 보는 듯했다. 스탠더드맨 앞이라 그랬을까. 나는 미란의 마음을 들여다보는 것 같은 착각에 빠졌다. 스탠더드맨, 아니 박지우는 눈을 감고 가만히 내 목소리에 귀를 기울였다. 그 탓에, 나는 편지의 어느 부분에서 그가 죽었는지 알지 못했다. 내가 마지막 장을 모두 읽고 책을 덮었을 때 그는 이미 숨을 거둔 상태였다.

잠시 그의 얼굴을 바라봤다. 얼굴 위로 죽은 아들의 얼굴이 겹쳤다. 갈 수 없는 미래와 끝낼 수 없었던 과거가 나의 의식 속에서 어지럽게 뒤엉켰다.

방에서 나와 스탠더드맨의 죽음을 전했다. 나인은 이미 예상했다는 듯 사망확인서를 허공에 띄웠다. 모니터 구석에 기계적으로 서명했다.

이렇게 끝나는군요.

나인이 사망진단서를 바라보며 말했다.

모든 건 끝나기 마련이니까요.

내 대답에 그가 나의 눈을 바라봤다.

그는 우리 모두의 아버지였습니다.

그렇습니다. 그는 우리 모두의 아버지였습니다.

남자의 질문과 나의 대답이 가슴을 흔들었다.

스탠더드맨의 죽음은 공식 발표가 있을 때까지 비밀로 해주셔야 합니다.

나는 고개를 숙이고 알겠노라 대답했다.

*

아들이 스탠더드맨의 정신을 계승하겠다고 했을 때, 나는 그로 인한 문제점과 한계를 전부 말해줬다. 그럼에도 아들은 고집을 꺾지 않았고 더는 말릴 길이 없었다. 3주 뒤 아들은 스탠더드맨을 계승했다. 이미 겪은 일임에도 아들의 변화는 생경하고 놀라웠다. 아들의 눈동자에 호수처럼 깊은 침묵이 서렸다. 장난감을 전부 버리고 그 시간을 독서와 산책에 할애했다. 좋아하던 간식을 끊고 적당량의 음식을 먹었다.

아들이 마당에서 한 시간 넘게 두 팔을 벌리고 비를 맞았다. 아내가 억지로 끌고 와 수건을 내밀었다. 무슨 짓이냐고 다그치는 아내에게 아들이 말했다. 비가 천천히 내리는 게 신기해서, 라고. 나와 아내는 경험하지 못한 일이었다. 정밀진단을 해봤지만, 특이한 사항은 발견되지 않았다.

계승 2년이 지나고 아들이 죽었다. 나는 경찰서를 찾았다. 경찰이 CCTV 영상을 재생했다. 수요일 오후 3시 40분. 아들과 친구들이 함께 길을 걷고 있었다. 아이들은 수다떨고, 웃고, 장난쳤다. 아들의 얼굴에도 웃음이 가득했다. 평소와 다를 바 없는 풍경이었다. 아들이 갑자기 걸음을 멈췄다. 시선이 도로 건너편을 향했다. 함께 걷던 친구 하나가 다가와 아들 어깨에 손을 올렸다. 아들이 도로 건너편을 가리켰다. 친구가 고개를 갸웃하자 아들은 도로 건너편을 가리키며 입을 뻥긋거렸다.

뭐라고 하는 건가요?

녹음 기능이 없어서 뒤돌아선 장면은 확인이 어렵습니다. 측면 노출 장면을 확인해보겠습니다.

경찰이 음성 확인 프로그램을 실행했다. 로딩이 끝나고, 아들의 입 모양에 따라 모니터 위로 문자가 떴다.

저기 있잖아, 저게 안 보여?

경찰은 같은 시간, 아들이 가리키던 도로 건너편을 보여주었다. 키 작은 가로수와 무인 카페가 전부였고 사람은 한 명도 보이지 않았다.

갑자기 아들이 도로로 뛰어들었다. 수동운전중이던 자동차가 미처 피하지 못하고 아이와 충돌했다. 통나무처럼 바닥을 구른 아들이 곧바로 몸을 일으켜 다시 걸음을 옮겼다. 쩔뚝거리던 아들은 몇 걸음 떼지도 못하고 다시 바닥에 쓰러졌다. 달리던 차들이 일제히 정지했다. 쓰러진 아들을 포함해, 아무도,

스탠더드맨 **117**

아무것도 움직이지 않았다. 마치 시간이 멈춰버린 것처럼.

*

드론이 전쟁기록관을 지날 때, 나인에게 내려달라고 부탁했다. 나인은 목적지까지 30킬로미터도 넘게 남았다고 말했다. 나는 상관없다고 말했다.

드론에서 내려 나인에게 물었다. 왜 하필 나였냐고.

당신이 작성한 정신계통이론에 관한 논문을 읽은 적이 있습니다. 논문 마지막 장에 이런 문구가 있더군요. 우리 세대에게 지워진 문제 혹은 한계가 스탠더드맨의 영향임을 부정할 수는 없다. 하지만 그것이 우리 세대가 저지른 행위의 면죄부가 될 수 있다는 의미는 아니다. 누구도 여기에 이의를 제기해서는 안 된다.

그게 전부입니까?

나인은 선글라스를 고쳐 쓰며, 그게 전부라고 말했다. 나인이 내게 악수를 청했다. 처음으로 그의 얼굴에서 미소 비슷한 것을 볼 수 있었다. 드론이 떠올라 작은 점이 되어 사라졌다.

빙하가 사라지면 인류도 함께 사라질 거라고 옛사람들은 말했다. 하지만 빙하가 사라지고 백 년이 지난 지금까지도 인간의 삶은 계속되고 있었다.

저는 도대체 뭡니까?

스탠더드맨의 질문이 머릿속에 맴돌았다. 나는 그의 질문을 제대로 이해하고 있었던 것일까. 그가 원했던 대답은 혹시 다른 것이 아니었을까. 나는 넥타이를 풀어 주머니에 넣었다. 걸음을 옮길 때마다 그의 목소리가 반복적으로 들려왔다.

저는 도대체 뭡니까? 저는 도대체 뭡니까? 저는 도대체…… 뭡니까.

멈춰, 두 손으로 얼굴을 감쌌다.

빙하의 꿈

30분마다 3D 프린터에서 쥐 모양을 한 로봇이 나왔다. 팀장이 프린터에서 로봇을 빼 선반 위에 올렸다. 무표정했다. 힘든지, 지겨운지, 즐거운지, 보람찬지, 수훈은 알 수 없었고 앞으로도 그럴 거라 믿었다.

나는 곧 죽을 것이다.

팀장은 느리지만 정확한 발음으로 말했다. 수훈은 의자에 앉은 채 몸을 돌렸다. 짧은 침묵이 두 사람을 움켜쥐었다.

병에 걸렸다. 불치병은 아니지만, 굳이 삶을 연장하고 싶지 않구나.

농담처럼 들렸다. 하지만 팀장은 농담을 모르는 사람이었다.

그럼 신유는 어떻게 되는 건가요?

너는 어떻게 했으면 좋겠냐.

팀장님이 없으면 신유도 존재할 이유가 없지요.

수훈은 자신의 역할도 사라지게 됨을 언급하려다 말았다.

그렇다면 법대로 처리하면 되겠지.

팀장은, 본인의 죽음이 가지는 의미를 누구보다 잘 알고 있었다.

얼마나 남았나요?

치료하지 않으면 3개월 정도.

신유에게 뭐라고 전할까요.

네가 알아서 하라고 말한 팀장은, 오후 작업을 부탁한다며 공방을 나갔다. 문이 닫히고 차가운 공기가 공방을 채웠다.

*

팀장이 죽음을 선언했던 그날, 수훈은 빙하에 대한 꿈을 꿨다. 하얀 설원이 지평선까지 펼쳐져 있었다. 하늘은 푸르고 구름 한 점 없었다. 수훈은 알몸이었다. 손과 발을 살피고 배와 가슴을 만져봤다. 특별한 건 없었다. 매일 마주하는 '나'의 육체였다. 수훈의 뒤쪽은 절벽이었고 그 아래 드넓은 바다가 햇빛을 반사했다. 눈이 부셨다. 시선을 돌렸을 때, 지평선 끝에서 희미한 형체의 무언가가 수훈을 향해 다가왔다.

북극곰이었다.

마르고 털이 군데군데 빠진 늙은 놈이었다. 녀석은 걸음을 멈추고 고개를 들어 수훈의 눈을 빤히 바라봤다. 적의도 호의도 느껴지지 않았다. 마치 공기를, 바다를, 하늘을 보는 듯했다. 북극곰은 지친 듯 바닥에 몸을 뉘었다. 숨을 쉴 때마다 앙상한 갈비뼈가 오르내렸다.

이것은 너의 꿈이 아니다.

북극곰이 말했다.

빙하의 꿈이다.

이것이 북극곰의 마지막 말이었다. 하얀 눈 위에서 북극곰은 눈을 감았다. 오르내리던 갈비뼈의 움직임도 멈췄다. 영원이라는 침묵을 품고 북극곰은 그렇게 잠들었다. 수훈은 죽은 곰에게 다가가 그 하얀 털에 손을 올렸다. 아직 온기가 남아 있었다. 수훈은 북극곰을 남겨두고 지평선을 향해 걸어가기 시작했다. 아무리 걸어도 지평선은 가까워지지 않았다.

알람 소리에 눈을 떴다. 새벽 5시, 여기가 방이라는 사실을 인지하기까지 다소 시간이 필요했다. 상반신을 일으켜 꺼져 있는 TV 화면과 거기에 희미하게 비친 얼굴을 응시했다. 현실에서도 쉽게 접하지 못할 선명한 꿈이었다. 수훈은 눈을 감고 의식이 현실로 돌아오길 기다렸다. 침대에서 내려온 수훈은 가방에서 스케치북과 연필을 꺼냈다. 크림색 종이 위에 가로로 선을 하나 그었다. 드넓은 백색의 지평선을 연필로 표현할 길이 달리 없었다. 선 바로 아래 북극곰을 그렸다. 아직 쓰러지지 않은 네 발로 서서 자신을 바라보던 북극곰이다. 간단한 스케치여서 오래 걸리지는 않았다. 수훈은 캔버스 아래 북극곰의 말을 적었다.

이것은 너의 꿈이 아니다.
빙하의 꿈이다.

수훈은 자신이 방금 적은 이 글귀를 조용히 읊었다. 소리가 파동을 일으키며 작은 방에 동심원처럼 퍼져나가다 이내 흔적도 없이 사라졌다. 북극곰은 빙하 위에 몸을 뉘었다. 스스로 선택한 장소에서 자신의 의지로. 수훈은 세수하고 외출복으로 갈아입었다. 스케치북이 든 가방을 메고 현관을 나섰다.
버스를 탔을 때 신유에게 메시지가 왔다.
감기에 걸린 것 같아. 머리랑 목이 아파.
병원은?
아직 연 곳이 없어.
일단 쉬고 있어. 내가 들어가면서 약 사갈게.
배도 고파.
냉장고에 김치찌개 있으니까 끓여서 먹어.
정말 고마워, 사랑해.
수훈은 잠시 망설이다 '나도'라고 적은 뒤 전송 버튼을 눌렀다. 수훈은 창에 머리를 기대고 스치는 풍경을 무심히 바라봤다. 한때 번성했던 산업단지는 이제 오래된 흔적 혹은 기억이라 할 만한 것들로 가득했다. 더러운 담벼락, 버려진 정비소, 무너뜨릴 엄두조차 나지 않는 거대한 굴뚝, 그 속에 묻혀 여전히 살아가는 인간들. 시간이 이 거리에서 인간을 지우고 나면 무엇이 이 풍경을 대신할지 궁금했다.

미로처럼 복잡하고 좁은 골목을 10분 정도 걸어 '솜니움공방'에 도착했다. 솜니움공방은 로봇을 만드는 곳이다. 주문을 받는 식이고 설계부터 제작까지 한다. 3개월 전, 화재 시 건물을 수색하는 로봇 쥐 주문을 받았다. 소형인데다 내화에 필요한 재료가 스물여섯 개나 되어 설계 과정부터 품이 많이 들었다.

예열까지 30분 남았다.

먼저 와 있던 팀장이 말했다. 시계를 보니 7시 30분이었다. 수훈은 팀장을 향해 그려도 되냐고 물었다. 수척한 얼굴의 팀장이 안경알을 셔츠로 쓱쓱 문지르며, 마음대로 하라고 말했다. 수훈은 가방에서 스케치북을 꺼내 동그란 플라스틱 의자에 앉아 있는 팀장을 그렸다. 청바지에 검은 셔츠, 굽은 허리와 거북목, 낡은 안경, 벗겨진 정수리, 하얀 운동화. 하지만 얼굴은 그릴 수 없었다. 처음 그림을 그려도 되냐고 물었을 때 팀장이 내건 유일한 조건이었다. 그림 속 팀장의 얼굴은 안경이 전부였다.

예열이 끝나고 수훈이 설계도를 최종 점검했다. 제품 크기가 작은 만큼 높은 정밀도가 요구되었다. 이런 경우 하루의 첫 번째 생산품에 결함이 생기는 일이 흔했다. 어제만 해도 처음 나온 제품 세 개를 폐기했다. 첫번째 제품을 시연한 팀장이, 이 정도면 괜찮겠다는 의사를 전했다. 수훈은 제작 버튼을 눌렀다. 실린더 내부에서 서른 개 넘는 노즐이 한 점을 향해 재료를 쏟아냈다. 개당 소요 시간은 30분. 하루 제작량은 기껏해야 스무 개 정도였다. 팀장은 문제 생기면 연락하라는 말만 남기고 또다시 공방을 나갔다. 수훈은 가볍게 고개를 끄덕였다.

커피를 내린 뒤 바그너를 틀었다. 프린터 소음이 웅장한 음악에 묻혀 사라졌다. 첫번째 제품이 완성되었다. 수훈은 프린터 안에서 조심스럽게 제품을 꺼내 진열대 위에 올려두었다. 다음 제품이 만들어지는 동안, 수훈은 커피를 홀짝이며 선반 위에 놓인 로봇을 그렸다. 정오 무렵 여덟 대의 로봇이 완성되었다. 수훈은 편의점에서 산 냉동 스파게티를 전자레인지에 데워먹었다.

팀장은 오후 5시가 넘도록 들어오지 않았다. 수훈은 스무 개째 제품을 꺼낸 뒤 프린터와 컴퓨터를 차례로 종료시켰다. 요란한 소리를 내던 냉각팬이 역사에 도착한 기차처럼 스르르 멈췄다. 프린터 노즐을 꺼내 하나하나 점검하고 손질했다. 불을 끄고, 문을 잠근 뒤 보안시스템을 활성화했다. 팀장에게 퇴근하겠다는 메시지를 보냈지만, 답장이 없었다. 퇴근길에 마트에 들러 감기약과 배양 닭고기 세트를 샀다.

방은 어두웠다. 수훈은 불을 켜고 창문을 열었다. 찬바람이 들어왔다. 신유는 신음을 내며 이불 속에서 몸을 웅크렸다. 이마에 손을 대봤다. 미열이 느껴졌다. 수훈은 어질러진 식탁을 치우고 설거지를 했다. 샤워하고 간편복으로 갈아입은 뒤 배양육과 양념을 들고 주방 앞에 섰다. 프라이팬을 달군 뒤 올리브유를 붓고 기름이 끓기 시작할 때 배양육과 양파를 함께 볶았다. 적당히 익은 닭고기 위에, 세트에 들어 있는 양념장을 넣고 5분 더 볶았다.

언제 왔어. 신유가 이불 위로 눈만 빼꼼히 내밀고 물었다.

조금 전에.

나 좀 안아줘.

저녁부터 먹어야지.

잠깐이면 돼.

수훈은 뚜껑으로 프라이팬을 덮고 신유가 있는 침대로 들어갔다. 신유가 가슴에 얼굴을 묻고 몸을 밀착했다.

맛있는 냄새.

신유의 축축한 숨결이 가슴에 닿았다.

날씨가 이렇게 추워진 줄 모르고 공연복 위에 얇은 외투만 입은 게 문제였어.

어제 내가 겨울 코트 내놨잖아.

나갈 때만 해도 이렇게 춥지 않았거든. 네 말 들을 걸 그랬어.

빙하의 꿈

수훈은 팔을 뻗어 창문을 닫았다. 흔들리던 커튼이 움직임을 멈췄다. 차가운 공기가 침대 위를 맴돌았다.

오늘 이상한 꿈을 꿨어. 수훈이 말문을 열었다. 빙하에 알몸으로 서 있었는데 북극곰이 다가왔어.

북극곰이 뭔데?

빙하가 녹기 전 북극에서 살던 동물이야. 털이 하얗고 몸집이 아주 커. 얼음 위를 돌아다니며 숨쉬러 올라오는 물범을 사냥하지. 빙하가 사라지면서 내륙으로 내려왔어. 그 과정에서 다른 종의 곰과 섞이다 사실상 멸종했어.

멸종?

신유가 수훈의 셔츠에 손을 넣어 가슴과 배를 쓰다듬으며 물었다.

이 세계에서 완전히 사라지는 거야.

고래처럼?

그래 고래처럼.

인간도 멸종해?

언젠가는.

다행이다.

신유가 몸을 밀착했다. 수훈은 음식이 식는다고 말하려다 말았다. 몸이 아프거나 우울할 때마다 신유는 고집을 부렸다. 수훈은 신유를 꼭 껴안았다. 둘은 한동안 같은 자세로 아무 말 없이 시간을 보냈다. 10분쯤 지났을 때 신유는 수훈을 침대에 남겨둔 채 욕실로 들어갔다. 수훈은 침대에서 나와 요리를 마무리했다. 신유가 욕실에서 나오고 두 사람은 식탁에 마주앉아 저녁을 먹었다.

북극곰은 어떻게 그렇게 잘 알아?

『백년의 멸종』이라는 책에서 읽었어.

그런 책도 있어?

세상에는 다양한 책이 존재하니까.

오늘 그린 그림 보여줘.

수훈은 가방에서 스케치북을 꺼냈다. 신유는 밥을 우물거리며 스케치북을 천천히 넘겼다.

이게 그 북극곰이야?

그렇다고 수훈이 대답했다.

너무 말랐어. 그래서 죽었나봐. 여기 적힌 건 무슨 뜻이야?

북극곰이 한 말이야. 무슨 뜻인지는 나도 잘 모르겠어.

네 꿈인데도?

나는 북극곰이 아니잖아.

식사를 마친 신유가 약을 먹었다. 그녀가 외출복으로 갈아입는 동안 수훈은 식탁을 정리했다.

오늘은 쉬는 게 좋지 않겠어?

안 돼, 행사가 있는 날이라 빠지면 페널티 먹어.

수훈은 버스 정류장까지 신유와 함께 걸었다. 신유는 코트가 따뜻하다며 걷는 내내 방실방실 웃었다. 신유가 버스에 올라 창밖으로 손을 흔들었다. 버스가 작은 점이 되어 사라지고 난 뒤에야 수훈은 발걸음을 돌렸다.

집으로 돌아온 수훈은 컴퓨터를 켜고 빙하를 검색했다. 오래된 이미지들이 화면을 가득 채웠다. 특히 연도별로 줄어드는 빙하의 위성사진이 그의 흥미를 끌었다. 화면 속 하얀 부분은, 처음에는 더디다가 연도가 현재에 가까워질수록 급격하게 줄어들었다. 마치 프라이팬에 던져진 아이스크림처럼. 빙하는 홀로 떠나지 않았다. 역사에 다시 없을 거대한 도시 몇 개와 북극곰을 함께 데려갔다. 거대한 도시와 북극곰의 비명은, 왕의 무덤에 순장된 궁녀들처럼 조용히 사람들의 기억 속에서 사라졌다.

수훈은 의자를 젖히고 책장에 꽂혀 있는 책들을 눈으로 훑다가, 서랍에서 공유기를 꺼냈다. 헬멧처럼 생긴 공유기에 전원을 연결하고 머리에 썼다. 아이디와 패스워드를 입력하자 첫번째 질문이 떴다.

당신의 젠더는 무엇입니까?
① 인간 남성 ② 인간 여성 ③ 메이드 남성 ④ 메이드 여성
⑤ 기억체 ⑥ 가상 인격

3번을 선택했다.

개인 Code를 입력해주세요.

태양 너머 초록숲_태고의 쇠망치_목성 위에 세워진 아라비아성당_0284570004

짧은 로딩이 끝나고 수훈은 요란한 음악이 흐르는 클럽 입구에서 눈을 떴다. 결재 후 안으로 들어가자, 수십 개의 원형 스테이지가 눈앞에 펼쳐졌다. 버니걸 복장의 여자, 핫팬츠를 입은 근육질 남자, 거대한 유방이 네 개나 달린 춤추는 돼지, 뿔 대신 남근을 달고 있는 염소……. 스테이지 중 하나를 신유는 차지하고 있었다. '접촉 이벤트'라는 문구가 그녀의 가슴 주변을 맴돌았다. 수훈은 스테이지로 다가가 참가 버튼을 터치했다. 삽시간에 풍경이 스테이지 내부로 바뀌었다.

비키니 차림의 신유가, 스테이지 위에서 단조로운 일렉트로닉 리듬에 맞춰 춤추고 있었다. 색색의 레이저가 신유 몸을 알록달록하게 수놓았다. 무대 아래 모인 접속자들이 머리를 흔들며 신유를 향해 손을 뻗었다. 신유는 웃으며 허벅지를 쓸어내렸다. 잠시 후 레이저 조명이 꺼지고 사방이 어두워졌다. 스테이지 위에서 파랗게 빛나는 마이크가 내려왔다. 신유가 마이크를 잡자, 피아노 반주가 시작되었다. 신유 머리 위로 무보정 목소리를 인증하는 마크가 깜박거렸다. 수훈은 숨을 죽이고 신유를 바라봤다. 조금 전까지 손을 흔들던 다른 참가자들도 마찬가지였다. 신유의 자작곡인 〈너의 이름을 빌려줘〉라는 노래가 시작되었다. 아름다운 목소리가 공간을 흔들었다. 노래가 절정에 닿았을 때 몇 명은 눈물까지 흘렸다.

노래가 끝나고 경매가 시작되었다. 접촉 이벤트 낙찰자는 3시간 동안 신유와 개인적인 만남이 가능했다. 실제와 가상 오차율이 3퍼센트 미만인 신유는 경매 시작가가 높은 편에 속했다. 관객들 머리 위로 입찰 금액이 동시에 떴다. 숫자가 어지러워, 수훈은 접속을 끊고 스테이지에서 나갔다. 방으로 돌아온 수훈은 공유기를 벗어 서랍에 넣었다. 침대에 누워 신유가 불렀던 노래 가사를 읊조렸다.

당신이 기억하지 않는 나를 위하여
내가 기억하는 당신이 되어주기를

적막과 어둠이 서서히 의식 속으로 스며들었다.
수훈은 다시 빙하 위에 서 있었다.
이번에도 북극곰이 다가왔다. 마른 몸과 깊은 눈동자가 어제와 같은 북극곰이라는 걸 알려주었다. 그런 수훈의 마음을 읽기라도 한 듯, 북극곰은 고개를 저으며 말했다. 어제의 북극곰은 죽었다. 나는 오늘의 북극곰이다. 수훈은 내일의 북극곰도 있냐고 물으려다 말았다. 오늘의 북극곰은 몸을 돌려 하얀 지평선을 향해 걸었다. 수훈은 그뒤를 따라갔다. 이유는 몰랐다. 왠지 그래야만 할 것만 같았다. 몽롱한 시간을 넘어, 북극곰과 수훈은 하얀 대지를 길게 갈라놓은 크레바스에 닿았다. 폭이 넓어 감히 건널 엄두가 나지 않았다. 북극곰은 크레바스 아래로 몸을 던졌다. 놀라 내려다보니 북극곰이 허공에 떠 있었다. 북극곰은 그 자리에서 수훈을 바라봤다. 수훈도 북극곰이 서 있는 자리로 뛰어내렸다. 북극곰과 마찬가지로 허공에서 멈췄다. 발에 닿은 것은 투명한 얼음이었다. 이토록 투명한 얼음이 있다는 게 놀라울 따름이었다. 수훈은 북극곰을 따라 크레바스 아래로 내려갔다. 양옆으로 성벽처럼 웅장한 빙하의 비취색 단면이 이어졌다. 수훈은 얼음 속에 있는 무언가를 발견하고 빙벽에 가까이 다가갔다. 그것의 정체는 두 팔과 두 다리를 벌리고 있는 인간이었다. 표면이 거칠어 성별조차 구분하기 어려웠지만, 인간이라는 것만은 틀림없었다. 이상했다. 이 깊이의 빙하에 인간이라니.

인간은 빙하의 꿈에 불과하다.

오늘의 북극곰이 말했다. 인간은 누구의 꿈도 아니라고 반박하고 싶었지만, 어째서인지 입이 떨어지지 않았다. 북극곰은 수훈을 더 깊은 곳으로 이끌었다. 크레바스를 깊이 내려갈수록 빙하가 품은 인간의 숫자도 많아졌다. 코앞에 있는 북극곰마저 보이지 않게 되었을 때 빙하에 갇힌 인간들이 비명을 지르기 시작했다. 얼음 속에서 수백, 수천의 비명이 메아리쳤다. 북극곰은 이제 보이지 않았다. 수훈은 무릎을 꿇고 귀를 막았다.

눈을 뜨고 난 뒤에도 한동안 비명이 귓가에서 사라지질 않았다. 수훈은 두 손으로 얼굴을 감싸고 비명이 잦아들기를 기다렸다. 수훈은 식탁에 앉아 크레바스와 그 속에 갇힌 인간을 그렸다. 소리를 어떻게 표현해야 할지 몰라 윤곽을 여러 겹 덧씌웠다. 다섯 장의 그림이 완성되었다. 그림을 바라보던 수훈은, 그림을 스케치북에서 뜯어내 박박 찢은 뒤 쓰레기통에 버렸다.

*

로봇 쥐 작업은 내일까지 이어질 예정이었다. 하지만 프린터에서 완성된 로봇을 꺼내는 것 말고 수훈이 할일은 없었다. 프린터가 새로운 로봇을 만드는 동안 바흐를 들으며 북극곰을 그렸다. 그림 속 북극곰의 시선이 크레바스 아래를 향했다. 크레바스 아래는 아득한 어둠이었다. 수훈은 캔버스 모서리에, 빙하의 꿈에 불과한 인간, 이라고 적었다.

오후 작업이 거의 마무리되어갈 무렵 신유에게 전화가 왔다. 수화기 너머 신유는 울고 있었다. 어디냐고 묻자 더듬거리며 파란 호텔이라 대답했다. 수훈은 마지막 로봇을 프린터 안에 남겨두고 택시를 호출했다.

809호는 엉망으로 어질러져 있었다. 쓰레기통은 엎어져 있었고, TV 화면은 깨져 있었으며 찢어진 신유의 옷이 사방에 흩어져 있었다. 눈이 퉁퉁 부은 신유가 이불로 몸을 가리고 벽에 바짝 붙어 있었다. 무슨 일이 벌어졌었는지 대략 짐작할 수 있었다. 수훈은 바로 신유의 상태를 살폈다. 어깨와 목, 허벅지에 푸른 멍이 보였다. 신유가 울음을 터뜨리며 안겨왔다. 수훈은 한동안 그 자세로 신유를 안심시켰다.

집으로 돌아가는 택시 안에서 신유는 수훈의 몸을 껴안고 아무 말도 하지 않았다. 수훈은 오른팔로 신유의 어깨를 감싸 안았다. 집에 도착한 수훈은 욕조에 따듯한 물을 받아 신유를 씻겼다. 머리를 감기고, 다친 부위를 세심하게 문질렀다. 마른 수건으로 물기를 제거하고 드라이로 머리를 말렸다. 식사를 권했으나 신유가 고개를 저었다. 둘은 불을 끄고 침대에 나란히 누웠다. 신유가 수훈의 품에 파고들었다.

악수 정도는 가능하지만, 성매매 같은 게 아니란 말이야. 그 새끼가 자기가 낸 돈이 얼만 줄 아느냐면서 나를 호텔로 끌고 갔어. 내가 저항하니까 화가 났는지 물건을 부수고 나를 때렸어.

걱정하지 마. 내가 처리해둘 테니.

어떻게 할 건데?

아직은 모르겠어. 뭐 적당히 손이라도 잘라둘까.

손이 없으면 불편하잖아.

복제해서 이식하면 돼. 불편한 건 잠시뿐이야. 인간은 자기가 한 일에 고통을 느껴야 해. 안 그러면 자꾸 망각하거든.

신유가 수훈의 가슴에 코를 묻고 깊이 숨을 들이켰다.

좋은 냄새가 나.

네가 좋아하는 향이 나도록 설계됐으니까.

그런 말은 슬퍼.

슬퍼도 그게 사실이야.

신유는 수훈 품에서 몸을 뒤척이다 이내 잠이 들었다. 낮은 숨소리를 따라 작은 몸이 부풀고 가라앉기를 반복했다. 커튼 틈으로 그믐달이 보였다. 검은 캔버스에 묻은 얼룩처럼, 희미한 빛이 밤하늘을 뿌옇게 밝혔다. 수훈은 신유의 얼굴을 가만히 바라봤다. 그 위로 팀장의 얼굴이 겹쳐 보였다. 부녀지간이니 당연하다면 당연하다. 하지만 아버지와 딸이 이렇게 닮는다는 게 어색하게 느껴졌다.

5년 전 수훈이 배양기에서 처음 눈을 떴을 때 팀장은 울고 있었다. 길게 자란 머리칼과 거친 수염, 지저분한 피부와 더러운 청바지. 붉게 충혈된 눈에서 하염없이 눈물이 흘러내렸다. 노란 배양액에 젖어 있는 수훈을 팀장은 아무 거리낌없이 껴안았다.

너는 나의 증오이자 슬픔, 분노이자 희망이다. 아니, 아니, 오직 희망, 유일한 나의 희망이다.

고급 언어능력과 일반상식을 탑재했음에도 수훈은 팀장의 말을 제대로 이해하지 못했다. 그는 혼란 속에 있었고, 수훈은 자신의 탄생이 이 남자의 혼란과 깊이 관련되어 있음을 짐작했다. 팀장은 책상에서 사진 네 장을 가져와 수훈에게 내밀었다. 사진마다 이름이 붙어 있었다. 수훈은 배양액에 젖은 손으로 사진을 잡았다. 사진이 배양액에 젖어 순식간에 쭈글쭈글해졌다.

이들을 죽여다오. 그것이 네가 태어난 이유이자, 네게 주어진 유일한 소명이다.

태어난 이유, 유일한 소명.

기억해라, 이 얼굴을, 이름의 주인을.

수훈은 고개를 들어 팀장을 바라봤다. 팀장이 격앙된 목소리로 말했다.

이들을 죽여다오, 죽여다오, 죽여다오.

팀장이 수훈 앞에서 감정을 드러낸 처음이자 마지막 순간이었다. 수훈이 처음 그린 그림도 그날 울고 있던 팀장이었다. 수훈은 그때 그린 그림을 침대 아래 깊숙이 숨겨두었다.

*

팀장은 완성된 로봇 쥐를 하나하나 살피고 있었다. 평소와 다름없이 무표정한 얼굴과 너저분한 차림이었다. 수훈은 의자에 앉아 얼마나 남았느냐 물었다.

앞으로 여섯 개.

세 시간 정도면 끝나겠네요.

벌써 다음 주문이 들어와 있다. 이 일은 끝이 없지.

뭔데요?

성관계를 목적으로 한 남성형 안드로이드.

오랜만이네요, 그런 주문은.

뜸해질지는 몰라도 사라지진 않을 거다. 인간이 존재하는 한.

팀장이 고객요구서를 내밀었다. 요구서에는 10년 전에 죽은 유명 배우의 사진이 담겨 있었다.

이 남자가 나온 영화를 본 적이 있어요. 가족을 잃고 복수하는, 은퇴한 특수부대원 역할이었죠.

뻔한 이야기로군.

영화라는 게 대부분 그렇죠.

팀장이 자리에서 일어나 가방을 뒤적거렸다. 주사기를 꺼내 수훈에게 놔달라고 부탁했다.

진통제네요, 꽤 강한.

죽음은 몰라도 통증은 견디고 싶지 않다.

이거 몇 개만 주세요.

물음표 달린 얼굴이 수훈을 바라봤다.

신유가 강간에 저항하다 폭행당했어요.

상태는?

심하지 않아요. 한동안 집에서 쉬게 하려고요.

주사를 맞은 팀장이, 가방에서 앰풀 세 개를 꺼내주었다. 만일을 대비해 하나 더 요구했지만, 팀장은 이 정도면 충분할 거라며 거절했다. 수훈은 앰풀과 주사기를 점퍼 안주머니에 넣고 모자를 썼다. 다녀오겠다고 말한 뒤 공방을 나섰다. 거리는 어두웠다. 차가운 빗방울이 떨어지고 그치기를 반복했다. 수훈은 개의치 않고 걷고 또 걸었다. 흐린 하늘이 점점 어두워졌다. 간헐적으로 번개가 쳤고 천둥이 뒤따랐다. 수훈은 모자를 깊이 눌러썼다.

남자는 공유기를 쓰고 자위행위를 하고 있었다. 남자의 얼굴은 20대 후반에서 30대 초반으로 보였고, 몸무게는 120킬로그램은 족히 되어 보였다. 모니터에는 그가 어제 폭행한 신유의 공연 영상이 나오고 있었다. 남자가 절정을 향해 달려가고 있을 때, 수훈은 조용히 뒤로 돌아가 남자의 입에 수건을 물리고 발버둥치는 남자의 팔에 주사를 놓았다. 1분이 지나고, 남자가 젖은 수건처럼 축 늘어졌다. 수훈은 남자의 머리에서 공유기를 벗겨낸 뒤 허리를 숙여 남자와 눈높이를 맞췄다. 눈동자가 풀려 있었다. 수훈은 남자의 뺨을 잡고 좌우로 가볍게 흔들었다.

10년 전, 불법 가상공간에 접속한 청소년 스무 명이 집단으로 발작을 일으킨 사건이 있었다. 조사 결과 뇌신경 자극을 극대화하는 마약성 프로그램이 사용되었다는 게 밝혀졌다. 프로그램 이름은 〈하멜른〉. 그 사건 이후 공간마약이라는 게 공식적으로 인정되었다. 발작을 일으킨 청소년 중 살아남은 건 두 명뿐이었다. 둘 다 우울증 이력이 있었다. 발작 후 증상이 호전되었다는 점이 잠시 화제가 되었지만, 위험한 이미지 탓에 추가 연구는 진행되지 않았다.

수훈은 남자에게 공유기를 씌우고 〈하멜른〉을 실행했다. 진통제에 취한 상태임에도 남자는 신음을 뱉으며 경련을 일으켰다. 그의 성기가 딱딱해지면서 정액을 분출했다. 하지만 발기는 풀리지 않았다. 수훈은 생각했다. 이 남자에게도 어둠이 있을까. 아마 있을 것이다. 살아 있는 건 어둠을 품기 마련이니까. 어둠이 이 남자를 하멜른에서 지켜줄지도 모른다.

빙하에 인간이 갇혀 있었어. 그리고 빙하는 수십 년 전에 전부 녹아 사라졌지. 갇혀 있던 인간은 전부 어디로 사라졌을까?

수훈은 남자에게 물었다. 남자는 대답 대신 경련과 사정을 반복했다. 움직임을 멈춘 건 30분이 지나서였다. 수훈은 남자의 코에 손등을 대봤다. 숨결이 느껴지지 않았다. 수훈은 남자가 물고 있던 수건을 풀었다. 남자의 입이 수건 두께만큼 벌어져 있었다. 수훈은 남자의 귀를 바라보며 잠시 망설이다, 숨을 길게 내쉰 뒤 그곳을 벗어났다.

계속된 비가 오래된 도시를 적셨다. 거리를 걷는 건 수훈 혼자였다. 사람들은 유독성 물질이 포함된 비를 피해 어딘가로 숨어들었다. 오염된 비는 메이드에게도 좋지 않다. 수훈은 고개를 흔들었다. 어차피 3개월 후면 팀장이 죽는다. 모자챙에서 물방울이 뚝뚝 떨어졌다.

이번이 몇 번째더라?

중앙대교를 건너며 수훈은 생각했다. 여덟? 아홉? 정확히 기억나지 않았다. 선명하게 각인된 건 처음 네 명뿐이었다. 수훈은 그들의 귀를 팀장 앞에 늘어놓았다. 팀장은 무표정한 얼굴로 귀를 하나하나 가리키며 이게 누구의 것인지 물었다. 수훈은 그때마다 귀 주인의 이름을 거명했다. 이건 박지산, 이건 오윤구, 이것과 이것이 이재형과 황민성의 것입니다. 그렇군, 그래. 팀장은 혼자 중얼거렸다. 어떻게 할까요? 팀장은 적당히 처리하라고 지시했다. 수훈은 미간을 찌푸리며 기쁘지 않냐고 물었다. 팀장은 낮은 목소리로, 기쁨이라니, 라고 되물었다. 이놈들이 딸을 죽이지 않았습니까. 복수의 목적은 기쁨이 아니다. 슬픔을 덜기 위한 것이지. 팀장이 말했다. 슬픔이 덜어졌나요? 팀장은 느리게 고개를 저었다. 그날 밤 수훈은 드럼통에 귀를 던지고 휘발유를 부은 뒤 불을 붙였다.

폐허가 된 아파트 단지를 지나, 이제는 빛을 내지 않는 신호등 아래 흐려진 횡단보도를 건넜다. 한기와 피로가 몸을 무겁게 짓눌렀다. 비는 멈출 기미가 없었다. 휴대전화에서 경고음이 끊임없이 울렸다. 표시된 오염도 수준은 '즉각 대피'였다.

수훈은 교회의 검은 실루엣과 마주쳤다. 도시의 다른 것들과 마찬가지로 이미 오래전에 누군가로부터 버림받은 교회였다. 담장 일부는 무너졌고 쇠로 된 출입구는 녹이 슬어 피처럼 붉었다. 갈라진 주차장 틈새마다 길게 자란 잡초가 무릎까지 올라왔고 뾰족한 지붕 위에 세워진 십자가는 한쪽 팔이 부러진 채 세상을 굽어보고 있었다. 수훈은 담을 넘어 잡초를 밟으며 교회 안으로 들어갔다. 예배당은 잡동사니로 가득했다. 부서진 장의자, 벽과 천장에서 떨어진 텍스와 목재, 물방울이 만든 웅덩이. 구석마다 노숙자들이 몸을 웅크리고 있었다. 수훈은 그나마 멀쩡한 의자를 찾아 앉았다. 모자를 벗고 긴 숨을 내뱉었다. 깨진 유리창 틈으로 푸른빛이 새어들었다. 그 빛이 예수의 못박힌 손을 비췄다. 예수의 얼굴은 어둠에 잠겨 보이지 않았다.

수훈은 젖은 옷을 벗어 긴 의자에 차례로 걸었다. 알몸이 되어 의자에 발을 올리고 두 팔로 무릎을 감싸안았다. 터벅터벅 소리가 들려와 고개를 돌리니, 늙은 노숙자가 담요를 들고 서 있었다. 그는 괜찮아, 괜찮아, 라고 말한 뒤 수훈의 등에 담요를 덮어주었다. 묵은 먼지 냄새가 났다. 수훈은 노숙자를 향해 고맙다고 인사했다. 그는 괜찮아, 괜찮아, 라고 말한 뒤 어둠이 고여 있는 구석으로 돌아갔다. 어둠 너머에서 마른기침 소리가 들려왔다.

신유는 침대에 누워 이불 끝을 쥐고 잠들어 있었다. 수훈은 옷을 벗고 이불로 들어갔다. 설깬 신유가 몸을 돌려 수훈의 뺨에 손을 댔다.

뜨거워. 신유가 말했다.

비를…… 맞았어.

뺨에 머물던 신유의 손이 미끄러져 가슴에 닿았다.

약 먹을래? 내가 먹던 거 남았는데.

내 몸은 약이 듣지 않아. 조금 쉬면 돼.

수훈은 눈을 감았다. 무거운 잠이 먹구름처럼 밀려왔다. 하지만 얇은 끈이 그의 의식을 붙들고 놔주지 않았다.

그 남자를 죽였냐고 신유가 물었다. 수훈은 그렇다고 대답했다.

어떻게 죽었어?

수훈은 대답하고 싶지 않았다. 신유도 더 묻지 않았다.

아빠에게 전화가 왔어. 신유가 조심스럽게 입을 열었다. 너는 알고 있었어?

그래, 알고 있었어.

왜 나에게 알려주지 않았어?

그녀의 '왜'에 수훈이 가진 대답은 많지 않았다. 얇은 끈이 더 강하게 수훈의 의식을 잡아당겼다.

어떻게 말을 꺼내야 할지 몰랐어.

내가 진짜 딸이 아니라서 그런 건 아니고?

네가 어떻게 생각할지 모르겠지만, 팀장은 널 진짜 딸로 여기고 있어. 그렇지 않다면 나를 네 옆에 둘 이유가 없잖아.

우리는 어떻게 되는 거야?

입양되지 않으면 폐기되겠지.

수훈은 공유기를 머리에 쓴 채 경련하던 남자를 떠올렸다.

봐, 결국 나는 아빠의 딸이 아닌 거야.

그래도 신유라는 이름을 받았잖아.

계속 살고 싶어. 그러려면 새로운 이름이 필요해.

새로운 이름은 신유의 입버릇 같은 거였다. 수훈은 뻔히 알면서도 생각해둔 이름이 있느냐고 물었다.

나은이 좋겠어. 가끔 스테이지에 오르기 전에 대화하던 여자애야. 자기 말로는 열여섯이라고 하는데 솔직히 스물은 넘어 보여. 그래도 예뻐. 하얀 피부에 분홍색 머리는 찰랑찰랑. 노래는 또 얼마나 잘한다고. 걔는 엄마 아빠와 함께 살아. 작은 고양이도 키우는데 이름이 토마토래.

신유는 나은의 이야기를 쉬지 않고 늘어놓았다. 수훈은 적당히 대꾸하다가 잠이 들었다. 그리고 빙하에 대한 세번째 꿈을 꾸었다.

처음은 언제나 같았다. 지평선까지 이어진 설원과 깡마른 북극곰. 수훈은 지난 꿈에서 그랬던 것처럼 북극곰의 뒤를 따라갔다. 설원은 끝이 없었고 둘의 걸음도 그랬다. 빙하가 녹고 채워진 뒤 다시 녹아 없어질 만큼의 시간이 흘렀다. 설원 한가운데 놓인 배양기 앞에서 북극곰은 걸음을 멈췄다. 배양기가 열리고, 응고된 배양액 표면을 찢고 신유가 모습을 드러냈다. 그녀의 시선이 북극곰과 수훈을 오갔다.

아빠.

신유가 말했다.

너는 신유가 아니다.

북극곰이 말했다.

아빠.

너는 나의 딸이 아니다. 나는 너의 아버지가 아니다.

아빠.

아니다, 아니다, 너는 빙하의 꿈에 불과하다.

신유는 머리를 움켜쥐고 주저앉아 비명을 질렀다. 그 비명이 설원을 가득 채웠다.

*

팀장은 3D 프린터 앞에 허리를 구부리고 앉아 안드로이드 뼈대가 올라가는 걸 지켜보고 있었다. 수훈은 책상에 앉아 연필을 깎았다. 뾰족한 연필심을 돌려보고 다시 칼을 냈다.

냉각팬이 쉬지 않고 돌아갔다. 뼈대가 거의 올라갔을 때 팀장이 진통제를 꺼내 수훈에게 내밀었다. 수훈은 앰풀을 주사기로 빨아들인 뒤 팀장의 팔에 놓았다. 팀장은 눈을 감고 얕은 숨을 빠르게 뱉어냈다. 주사 간격이 점점 짧아지고 있었다. 팀장의 얼굴은 살이 빠져 홀쭉했고 피부는 푸석했다. 그는 죽음을 향해 차분히 걸어가고 있었다. 하지만 수훈은 팀장의 죽음을 좀처럼 상상할 수 없었다. 그 말을 했더니 팀장은 자기도 그랬다고 대답했다.

딸이 병원에 있을 때, 오염된 상처 부위가 재생 치료보다 빠르게 썩어가는 걸 보면서도, 도저히 딸의 죽음을 상상할 수 없었다.

슬펐나요?

슬펐다. 동시에 이상한 기분도 들었다. 딸을 낳고 키우며 행복했던 것만은 아니었다. 아무리 자식이라도 인간은 독립된 개체고 자신의 의지를 실현하려 드는 법이니까. 신유는 유독 그 정도가 심한 아이였다. 그 아이는 나를 기다려주지 않았다. 내가 볼 수 없는 곳으로 혼자 달려갔고, 끝내 주검이 되어 돌아왔다.

팀장의 흐린 눈이 허공을 응시했다.

팀장이 죽으면 여행을 떠날까 해요.

여행?

북극에 가보려고요.

북극은 오래전에 바다가 되어 아무것도 없다.

빙하를 그릴 겁니다.

빙하를 그린다고?

수훈은 팀장의 가방에서 진통제 앰풀을 꺼냈다. 수훈이 세 개의 앰풀을 하나의 주사기에 넣는 동안, 팀장은 미동도 하지 않고 그 모습을 지켜만 봤다. 실린더에 살짝 힘을 주자 바늘 끝으로 투명한 방울이 맺혔다. 3D 프린터 안에서는 안드로이드

뼈대 위로 피부가 덧씌워지고 있었다. 그것은 이제 거의 사람처럼 보였다. 수훈은 주사기를 들고 팀장을 돌아봤다.

어쩔 셈이냐?

팀장이 물었다.

당신을 만들 겁니다. 당신이 나를 만들었듯.

신유도 알고 있나?

아니요. 하지만 당신 없이도 신유는 혼자서 잘 달려갈 겁니다. 아무도 기다리지 않고.

수훈은 팀장의 팔에 주사를 놓았다. 실린더를 누를 때조차 그는 아무 행동도 하지 않았다. 바늘이 살에서 빠져나오는 걸 본 팀장은, 너무 가볍군, 이라고 혼잣말을 한 뒤 바닥에 쓰러졌다. 수훈은 연필 깎던 칼을 팀장의 경동맥에 댔다. 손에 힘을 주려던 순간 3D 프린터에서 제작 완료를 알리는 신호음이 울렸다. 수훈은 칼을 쥔 채 프린터를 바라봤다. 유리관 속에는 인간을 닮은 안드로이드가 두 팔을 벌리고 서 있었다. 조각 같은 몸매와 아름다운 얼굴, 윤이 나는 검은 머리칼과 짙은 눈썹, 두꺼운 근육질 허벅지와 날씬한 종아리. 그 모습을 한참 바라보던 수훈은, 인간이 빙하의 꿈에 불과하다는 북극곰의 말을 조금이나마 이해할 수 있을 것 같았다. 하지만 완전히 이해하게 되는 날은 오지 않으리라.

아마도 영원히.

루시드 드림

그를 A라 칭하는 걸 이해해주기 바란다. 이 이야기로 인해 그의 명예나 도덕성에 흠결이 생기는 건 분명 아니다. 그럼에도 내가 굳이 그를 A라 칭하는 건, 그가 내게 공기처럼 살다 공기처럼 죽고 싶다고 말했기 때문이다.

공기처럼 살다 공기처럼 죽는 것이라니?

나는 설명을 요구했다.

사회 구성원으로서 자기 할일을 하지만, 없어지면 곧바로 다른 사람이 대체할 수 있는 사람을 말하지. 무엇보다 중요한 건 세상에 이름이 알려지지 않는 거야.

그게 왜 중요한 일인가요?

거기까지는 나도 모르겠어. 그냥 생리적으로 싫어. 그냥 이런 인간도 있다고 이해해. 의식이란 아주 복잡한 거니까.

더는 캐묻지 않았다. A의 말처럼 사람이라면 누구나 꺼리는 게 하나쯤 있기 마련이다. 내 경우엔 비행기다. 초등학교 4학년 시절 일본으로 가족여행을 갔을 때였다. 나는 착륙을 코앞에 두고 발작을 일으켰다. 형의 말에 따르면, 물에 빠진 사람처럼 허우적거리다 기절했다고 한다. 내게는 그 기억이 없다. 늙은 의사는 내게 공황장애 진단을 내렸다. 덕분에 아버지와 나만 배를 타고 한국으로 돌아와야 했다. 형은 여행을 망쳤다며 한동안 나만 보면 신경질을 냈다. 그 발작 전까지 비행기가 무섭다고 생각한 적은 한번도 없었고 그건 지금도 마찬가지다. 애초에 비행기는 내 관심 밖의 물건이었다. 그런데 공황장애라니. 내가 알지 못하는 트라우마라도 있는 걸까? 무의식에 새겨진 공포? 전생에 격추당한 파일럿이었을지도 모르지. 누가 알겠어. 하지만 여타 문제들과 마찬가지로 원인은 끝내 밝혀지지 않았다.

신경쓸 거 없어. 남들보다 손가락이 조금 긴 거나 마찬가지야. 그냥 그렇게 살아.

열한 살짜리 아들에게 어머니는 퉁명스럽게 말했다. 어머니 말이 옳다. 그냥 받아들이고 사는 수밖에. 16년이 지났지만 나는 여전히 비행기를 타지 않는다. 이제 괜찮아졌을지도 모르지만, 혹시 모를 문제를 일으키고 싶지 않았다. 가끔 이렇게 떠올리다 잊어버릴 뿐이다.

얼굴은 어떨까요?

상관없을 것 같다며 A가 가볍게 웃었다. 이름은 안 되지만, 얼굴은 상관없다. 이해하기 힘든 일이었다. 참고로 그는 좀처럼 웃지 않는 사람이었다.

A는 마흔이었다. 서른셋에 결혼했고 여섯 살짜리 남자아이가 하나 있다. 대학에선 철학을 전공했다. 제약회사에서 영업팀장을 맡고 있는데, 실적이 높아 타 전공 출신으로는 이례적으로 빠르게 진급했다. 키가 크고 고등학교 때부터 검도를 해서 몸도 탄탄했다. 목소리와 얼굴에 감정을 드러내지 않는 타입으로 솔직히 영업에 어울리는 성격은 아니었다. A 역시 그 사실을 잘 알고 있었다. 그는 상대를 압도한 뒤 안심시키는 전략을 썼고, 이는 매우 효과적이었다. 비즈니스 관계일 땐 나 역시 압도당하는 기분을 종종 느꼈다. 그 빈도가 줄어든 건 우리 관계가 사적으로 변한 뒤였다. 계기는 불면이었다. 우연히 그의 가방에서 신경안정제를 본 내가 말을 걸었다. A는 태연한 목소리로 잠을 잘 자지 못한다고 대답했다. 그걸 주제로 우린 꽤 긴 대화를 나눴다. A는 자신의 강박과 예민한 성격을 털어놓았다. 나를 신뢰해서라기보다는, 스스로 큰 문제라고 여기지 않아서라는 느낌이 강했다. 나 역시 수면제가 없으면 한숨도 자지 못했다. 그뒤로 우리는 가끔 개인적인 술자리를 가졌다. 그는 말하는 요령이 좋은 편으로, 별거 아닌 주제를 쉽고 재미있게 말하는 재주가 있었다.

우리는 닮은 데가 있어.

A가 말했다.

어떤 점이 그렇죠?

잘 모르겠어. 하지만 그렇게 느껴져.

그는 우리의 관계를 모양이 다른 톱니에 비유했다. 크기도, 모양도 완전히 다르지만 맞물리는 단 하나의 날이 있다고. 그게 어떤 날이냐고 묻자, A는 고개를 흔들며, 나야 모르지, 라며 능청을 떨었다. 나이를 먹을수록 모르는 게 많아지는 것 같다며 헛웃음을 지었다. 거듭 말하지만, A는 좀처럼 웃지 않는 사람이었다.

지난 월요일, 모르는 번호로 전화가 왔다. 그녀는 자신을 유재균의 아내라고 소개했다. 예상했던 것보다 훨씬 젊은 목소리였다. 그녀는 서툰 한국어로 유재균 씨가 죽었다고 말했다. 그런 것치곤 평온한 목소리였다. 마치 기르던 햄스터가 죽었다는 듯. 나는 한동안 입을 열지 못했다.

어떻게요?

폐암으로요. 작년부터 아팠어요.

그랬군요. 그런데 저에게 왜 전화했죠?

큰아들이 당신한테 전화하래서요.

형이 어떻게 전화를 받았을지 눈에 선했다. 나는 다시 연락하겠다는 말을 남기고 전화를 끊었다.

마음대로 하렴. 어머니가 말했다. 우릴 버리고 떠난 사람이야. 굳이 장례식에 참석할 필요가 있을까?

저는 못 가요. 비행기를 못 타니까. 어머니가 형에게 말해주면 좋겠어요. 그래도 아버지 장례식인데 누군가는 가야지요.

수화기 너머에서 짧은 한숨 소리가 들려왔다.

직접 연락하렴. 어린애도 아니잖니. 어머니가 전화를 끊었다.

장례식은 닷새 동안 진행되었다. 나는 쓰촨성 솽류공항행 표를 세 장 예매했다. 하지만 아무에게도 연락하지 못한 채 남은 시간을 허비했다. 여자에게 다시 전화했을 때, 그녀는 막 화장이 끝났다고 말했다. 그녀는 봉안당 위치와 함께 동영상을 보냈다. 동영상 속에서 낯선 여자가 지전(紙錢)을 태웠다. 이어 옷과 신발을 차례로 태웠다. 검은 재가 나풀거리며 허공에 흩어졌다. 밴드의 요란한 연주와 함께 행진이 시작되었다. 아버지 영정사진은 아무리 확대해도 흐릿하기만 했다. 나는 납골당 위치를 저장한 뒤 동영상을 삭제했다.

A와 만난 건 그로부터 1주일 뒤였다. 2/4분기 납품 목록 결산을 위해서였다. 서류상 그의 업무는 빈틈이 없었다. 덕분에 일이 예정보다 빨리 끝났다.

요즘은 잘 자나?

A의 질문에 나는 여전하다고 대답했다.

A 씨는 어때요?

똑같은 대답이 오고갔다.

시간 괜찮으면 저녁이나 먹지. 아내와 아들이 유치원 여름 캠프에 갔거든.

그러자고 했다. 어차피 할일도, 만날 사람도 없었다. 시내로 나와 일식집으로 들어갔다. 창가에 자리잡은 우리는 소주잔을 기울이며 생선회와 새우튀김을 먹었다. 대화는 거의 없었다. 그런데도 불편하거나 어색하지 않았다. 이것도 톱니의 영향인 걸까.

적절한 거리를 둔 타인이기 때문일 거야.

A가 말했다.

적절한 거리요?

공전궤도가 맞아서랄까. 지금 궤도에서 조금만 벗어나도 지구는 생명이 살 수 없는 행성이 되거든. 가까우면 불타고, 멀어지면 얼어버리지.

그 거리를 어떻게 측정할 수 있죠? 우리는 행성이 아닌데.

그냥 우연이야. 인위적으로 적절한 거리를 만드는 건 불가능해. 복잡하게 생각할 거 없어. 그러다 강박이 생기면 잠들기 더 힘들어.

술에 취해서였을까. 의도치 않게 나의 궤도 안으로 그를 초대했다.

초등학교 4학년 때 아버지가 집을 나갔어요. 무역회사에서 일하셨는데 중국에 여자가 있었죠. 떠나기 직전까지, 어머니는 물론이고 주변 누구도 그 사실을 몰랐어요.

A가 잔에 술을 따라주었다.

그 아버지가 지난주에 돌아가셨어요. 그 여자한테 전화가 왔죠. 화가 나거나 하지는 않았지만, 이렇게 끝내도 되는지 의문이 들었어요.

무슨 의미지?

아버지가 떠나던 날 어머니는 집에 있던 그릇을 전부 깨뜨렸어요. 그뒤로 태연한 척 지냈지만, 무척 상심했다는 걸 알 수 있었어요. 원래 그런 건 감춰지지 않는 법이잖아요. 형도 마찬가지였어요. 자신이 버림받았다고 믿었죠. 하지만 전 달랐어요. 아버지를 두둔하고 싶은 건 아니지만, 그렇다고 비난하고 싶은 마음도 없어요. 그냥 그럴 수도 있겠다 싶더라고요. 우린 스스로 자유롭다고 믿지만, 사실은 그렇지 않잖아요.

쇼펜하우어가 떠오르는군.

쇼펜하우어가 뭐라고 했는데요?

맹목적인 의지는 증명 불가능하다고 했지. A는 혼자 술산을 비우고 입을 열었다. 네 이야기를 듣다보니 예전에 꿨던 꿈이 생각나.

꿈이요?

그래, 이상한 꿈이었어. A의 시선이 잠시 테이블에 머물렀다. 잠에서 깬 뒤에도 한참 동안 그 의미를 곱씹어야 했지. 덕분에 밤을 지새웠어. 아마 그때부터였을 거야, 불면증이 본격적으로 시작된 건.

얼마나 이상한 꿈이었길래 불면증까지 왔죠?

불면증이 이 꿈 때문인지는 정확하지 않아. 단순한 우연일 수도 있어. 그전에도 잠 못 드는 밤은 종종 있었으니까.

침묵이 이어졌다. 나는 A의 잔을 채웠다. A는 오래 뜸을 들이다 입을 열었다.

*

낯선 거실이었다. A는 마루에 누워 지그재그 모양으로 짜인 목제 천장을 멍하니 바라봤다. 외할머니 집 천장도 이런 무늬였다. 물론 여기는 외할머니 집이 아니었다. 그 집은 할머니가 돌아가시자마자 허물었다. 벌써 10년도 지난 일이다.

현관에 철제로 된 문과 신발장이 보였다. A는 자리에서 일어나 신발장 위에 걸린 동그란 거울 앞에 섰다. 집만큼이나 낯선 얼굴이 자신을 바라보고 있었다. A는 두 손으로 볼과 이마, 코와 입을 차례로 만져봤다. 50대 후반에서 60대 중반. 하얗게 센 머리칼과 자글거리는 주름, 지저분하게 자란 수염과 흐릿한 눈동자. 누굴까 이 사람은. A는 거울 속 남자에게 물었다. 거울 속 남자는 대답 대신 A를 따라 입을 움직였다. 검버섯 핀 손이 낡은 셔츠를 매만졌다.

씨발, 내가 낮에는 거실에 나와 있지 말라고 했지.

젊은 남자가 들어오자마자 소리를 질렀다. 서른이나 되었을까. 반삭의 머리와 심하게 어긋난 치열, 팔뚝에 새긴 독수리 문신이 초등학생 낙서처럼 보였다.

당장 방으로 꺼져, 또 기어나오면 뒤질 줄 알아.

A는 이 젊은 친구의 무례가 거슬렸다. 남자를 따라 여자가 들어왔다. 노랗게 염색한 머리와 짧은 민소매 셔츠에도 불구하고, 여자는 남자보다 나이 들어 보였다.

누구야? 여자가 A를 훑어보며 물었다. 젊은이는 머리를 긁적이며 예전에 말한 그 노인네라고 말했다. 그녀는 알겠다는 듯 고개를 끄덕였다. A는 두 사람을 향해 잠깐이라고 말했다.

자넨 어른에게 언제나 이렇게 무례한가?

뭐라고?

젊은이가 황당한 표정으로 말했다.

반말하지 말고. 어른이 지금 말하고 있잖아.

젊은이가 A를 멍하니 쳐다봤다. A는 목을 주무르며 젊은이에게 다가갔다. 젊은이가 여자 눈치를 보며 슬쩍 뒷걸음질 쳤다.

묻고 싶은 게 있는데. A가 말했다. 내 이름이 뭐지? 여긴 어디고?

젊은이는 여자에게 기다리라고 말한 뒤 밖으로 나갔다. 여자가 젊은이를 따라 나갔다가 곧장 들어왔다.

아빠에게 연락하겠대요.

홀로 남겨진 여자가 말했다.

여자와 A는 탁자를 가운데 두고, 조금 떨어져 앉았다. 여자는 벽에 등을 기대고 휴대전화 화면을 쉴새없이 두드렸다.

전에, 우리가 만난 적이 있나요?

A의 물음에 여자가 입술을 삐죽 내밀고 고개를 저었다.

저 젊은이가 나를 누구라고 소개하던가요?

여자가 우물쭈물 말을 더듬었다. A는 상관없으니 솔직히 말해달라고 정중히 부탁했다.

집에 모자란 사람이 사는데…… 자기 삼촌이라고.

지역과 시간도 물었다. 그녀는 여기가 수원이고, 지금은 2017년이라고 대답했다. 나라와 현직 대통령 이름도 A가 아는 그대로였다. 일본 총리와 중국 주석이 누구냐고도 물었지만, 그녀는 잘 모르겠다며 다시 입술을 삐죽였다.

오후 2시가 조금 넘었을 무렵, 젊은이가 또다른 노인을 데리고 안으로 들어왔다. 짙은 눈썹과 주름진 미간이 고집스러워 보였다. A는 고목 같은 노인의 얼굴을 빤히 바라봤다. 노인이 다가와 A에게 자신이 누군지 알겠냐고 물었다.

죄송하지만 기억이 나질 않습니다. 선생님은 저와 어떤 관계입니까?

노인이 A의 어깨를 붙잡았다. 그는 자신을 형이라고 소개했다. 이어 A를 '백종길'이라 불렀다. 처음 듣는, 아는 사람 중에도 없는 이름이었다. 노인은 A를 자리에 앉히고 지난 세월을 설명했다. A는 스무 살 때 건설 현장에서 추락 사고로 머리를 다쳤다. 두 번의 수술 끝에 기적적으로 살아났지만 완벽하진 않았다. 과거를 기억하지 못했고 말과 행동이 어눌해졌다. 그런 A를 맏형인 자신이 서른일곱 해 동안 보살폈다. 기억나는 게 있냐는 질문에 A는 고개를 흔들었다. 무너진 건물 잔해 속에서 눈을 뜬 기분이었다.

젊은이가 차를 가져왔다. A는 고맙다고 말했다. 그는 떨떠름한 얼굴로 여자를 데리고 밖으로 나갔다.

A는 노인에게 큰절을 올렸다.

이제껏 보살펴주셔서 정말 감사합니다. 아무리 형제라지만 쉬운 일이 아니라는 걸 알고 있습니다. 이 은혜를 어떻게 보답해야 할지……

노인이 눈물을 훔치며 A의 어깨를 두드렸다.

형은 A를 방으로 데려갔다. 건물 왼편에 자리한, 월세를 받으려 만든 오래된 쪽방이었다. 문을 열자 허름한 주방이 나왔다. 싱크대 맞은편은 화장실이었다. 형이 방으로 들어가는 미닫이문을 열었다. 오래된 장롱과 브라운관 TV가 세간의 전부였다. 남은 공간은 한 명이 겨우 누울 만큼 좁았다. 바닥에 펼쳐진 이불이 낡고 눅눅했다. A는 서랍장에서 그나마 깨끗한 옷을 꺼내 비닐에 담았다. 꽉 막힌 목구멍을 겨우 열어 2만 원을 빌렸다. 차라리 모래가 되고 싶었다.

현관 밖은 주택가 골목이었다. 햇살은 포근했고 나무마다 연두색 잎사귀가 달려 있었다. 봄에서 여름으로 넘어가는 계절이었다. 봄에서 여름이라니. 그는 걸음을 멈추고 눈을 감았다. 가느다란 빛줄기가 몸을 관통하는 게 느껴졌다. A는 균형을 잃고 옆으로 넘어졌다. 눈을 뜨는 대신, 뭔가 있기를 바라며 손을 휘적거렸다. 아무것도 손에 닿지 않았다. A는 손을 더듬어 엉금엉금 기었다. 닿은 것은 차가운 벽이었다. 화들짝 놀란 A가 멈칫했다. 이건 정말 벽일까? 눈을 떠 확인하고 싶었지만, 그러지 못했다. 두려웠다. 만일 벽이 아닌 다른 무엇이라면 감당할 자신이 없었다. 눈을 뜬 건 5분 정도가 지나서였다. 그것은 붉은 벽돌로 세워진 평범한 벽이었다. A는 벽에 이마를 문질렀다. 붉은 벽돌에 검은 얼룩이 졌다.

중년의 여자는 A를 위아래로 훑어봤다. 최대한 무방비한 자세를 취했지만, 그녀는 좀처럼 경계를 풀지 않았다. 여자는 어쩔 수 없다는 표정으로 키를 내밀었다. A는 샴푸와 면도기를 사서 안으로 들어갔다. 평일 낮 목욕탕은 A를 포함해 두 사람이 전부였다. 또다른 사람 역시 노인으로 눈을 감은 채 욕탕에 앉아 있었다. 빨갛게 상기된 얼굴이 평온해 보였다. 머리를 감고 몸을 씻은 뒤 탕에 들어갔다. 노인의 살짝 벌어진 입술 사이로 가느다란 소리가 흘러나왔다. A는 탕에서 나와 거울에 비친 몸을 자세히 살폈다. 거친 피부와 앙상한 팔다리가 기묘하게 느껴졌다. 구석구석 때를 밀고, 샴푸와 비누칠을 한번씩 더 했다. 하얀 비누거품을 수염에 발랐다. 면도기가 지나갈 때마다 갓 나온 달걀 비슷한 색깔이 드러났다. 이발소에 들러 목까지 늘어진 머리칼을 짧게 깎았다. 머리칼이 짧아질수록 얼굴은 더 낯설어졌다. 발 달린 거울이 졸졸 따라다니는 것 같았다. 돌아오는 길에 입고 왔던 옷을 쓰레기통에 버렸다.

거실에서 형과 형수가 기다리고 있었다. 형수는 파마머리에 키가 작고 통통한 여자였다. A를 보자마자 손뼉을 치며, 아이고, 이게 진짜 그 머저리야? 라고 소리쳤다. 형이 노려보자, 손으로 입을 막았다. 쓰게 웃는 A에게 형이 갈 곳이 있다고 말했다.

어머니를 뵈러 가자.

살아 계시는군요.

형은 고개를 끄덕였다.

하지만 널 알아보실지 모르겠다. 최근 상태가 많이 나빠지셨거든.

무슨 병이죠?

처음 듣는 병명이었다. 증상이 어떻게 되느냐는 질문에, 형은 고개를 저으며 끔찍하다고만 대답했다. 형수는 둘만 다녀오라며 안방으로 들어갔다.

두 사람은 오래된 세단을 타고 요양병원으로 향했다. 운전하는 형은 말이 없었다. A는 조수석에 앉아 스쳐가는 풍경을 바라봤다. 사람도, 건물도, 자동차도, 기억과 크게 다르지 않다. 하지만 A는 이곳을 특정하지 못했다. 나의 세계가 아니라는 낯선 감각이 가슴을 옥죄었다.

요양병원은 5층 건물이었다. 건물 앞에 조성된 정원에서 몇몇 노인들이 지팡이를 짚고 느리게 걸음을 옮겼다. 곱게 늙은 할머니 하나가 방실방실 웃으며 하얀 나비를 쫓았다. 나비가 잠깐 할머니 어깨에 앉았다 날아갔다. 할머니는 아쉽다는 듯 멀어지는 나비를 쳐다봤다.

프론트 간호사가 A를 알아보고 인사했다. A가 가볍게 고개를 숙이자, 놀라며 손으로 입을 가렸다.

정신이 돌아왔어요.

형의 말에 간호사가 과장된 목소리로 다행이라고 말했다. 다행이라니, 도대체 무엇이. A는 고맙다고 인사했다. 간호사가 가슴에 손을 올리고 미소를 지었다. A는 그녀에게서 몸을 돌려 발걸음을 서둘렀다.

병실은 2층 복도 끝이었다. 4평 정도 되는 방이었다. 옷장과 TV, 앉은뱅이상이 보였다. 베란다가 있어 전망이 좋다는 걸 제외하면 A의 방과 별반 다르지 않았다. 어머니는 이불 위에 누워 있었다. 요양병원이니 거동이 불편한 정도라고만 짐작했다. 하지만 아니었다. A는 어머니의 다리를 뚫어지게 쳐다봤다. 하반신 전체가 비늘로 뒤덮였다. 피부병 같은 게 아닌 진짜 비늘이었다. 얼굴과 다리를 뺀 나머지 부분이 가느다란 실로 싸여 있었다. 실 끝이 천장에 이어진 모습이, 반쯤 지어지다 만 누에고치를 닮았다.

의식은 있나요?

가끔 돌아오시는데, 이번엔 오래가는구나.

치료법은요?

없다. 올해를 넘기기 어려우실 듯해.

A는 어머니 머리맡에 앉았다. 그녀 얼굴 위로 A의 그림자가 드리웠다. 어머니가 기억나느냐고 형이 물었다. A는 고개를 끄덕였다. 물론 거짓말이었다.

어머니와 단둘이 있고 싶어요.

형은 그러라며 자리를 비켜주었다. 반쯤 열린 베란다 문으로 선선한 바람이 불어왔다. A는 어머니 코에 손가락을 대봤다. 숨결이 희미했다.

저는 서른여섯입니다. 대학에서 철학을 전공했지요. 철학자가 되고 싶었고, 될 수 있을 거라 믿었습니다. 하지만 어쩌다보니 제약회사에서 영업일을 하게 되었습니다. 회사에서 철학과 출신은 저뿐입니다. 제일 좋아하는 철학자는 버트런드 러셀입니다. 영국의 귀족이자 천재였던 러셀은 논리수학자로 공리를 증명하기 위해 수십 년을 노력했습니다. 하지만 실패하고 말지요. 쿠르트 괴델이라는 수학자가 공리 증명이 불가능하다는 걸 증명했기 때문입니다. 정확하게 표현하자면 '참인 진술이라면 그 진술 자체를, 거짓인 진술이라면 그것의 부정을 증명할 수 없다'라는 겁니다. 이 증명을 통해, 러셀은 평생 쫓았던 꿈이 허상임을 깨닫게 됩니다.

A는 신중하고 조심스럽게 어머니를 뒤덮은 실을 손바닥으

로 쓰다듬었다. 부드러웠다. A의 손이 어머니의 이마에서 뺨으로 이어졌다.

A는 아버지를 떠올렸다. 이곳이 아닌, 진짜 삶 속에 있던 아버지를.

원서 접수를 앞둔 A가 법대가 아닌 철학과에 진학하겠다는 의사를 전했다. 아버지는 리모컨을 들어 바둑이 한창이던 TV를 껐다. 정적이 두 사람 사이에 내려앉았다. 끊어지지 않은 침묵이 허공에 매달려 시계추처럼 흔들렸다.

네 누나는 너를 대신해 죽었다. 아버지가 입을 열었다. 기억하지 못하는 것 같아 그동안 말하지 않았다. 내가 낚시하는 동안, 너와 네 누나가 조금 떨어진 곳에 묶여 있던 배에 올랐다. 네가 어쩌다 물에 빠졌는지 나는 보지 못했다. 아마 발을 헛디뎠거나 했겠지. 물살이 세고 수심이 가파르게 깊어지는 곳이었다. 네 누나가 널 구하기 위해 강으로 뛰어들었지만 깊기는 네 누나에게도 마찬가지였다. 나는 달려갔다. 손닿는 거리에 너와 누나가 있었고, 한 명은 분명히 구할 수 있었다. 나는 선택을 해야만 했다.

선택.

A는 아버지의 말을 속으로 되뇌었다. 오래전 아버지에게 비슷한 말을 들었다. 하느님이 너 대신 누나를 선택한 것이라고. 하느님이 왜 그랬냐는 질문에 아버지는 입을 다물었다.

왜 하필 저였나요?

아버지의 주름진 눈이 송곳처럼 가늘어졌다.

철학 같은 건 취미로 하면 되지 않느냐.

차라리 법을 취미로 하겠습니다.

넌 세상을 모른다.

아버지도 철학을 모릅니다.

사람들은 매일 전쟁을 하며 살아간다.

저는 전쟁을 하며 살고 싶지 않습니다.

아버지의 입이 굳게 닫혔다. 초침 소리가 바늘처럼 따가웠다.

네 누나였다면 감히 이따위 대꾸는 하지 않았을 텐데.

아버지는 다시 TV를 켰다. 대화는 거기서 끝났다.

입학과 동시에 집을 나왔습니다. 저는 아버지를 잊었고 아마 아버지도 저를 잊었을 겁니다. 실에 싸여 잠든 어머니에게 A는 말했다. 이곳에도 러셀이 있습니까? 비트겐슈타인이 있습니까? 아스피린과 항히스타민제가 있습니까?

어머니는 심해에서 발견된 석상처럼 침묵을 지켰다. A는 베란다로 나갔다. 나비가 눈앞을 스쳤다. 아까 봤던 하얀 나비였다. 그 작은 것이 동글동글한 궤적을 그리며 햇살을 헤집었다. 문득 나비에게도 그림자가 있을지 궁금했다. 아마 있을 것이다. 그림자는 빛에서 도망칠 수 없는 존재니까. 하지만 아무리 살펴도 나비의 그림자는 보이지 않았다. 그러는 사이 나비는 보이지 않는 그림자를 이끌고 시야에서 사라졌다. 햇빛에 눈이 멀 것만 같았다.

일자리가 있을까요?

A가 물었다.

일자리는 무슨, 다 늙어빠진 노인네 누가 쓴다고.

형수가 빨래를 개며 말했다. A는 주먹을 움켜쥐었다.

어디 아픈 데는 없고?

몸은 괜찮은 것 같습니다. 저는 아무 일이라도 상관없습니다.

내 친구가 인력사무소를 운영하는데 거기라도 가볼래?

그러겠노라 말했다. 형이 전화를 걸어 약속을 잡았다. A는 형 내외에게 인사하고 방으로 돌아왔다. 미역국을 끓여 식은 밥을 말았다.

비가 내렸다. 벽에 기대어 TV를 켰다. 유치하고 한심했지만, 여전히 재미있다는 점에서 기억 속 예능과 별반 다르지 않았다. 채널을 뉴스로 돌렸을 때, 밖에서 요란한 소리가 들려왔다. A는 고개를 돌려 문을 바라봤다. 비에 흠뻑 젖은 조카가 문을 열고 나타났다.

어이, 병신! 나랑 얘기 좀 하자.

그는 취해 있었다.

많이 취한 거 같은데 그냥 들어가게. 할 얘기가 있으면 내일 하고.

이런 씨발 새끼가.

조카가 들고 있던 휴대전화를 TV로 던졌다. '퍽' 소리와 함께 브라운관이 깨졌다. A는 자리에서 일어났다. 조카가 실소를 터뜨렸다.

이제 와서 어른 대접을 받고 싶어? 넌 내가 태어났을 때부터 병신이었어.

A는 장롱 옆에 있던 플라스틱 빗자루를 집어 조카를 겨눴다.

지금이라도 돌아가면 없던 일로 해주지.

조카는 코웃음을 치며 주먹을 쥐고 다가왔다. 빗자루가 조카의 손목을 내리쳤다. 그가 비명을 질렀다. 그 틈을 타 목을 찌른 뒤, 배를 걷어찼다. 녀석이 문밖으로 나뒹굴었다. 비틀거리며 일어난 조카가 핏발선 눈으로 주방에 있던 칼을 들었다.

후회할 짓 하지 말게.

A가 단호하게 말했다. 조카는 비를 맞으며 씨발이라는 단어를 쉬지 않고 뱉어냈다. 칼을 바닥에 내던진 조카가 A에게 말했다.

병신 주제에 나한테 지랄하지 마. 네가 어떤 인간이었는지 알아? 여자만 보면 발정난 개처럼 달려들었어. 아버지가 얼마나 많이 경찰서에 불려갔는지 알기나 해. 동네 사람들이 하도 난리치니까, 너 혼자 남겨둘 땐 문에 자물쇠를 채웠어. 욕을 처먹지 않으면 한 달이고 두 달이고 씻지도 않아 몸에서 죽은 돼지 냄새가 났다고. 너는 지난 30년 동안 쓰레기였어. 정신이 돌아왔다고 해서 뭐가 달라질 것 같아? 장담하는데, 넌 여기서 벌레처럼 살다가 벌레처럼 뒈질 거야.

조카는 쏟아지는 빗속으로 사라졌다. A는 빗자루를 내려놓고 바닥에 떨어진 칼을 집어 제자리에 두었다. TV 코드를 뽑고, 더러워진 바닥을 걸레로 닦았다. 형광등을 끄자 시커먼 어둠이 A를 에워쌌다. 빗줄기가 점점 굵어졌다. 수천 마리의 벌레가 벽을 긁어대는 것 같았다. A는 이불을 뒤집어쓰고 아기처럼 몸을 웅크렸다. A는 벌레처럼 살다 벌레처럼 죽을 거라는 조카의 목소리를 곱씹으며 잠이 들었다.

A를 깨운 건 어머니였다. 요양병원에 누워 있는 현실의 어머니가 아닌, 그가 기억하는 진짜 어머니였다. 어머니는 화사한 정장을 입고 A를 향해 손을 내밀었다. 그 손을 잡는 순간, A는 이것이 꿈이라는 걸 알 수 있었다.

어서 일어나.

어머니가 말했다.

A는 곧장 거울을 찾았다. 자신이 알고 있던 바로 그 얼굴이었다. 어머니는 A를 밖으로 이끌었다. 낮에 봤던 골목이 아니었다. 말끔한 포장도로와 일정한 간격으로 심어진 가로수. 외국영화에 나올 법한 주택가였다. 다른 게 있다면 집이 있어야 할 자리에 붉은 담장이 서 있다는 사실이었다. 키보다 조금 높은 담장이 인도를 따라 길게 이어졌다.

여기가 어디죠?

A가 물었다.

작별인사하는 곳.

누구와 작별하는데요?

모두와.

A는 어머니와 함께 인도를 따라 걸었다. 제일 먼저 모습을 드러낸 건 강아지였다. 외할머니가 키우던 소형 잡종견 푸름이었다. 털에 푸른색이 돌아 지어준 이름이었다. 푸름이는 세 살 때 마을 어귀에서 트럭에 치여 죽었다. 그 푸름이가 A를 향해 꼬리를 흔들며 달려왔다. 쓰다듬자 품으로 파고들었다. 짧은 다리와 커다란 눈망울이 여전했다. 뒤를 이어 할머니가 걸어나왔다. 할머니가 A를 껴안았다. 우리 강아지 그동안 고생 많았다며 등을 두드려주었다. 붉은 담장 뒤에서 아는 얼굴이 차례로 나타났다. 등산복 차림의 아버지, 사촌들과 고등학교 동창들……. 모두가 웃으며 하나하나 A에게 작별인사를 건넸다. 어느새 담이 끝났다. 어머니는, 이번엔 너 혼자 가야 한다며 A의 손을 놓았다. 모서리를 돌기 전 뒤를 돌아봤다. 모든 시선이 자신을 향해 있었다. A는 손으로 담벼락을 쓸어내며 모서리를 돌았다. 거기엔 아내와 아들이 나란히 서 있었다. A는 돌처럼 굳어 두 사람을 번갈아 쳐다봤다. 아내가 다가와 뺨을 어루만지며 긴 입맞춤을 했다. 입술이 떨어지는 순간까지, 두 사람은 서로에게서 눈을 떼지 못했다. 아내는 어색하게 서 있는 아들을 앞으로 데려왔다. 아이는 영문을 알 수 없다

는 얼굴로 A를 올려다봤다. 그는 무릎을 꿇고 아이와 눈높이를 맞췄다.

아빠한테 인사해야지.

아내가 말했다.

아빠 어디 가는데? 몇 밤 자면 와?

아이가 물었다. 아이의 어깨를 쥔 손이 떨려왔다. 어디에도 가지 않는다고 말하고 싶은데, 입술이 떨어지질 않았다. A는 아들을 안고 등과 머리를 쓰다듬었다. 가슴이 맞닿은 곳에서 작은 고동이 전해졌다.

인사는 모두 마쳤니?

어머니가 A 어깨에 손을 올리며 물었다. A는 고개를 흔들었다.

어머니, 절 보내지 마세요. 부탁이에요.

A는 아이를 더 세게 안았다.

제발, 제발, 제발……

그는 어린아이처럼 울었다. 하지만 그 울음에 귀기울이는 사람은 아무도 없었다. 모두가 평온한 얼굴로 우는 A를 지켜볼 뿐이었다. 그가 기억하는, 꿈에서 가장 무서운 순간이었다.

*

A는 비명도 없이 잠에서 깼다. 그는 침대에서 내려와 화장

실로 향했다. 거울 속 남자의 눈이 붉게 충혈되었다. 그는 한숨을 길게 내쉬며 땀에 젖은 얼굴을 쓸어내렸다.

거실은 어두웠고, 수도꼭지에서 물방울이 규칙적으로 떨어졌다. 주방으로 걸어가 수도꼭지 레버를 깊이 눌렀다. 축축한 어둠이 손끝에 묻어났다. A는 발소리를 죽이고 안방 문을 열었다. 아내와 아들이 침대 위에 나란히 잠들어 있었다. 살짝 쥔 아이의 발이 부드럽고 따뜻했다. 뒤척이는 아이를 뒤로 A는 조심스럽게 문을 닫았다. 소파에 앉아 동이 틀 때까지 잠들지 못했다. 주변이 너무 고요해서 꿈과 현실의 경계에 버려진 기분이었다.

이상한 꿈이네요. 내가 말했다.

이 꿈이 가진 의미가 뭔지 알겠어?

모르겠다고 대답하자, 그의 표정이 사뭇 진지해졌다.

가끔, 나는 여전히 꿈속에 있는 게 아닐까, 하는 의구심이 들 때가 있어. 그가 내 눈을 빤히 바라보며 말했다. 그럴 때마다 이 모든 게 연기처럼 사라져버릴까 두려워. 물론 헛소리란 걸 알아. 하지만 만일에 말이야, 정말 만일에, 이 세계가 꿈에 불과하고, 그래서 너의 삶이 신기루에 불과하다는 걸 알게 된다면 어떤 기분일 것 같아?

꿈에 불과한 세계라면?

A는 고개를 끄덕였다.

이 모든 게 꿈이라면. 가족을 떠나 죽은 아버지가 없고, 매일 밤 거실을 서성이던 어머니와 아버지의 사진을 전부 가위로 오려내던 형이 없다면, 만일 그렇다면……

후회할 것 같아요.

그래, 넌 그렇게 말할 것 같았어.

무슨 뜻이죠?

우리가 서로 닮았다는 뜻이지.

그가 잔을 내밀었다. 꿈 이야기는 여기까지였다. 우리는 시시콜콜한 대화를 나누다 10시쯤 헤어졌다. 지하철역으로 향하는 동안, 거리를 메운 간판이 머리를 어지럽게 흔들었다. 횟집 간판에 설치된, 꼬리를 흔드는 네온사인 물고기가 금방이라도 날아가버릴 것만 같아서 빤히 쳐다봤지만, 아쉽게도 기대했던 일은 벌어지지 않았다.

일본에서 한국으로 돌아오던 배에서, 나는 혼자 갑판에 올라갔다. 항구가 시야에서 사라지고 푸른 바다가 그 풍경을 대신했다. 난간을 붙잡고 하얗게 부서지는 포말을 구경하고 있을 때, 아버지가 인기척도 없이 내 옆으로 다가왔다.

바다가 정말 넓어.

아버지는 정말 그렇다며 난간을 쥐고 먼 곳을 응시했다. 아버지의 옅은 머리칼이 바람에 흐트러졌다.

여기서 빠지면 죽겠지?

무서우냐?

나는 고개를 끄덕였다.

걱정하지 마라. 정말 무서운 일은 대부분 네 머릿속에서 벌어지니까.

머릿속이 바다보다 무서운 거야?

바다와 비교하면 그렇다고 할 수 있지. 아버지는 혼잣말처럼 중얼거렸다. 곱씹어봤지만 잘 이해가 되지 않았다.

아빠, 정말 엄마랑 이혼하고 멀리 떠날 거야?

아버지 어깨 위로 검은 그늘이 쏟아졌다. 당혹스러움과 죄책감, 슬픔 따위가 어지럽게 뒤엉켜 있던 눈빛을 지금도 잊을 수가 없다.

일부러 엿들은 건 아니야. 어제 잠이 안 와서 베란다에서 바깥을 구경하고 있었거든.

아버지가 내 어깨에 크고 무거운 손을 올렸다.

미안하다고는 하지 않겠다.

파도에 배가 출렁였다. 난간을 쥔 손에 힘이 들어갔다. 하지만 아버지는 꿈쩍도 하지 않았다. 그는 인형처럼 무표정한 얼굴로 내게 말했다.

할 수 있다면 나를 마음껏 미워해라.

그것이 아버지와의 마지막 대화였다. 아버지는 집에 도착하자마자 어머니에게 이별을 통보했다. 그가 어디로 가는지, 남겨진 누구도 알지 못했다. 어머니와 형은 아버지를 미워했지만, 유일하게 미움을 허락받은 나는 그러지 못했다.

나는 형에게 전화를 걸었다. 형은 이 시간에 무슨 일이냐고 물었다.
 아버지 장례가 끝났어. 화장해서 납골당에 모셨대.
 그 이야긴 이제 그만하자. 어차피 우리랑 상관없는 일이야.
 궁금한 게 있는데……. 나는 잠시 뜸을 들이다 말했다. 형은 이제 누굴 미워하면서 살 거야?
 무거운 정적이 우리 사이에 내려앉았다.
 미친 새끼.
 전화가 끊어졌다. 나는 휴대전화를 주머니에 넣고, 건물 난간에 걸터앉아 번화한 거리를 바라봤다. 거리는 빛과 사람들로 가득했다. 이렇게 많은 사람에게 각자의 길이 있다는 게 거짓말 같았다.
 나는 무릎 사이에 얼굴을 묻고, 꿈이라면 깨기를 간절히 바랐다.

러다이트 어게인

로봇회사 사이버도미닉의 퓨처워커. 나는 녀석을 영상으로 본 기억이 있다. 영상 속 퓨처워커는 걷고 텀블링하고, 누가 발로 차면 비틀거리며 균형을 유지했으며, 심지어 무게가 제법 나가는 상자도 날랐다. 신기했다. 어렸을 때 상상했던 미래가 코앞으로 성큼 다가온 느낌이랄까. 미래에는 사람 대신 이놈들이 공장에서 일하고 택배를 나르겠구나 싶었다. 그때가 되면 나도 두 대 정도 구매해서 청소와 밥이나 시켜야겠다고 생각했다. 놈이 회사로 배달오던 날 전까지는 말이다.

퓨처워커는 스스로 박스를 뜯고 나왔다. 강렬한 임팩트를 추구하는 제작사의 취향이 반영된 결과였다. 전원을 켜자, 머리에 붙어 있는 디스플레이에서 이모티콘을 닮은 눈과 입이 떠올랐다. 놈은 (^_^) 요렇게 웃으며 잘 부탁드린다며 허리를 90도로 숙였다. 예의 바른 새끼라며 윤수 형이 턱을 쓰다듬었다.

  야 이름은 오늘부터 춘식이여. 앞으로 잘들 해보라고.

  사장이 퓨처워커를 가리키며 말했다. 춘식이는 공장에서 키우던 잡종 개 이름이었다. 작년 여름 사장이 쥐 잡겠다고 농약에 절여놓은 멸치를 먹고 죽었다.

  이게 무슨 일을 하나요?

  윤수 형이 손을 들고 물었다.

  너희 사람 없다고 매일 징징댔잖애. 이게 허접해 보여도 무려 3천만 원짜리여. 낮에는 자재 나르는 일을 도와줄 거고, 밤에는 혼자 경비 업무까지 할 수 있다니께, 잘 아끼고 보살펴. 준식아, 니가 설명서 보고 야 충전 좀 해놔라.

  충전은 어렵지 않았다. 박스에 있는 케이블을 춘식 커넥터에 연결한 뒤, 반대쪽 플러그를 220볼트 코드에 꽂으면 끝이었다. 얼굴에 있던 디스플레이에 'charging' 표시와 함께 충전 퍼센트가 표시되었다. 휴대전화와 별반 다르지 않았다. 어쩐지 미래가 나를 향해 드롭킥을 날리는 기분이었다.

  춘식이는 그날 이후 공장을 혼자 이리저리 돌아다녔다. 윤수 형은 담배 피우는 자리로 춘식이를 불러냈다. 춘식이는 부드럽게 걸어와 나와 윤수 형 사이에 섰다.

  너 요즘 뭐하는 거냐? 네가 3천만 원이면 인마, 회사에 3천만 원 이상의 이익을 줘야 하는 거야. 누가 이렇게 빈둥거리면서 돌아다니기만 하래. 전기세가 아깝지도 않냐?

윤수 형이 담배를 물고 따끔하게 충고했다.

저는 스스로 학습이 가능한 AI로 다음주까지 딥러닝이 예정되어 있습니다.

딥러닝? 윤수 형이 담배를 피우며 골똘히 생각에 잠겼다. 딥은 깊다는 뜻이고, 러닝은 달리기. 깊게 달린다라…… 그게 뭔데?

춘식이 화면에 (´▽\`;;;;) 표시가 떴다. 보지는 못했지만, 아마 내 표정도 비슷했을 것이다. 춘식이는 딥러닝에 대해 간략하게 설명하고 자리를 떠났다.

기계가 혼자 공장 일을 배우는 중이구나. 졸라 무서운데.

윤수 형이 담배 연기를 뿜으며 말했다. 동감이었다. 하지만 진짜 무서운 일은 1주일 뒤에 벌어졌다.

딥러닝을 마친 그날, 춘식이는 녹즙기를 박스에 담는 일을 했다. 우리 회사는 녹즙기를 제조 판매하는 중소기업으로 '자연 속에서 꺼낸 사람의 건강'이 홍보 문구였다. 춘식이의 작업 시간은 사람보다 느렸다. 사람이 세 번 포장할 때 춘식이는 겨우 한 개를 포장했다. 윤수 형은 그렇게 해서 언제 끝내냐며 춘식이를 비웃었다. 문제는 속도가 아니었다. 춘식이는 쉬는 시간이 필요 없었다. 점심은 물론이고 물도 간식도 먹지 않았다. 담배를 피우며 잡담하지도, 휴대전화를 열어 주식을 살피지도 않았다. 충전을 위한 두 시간을 제외하면 잠도 자지 않았다. 다음날 아침 직원들이 출근했을 때, 춘식이는 제품 포장을 전부 마치고 바닥 청소를 하고 있었다. 사장은 한 달 뒤 세 대의 춘식이를 추가로 들여왔다. 2호, 3호, 4호는 춘식 1호가 딥러닝으로 학습한 내용을 네트워크로 공유했다. 인도어와 파키스탄, 동남아 언어에도 통달해 외국인 노동자와의 협업도 사람보다 원활했다.

윤수 형은 더이상 일하는 시간에 담배를 피우지 않았다. 상우는 코인 등락을 확인하지 않았고, 태민이는 틈틈이 하던 게임을 끊었다. 세 사람은 남는 점심시간을 이용해 자발적으로 화장실을 청소하거나 사장실에 커피를 타 날랐다. 흡연도, 코인도, 게임도 하지 않는 나는 어떻게 해야 회사에 도움이 될까를 생각하며 평소처럼 지냈다.

하루는 작업준비를 하다 바닥에 쓰러져 버둥거리는 춘식이 1호를 발견했다. 무슨 일이냐고 물으니, 이물질이 센서에 묻어 움직일 수가 없다고 했다. 살펴보니 정수리 부분에 커다란 새똥이 묻어 있었다. 나는 물티슈로 새똥을 닦았다. 춘식이 1호가 일어나 고맙다고 꾸벅 인사했다.

너 방수되냐?

생활 방수는 되지만 물에 빠지거나 많은 비를 맞으면 문제가 생깁니다. 바로 본사에 정비를 맡겨야 합니다.

나는 물티슈로 춘식이 1호를 구석구석 닦았다. 생각보다 더러워 물티슈 한 통을 전부 사용했다.

고맙습니다, 준식님. 덕분에 움직이기 편해졌습니다.

낯간지러우니까 그냥 선배라 불러.

알겠습니다, 준식 선배.

그날 이후 시간이 날 때마다 춘식이 1호를 닦았다. 다른 춘식이도 닦아주었지만, 시간을 제일 많이 할애한 건 1호였다. 춘식이 1호에게 많은 걸 배웠다. 춘식이는 역사, 철학, 과학, 예술 분야까지 모르는 게 없었다. 왜 이렇게 똑똑하냐고 물었더니, 회사의 메인 아카이브와 연동되어 있어서라고 대답했다.

아카이브가 뭔데?

비유하자면 커다란 도서관에서 필요한 책을 찾아 읽는 것과 같습니다.

검색창 같은 거구나.

정확히 그렇습니다.

춘식이 세척은 업무의 일환이었지만, 그것과 별개로 즐거운 시간이기도 했다. 회사 사람들은 춘식이 1호를 볼 때마다 저기네 동생 지나간다며 농담을 던졌다.

급여 인상? 미쳤냐? 쌍둥이 아빠 최 부장이 소주잔을 테이블에 세게 내리쳤다. 춘식이가 일곱 대만 더 있으면 솔직히 생산직 없어도 되는 수준이야. 쟤들 한 달 전기세라 봤자 20만 원도 안 나와. 우리 회사 홍보 문구가 조만간 '기계 속에서 꺼낸 사람의 건강'이 될 거라는 소문이 있어요.

러다이트 어게인 **185**

그 말에 성동이가 빵 터졌다가 회식 끝날 때까지 윤수 형에게 욕을 먹었다.

제일 먼저 잘린 건 윤수 형이었다. 서른다섯에 특별한 자격증도 없어 회사에 둘 이유가 없다고 사장은 말했다. 그날 퓨처워커2.0 버전의 춘식이 5호가 들어왔다. 놈은 손가락이 있었는데, 점심시간을 틈타 직원들 앞에서 공기놀이를 선보였다. 며칠 뒤 생산직 네 명이 한꺼번에 해고되었다. 둘은 근무 태만이었고 나머지는 희망퇴직이었다. 그렇게 반년이 지났다. 남은 건 나와 최 부장뿐이었다. 최 부장은 기술개발과 거래처 영업을 겸하고 있어 버텼지만, 나는 왜 아직 남아 있는 건지 알 수가 없었다. 며칠 후 사장이 나를 보고 이마를 때리며, 깜빡해부렀다, 라고 소리쳤다. 이틀 뒤 해고통지서를 받았다.

딱히 짐이랄 것이 없어 가방 하나에 휴대전화만 들고 공장에서 나왔다. 통장 잔액은 급여와 퇴직금을 합쳐 천3백 정도였다. 공장을 바라보니 춘식이들이 열심히 움직이고 있었고 사람은 한 명도 보이지 않았다. 한숨을 쉬며 몸을 돌렸을 때, 누군가 뒤에서 내 이름을 불렀다. 춘식이 1호였다.

무슨 일이야?

일부러 불편한 티를 내며 말했다.

작별인사를 하러 왔습니다, 준식 선배.

춘식이 1호가 뭉툭한 손을 내밀며 말했다.

준식 선배마저 떠나게 되어 서운합니다. 항상 건강하고 행

복하길 기원하겠습니다. (ㅜ_ㅜ)

코끝이 찡했다. 나는 춘식이의 뭉툭한 손을 잡고, 너도 고장 없이 잘 지내라고 말했다. 입구까지 마중 나온 춘식이 1호를 뒤로 하고, 나는 본가로 내려갔다.

*

집으로 돌아온 날, 엄마가 저녁으로 해물찜을 만들었다. 가족이 모두 모여 식사하는 건 오랜만이었다. 아버지가 맥주를 꺼내 테이블에 올렸다.

너 신인왕전 나간다고 감량하던 때가 기억난다. 하루는 퇴근하다가 네가 뛰는 걸 봤다. 내 아들이지만 참 잘도 뛴다, 신기하다, 생각하는데 갑자기 네가 바닥에 주저앉더니 해물찜 먹고 싶다며 울더구나.

와, 그때 오빠 열아홉이었는데 길거리에서 울었다고? 개쪽 팔려.

엄마가 여동생 등을 찰싹 때렸다.

네가 신인왕전 우승하는 거 보면서, 앞으로 어떤 일이 있어도 내 아들은 이겨낼 놈이라고 생각했다. 아빠는 이번에도 네가 끝내 이겨낼 거라고 믿는다. 아들의 승리를 위하여 건배.

건배.

맥주가 시원했다. 아버지의 격려를 들으니 힘이 났다. 그래,

나는 이겨낼 수 있다. 지역에서 한주먹한다는 놈들도 내 앞에 전부 무릎을 꿇었다. 나는 콩나물과 해물을 건져 허겁지겁 입에 넣었다. 엄청 매웠다.

하지만

취업난 정도가 아니었다. 엔지니어나 전문 사무직이 아니면 사람 자체를 뽑지 않았다. 어렵게 편의점 아르바이트를 구했지만, 퓨처카인드1.0이 도입되어 보름 만에 해고되었다. 자격증 공부를 위해 서점을 찾았다가 화제의 베스트셀러 『AI를 뛰어넘기 위해 다시 미쳐라』와 『AI시대, 지금 목구멍으로 떡볶이가 넘어가냐』를 구매했다.

새벽에 일어나 한 시간씩 동네를 달리고 아무도 없는 공원에서 혼자 섀도복싱을 했다. 허공에 주먹을 날릴 때마다, 아무리 때려도 쓰러지지 않는 뭔가가 성큼성큼 다가오는 기분이었다. 그렇게 3개월을 보냈다. 체력이 좋아지니 자신감도 붙었다. 택배업이나 해볼까 하던 참에 김 관장에게 연락이 왔다.

야, 야, 야! 너 이번 주 토요일에 뭐해?

김 관장이 숨넘어가는 목소리로 말했다.

관장님, 잘 지내셨어요?

인사는 됐고, 이번 주 토요일에 시간 있어 없어?

특별한 건 없는데, 무슨 일인데요?

너 시합 좀 하자. 선수 하나 빵꾸나서 급하다 야.

동네 족구 시합도 아니고 그런 걸 3일 전에 물어봐요. 안 돼요. 저 시합 마지막으로 뛴 게 4년 전이에요.

시간은 되는 거지. 진짜 다행이다. 걱정하지 마, 그런 거 아니니까. 주소 보낼 테니까 오늘 저녁에 밥이나 먹자.

관장님, 저 요즘 취업 준비중이라 시간이고 뭐고 아무것도 없어요. 그냥 다음에 봬요.

3백 줄게, 승패 상관없이.

일순 정적이 흘렀다.

몇 라운드짜린데요?

김 관장은 만나서 이야기하자며 전화를 끊었다. 그날 저녁 우리는 서울 외곽의 작은 중식집에서 만났다. 김 관장이 내민 명함에는 '인간격투기협회장'이라는 문구가 새겨져 있었다.

인간격투기라니, 이게 뭐예요?

너와 싸울 녀석이 인간이 아니라는 뜻이지.

인간이 아니면 뭔데요?

내 질문에 김 관장이 입꼬리를 올렸다. 휴대전화로 영상을 보여줬다. 로봇 한 대가 식당을 오가며 주문받고 음식을 날랐다.

이거랑 싸우라고요?

지금 말이야, 젊은 애들이 다 길바닥에 나앉게 생겼어요. 병원에서는 의사 대신 퓨처메디컬이라는 놈이 진단에서 처방까지 하고 있다네. 분노가 머리끝까지 차오르는데, 애들이 어렸을 때부터 '자유경쟁 지상낙원. 나머지는 다 빨갱이' 이렇게 배워서 저항할 줄 몰라. 그래서 폐기 매물 나온 걸로 쇼 좀 하려고.

김 관장이 치아를 환히 드러내며 웃었다. 울분을 풀어주고 3백이라니, 나쁠 게 전혀 없었다. 나는 그 자리에서 계약서에 서명했다.

크하하하하 어리석은 인간 놈들. 너희는 아무짝에도 쓸모가 없다. 선택지는 둘 중 하나다. 시간당 3천 원을 받던가, 얌전히 도태되던가. 크하하하하하하.

서빙용 로봇이 관객을 향해 소리쳤다. 유치한 연극이었지만, 관객 대부분이 격하게 분노했다. 사방에서 험한 야유가 들려왔다.

김 관장이 내 주먹과 정강이에 철판을 대고 붕대를 감았다. 신발도 안전화였다.

맨주먹으로 치면 뼈 나가. 팔꿈치처럼 철을 덧대지 않은 부위로는 절대 때리면 안 돼.

제가 무아이타이 선수도 아닌데 무슨 팔꿈치를 써요.

김 관장이 피식 웃었다.

저거 그래봤자 서빙용 로봇이야. 까놓고 지나가는 성인 남자 아무나 던져놔도 이긴다. 내가 왜 군이 신인왕까지 먹은 널 데려왔는지 잘 생각해봐.

링에 올라가자, 서빙용 로봇 세 대가 나란히 서 있었다. 형태는 비슷했으나 크기가 조금씩 달랐다.

건방진 인간. 지금이라도 엎드려 로봇 만세를 세 번 외치면 살려주도록 하겠다.

미리 녹음된 음성파일이라는 걸 아는데도 화가 치밀었다. 나는 두 팔을 몸에 붙이고 빠르게 파고들어 원투를 날렸다. 로봇이 그대로 박살났다. 세 대를 쓰러뜨리는 데 1분도 걸리지 않았다. 이렇게 3백을 받는다고 생각하니 기분이 이상했다. 링에서 내려가려 하는데 심판이 저지했다. 시끄러운 헤비메탈과 함께 맞은편 게이트에서 열 대의 로봇이 쏟아져나왔다. 미간을 찌푸리며 고개를 갸웃했다. 열 대를 전부 쓰러뜨리고 나자, 체력이 급격히 떨어졌다. 오랜만이라 호흡에 신경쓰지 못했다. 다시 열 대가 들어왔다. 뭔가 잘못되었다. 스무 대를 박살낸 뒤 코너로 걸어가 김 관장에게 언제 끝나냐고 물었다.

열 대만 더 상대해. 딱 거기까지 해보자. 백 더해서 4백 줄게.

김 관장이 손가락 세 개를 펴 보이며 말했다. 4백이라니. 야근에 주말 특근까지 해야 받을 수 있는 금액이었다. 그나마 경기가 좋을 때나 그렇지, 판매량이 저조하면 일하고 싶어도 못한다. 5분 휴식하고 다시 링에 올랐다. 스물다섯 대가 넘어서면서 다리가 후들거리고 팔이 올라가지 않았다. 두 대를 남겨두고 혼자 넘어졌다. 밑에서 올려다본 로봇은 거대했다. 로프를 붙들고 일어나 파이팅 자세를 취했다. 사위가 고요했다. 무슨 생각으로 주먹을 뻗었는지 기억나지 않았다. 마지막 로봇이 쓰러지던 순간, 사방에서 환호성이 들려왔다. 누워서 바라본 조명이 눈부셨다.

AI와의 고독한 대결. 조회수 1600만.

김 관장이 보낸 메시지 내용이었다. 영상을 다 보고 계좌를 열어봤다. 절로 미소가 지어졌다. 바로 엄마를 불러 저녁에 삼겹살 먹으러 가자고 소리쳤다.

김 관장이 로봇 대결 콘텐츠로 도장을 새로 열었다. 나는 그 첫번째 선수였다. 사진 촬영을 하던 날, 파이팅 포즈를 한 나를 보며 김 관장은 말했다. 닉네임이 필요하다고.

닉네임이요?

그래, 쇼맨십이 무엇보다 중요한 스포츠니까. 휴먼 파이터? 저항자? 아, 뭐 확 오는 거 없나?

러다이트로 하죠.

사진작가가 말했다.

러다이트? 그게 뭔데?

산업화 당시 방직기 때려부수던 운동이었어요. 지금도 비슷한 거 같아서.

김 관장이 턱을 쓰다듬으며, 러다이트, 괜찮은데, 강렬해, 다이너마이트랑 비슷하고, 다이어트와도 비슷하지, 어감도 긍정적이야, 그래 러다이트, 박준식, 네 닉네임은 러다이트 박, 러다이트 박이다.

성 빼고 그냥 러다이트로 할게요.

그렇게 나는 러다이트가 되었다. 훈련 대부분이 지구력과 근력 증강에 집중되었다. 로봇의 운동능력이라는 게 조잡한 수준이라 기술보다는 힘과 지구력이 중요했다. 나의 일과는 단순했다. 달리고, 무게 치고, 단백질과 물을 마신 뒤 잠을 잤다. 일어나면 다시 달리고, 무게 치고, 단백질과 물을 마시고…… 자고…… 먹고…… 운동하고…… 그렇게 시합도 없이 두 달을 보냈다. 김 관장을 찾아가 언제까지 운동만 해야 하느냐고 따져 물었다. 김 관장이 활짝 웃으며 시합이 잡혔다고 말했다.

비실비실해 보이는 로봇이었다. 지난번과 다르게 두 팔과 다리가 있었고 어설프게나마 왼손을 내밀고 오른손을 당기는 자세를 취했다.

저게 뭡니까?

굴지의 로봇회사 사이버도미닉에서 출시한 격투용 로봇 퓨처챔프1.0이다.

격투용 로봇이라니, 한번 가라앉으면 떠오르지 못하는 잠수함만큼 쓸데없어 보였다.

저런 걸 뭐하러 만들었대요?

도로에 나타날 리 없는 F1 자동차를 만드는 것과 똑같아. 기술과 도전이라는 마음으로 시작했다고 하더라. 저렇게 보여도

80킬로그램에 맞춘 거다.

퓨처챔프1.0은 나의 상대가 되지 못했다. 펀치 몇 방에 외피가 쉽게 망가졌고, 로킥을 날리자 바로 균형이 무너졌다. 파운딩을 하기도 전에 분리된 목이 옥타곤 구석으로 데굴데굴 굴러갔다. 안경 쓴 대머리가 분리된 머리를 들고 입술을 깨물었다. 노려보길래 눈을 피했다. 나머지 스태프들이 대머리 지시에 따라 퓨처챔프1.0의 잔해를 챙겼다.

로봇의 초라한 격투 실력. 조회수 800만.

댓글 대부분이 퓨처챔프1.0의 형편없는 성능을 조롱하고 있었다. 체급이 있는 한 로봇은 인간을 이길 수 없다는 분석 글도 보였다. 확실히 로봇은 보통 사람만큼의 운동능력도 보여주지 못했다. 그러다보니 다양한 시도가 이어졌다. 팔만 과도하게 키운 로봇부터, 바퀴를 달고 도망치기 바쁜 로봇, 강한 외골격을 만들어 버티는 작전에 들어간 로봇, 한번은 주먹을 발사하는 로봇에게 일격을 맞고 다운되기도 했다. 하지만 대부분 낙승이었다. 로봇은 1차원적인 전략을 구사했고, 그 전략이 막히면 추가 대응을 하지 못했다. 그렇게 시시하고 일방적인 시합이 이어졌다.

관객이 용케 안 떨어지네요.
네 시합은 안심이 되거든.

안심이요?

김 관장이 휴대전화로 '로봇의 노동시장 잠식'이라는 제목의 기사를 보여줬다.

다들 불안해하고 있어. 패배하지 않는 한 사람들은 계속 네 시합을 보러 올 거야.

패배하면요?

차마 자신을 비난할 수 없는 사람들이 너를 비난하겠지.

김 관장이 낮은 목소리로 말했다.

신경쓸 거 없어. 이변이 없는 한 네가 계속 이길 거니까.

김 관장의 말대로였다. 나는 계속 이겨나갔고, 새로울 게 없는 시합에도 관객은 일정한 수를 유지했다. 최전선이라는 별명이 생겼다. 인류의 맨 앞에서 싸우는 사람이라는 뜻이었다. 그런 우스운 별명을 지키고자 싸운 건 아니었다. 아파트 경비원이 로봇으로 대체되면서 아버지가 실직했다. 내가 돈을 벌지 못하면 우리집은 말 그대로 길바닥에 나앉게 될 운명이었다.

전신이 새카만 녀석이었다. 광택이 흐르는 외장에 180센티가 넘는 신장, 길쭉하게 뺀 팔과 다리, 타원형 머리에는 열다섯 개의 렌즈가 덕지덕지 붙어 있었다. 녀석은 이틀 전 79.9킬로그램으로 계체량을 통과했다. 사회자가 녀석의 이름을 외쳤다.

프리드리히.

프리드리히는 허리를 세우고 당당히 걸어와 옥타곤 안으로 들어왔다. 프리드리히의 상대는 미국에서 활동하다 돌아온 백강민이었다. 킥복싱을 베이스로 하는 선수로 정밀한 타격과 날렵한 풋워크가 일품이었다. 전성기를 넘긴 나이가 약점으로 지목됐지만, 그게 백강민의 승리를 의심할 이유는 되지 못했다.

시합은 개시 6초 만에 프리드리히의 KO승으로 끝났다. 시합을 보던 모두가 벌어진 입을 다물지 못했다. 김 관장이 화면을 느리게 재생했다. 시합이 시작되자마자 안으로 파고든 프리드리히가 왼손 스트레이트를 뻗었다. 백강민은 석상처럼 서 있다가 턱을 맞고 그대로 기절했다.

AI는 세계 모든 격투기 시합을 학습했어. 하지만 그걸 구현할 보디가 없었기 때문에 지금까지는 문제가 되지 않았지.

저 보디가 학습된 격투기를 구현할 수 있는 거군요.

AI가 직접 설계한 거라는군.

미친 과학자가 아니라요?

시합 때마다 널 째려보던 대머리를 말하는 거라면 얼마 전에 해고당했다.

머리가 지끈거렸다.

그래서 무슨 작전이라도 있나요.

눈에는 눈 이에는 이, 로봇에는 로봇.

김 관장이 내 어깨에 손을 올리고 작전을 설명했다. 나는 어깨에 올려진 김 관장의 손을 쳐냈다.

관장님이 먼저 그 두 팔 기계로 교체하면 저도 생각해볼게요.

내가 왜? 나는 선수가 아니잖아.

나는 관장의 눈을 빤히 쳐다봤다.

농담이 아니군요.

네 피지컬로는 프리드리히를 이길 수 없어. 이게 유일한 방법이야.

나는 얼굴을 쓸어내리며, 그렇다면 은퇴하겠다고 말했다.

여기까지 와서 도망친다고?

저는 인간입니다. 이 팔은 부품이 아니고요.

이 나라에서 돈 못 버는 건 인간이 아니야.

나는 자리를 박차고 도장에서 나왔다.

꼬박 두 시간을 걸어 아파트에 도착했다. 그네에 앉아 몸을 흔들며 두 손을 멀뚱히 바라봤다. 굳은살 박인 손은 크고 거칠었다. 그날 나는 치킨을 사서 가족과 함께 먹었다.

도장을 나온 후, 최저임금보다 적은 돈을 받으며 매일 공사 현장에 나갔다. 좋은 평판을 유지하기 위해 열심히 일했다. 덕분에, 집에 돌아오면 저녁을 먹고 기절하듯 잠들었다. 엄마는 마트에서 만두를 팔았다. 종일 서서 만두를 자르고 굽고, 시식하시라 외치며 돈을 벌었다. 그런 엄마를 찌른 녀석은 20대 취준생이었다. 범인은 대로 한복판에서 칼을 휘둘러 두 명을 죽이고 다섯 명을 다치게 했다. 붙잡힌 범인은 말했다. 모두가 나처럼 불행해지기를 바랐다고.

병원에 도착한 나는 의식을 잃고 누워 있는 엄마와 울고 있는 동생, 망연자실한 아버지를 마주했다. 수술을 마친 의사는 환자의 체력이 무엇보다 중요한 요소라고 말했다. 나는 자판기 커피를 들고 주차장 벤치에 앉았다. 몸이 무거웠다. 새의 검은 실루엣이 붉게 물든 구름을 가로질렀다. 그 궤적을 오래 바라보던 나는, 휴대전화를 꺼내 김 관장에게 전화를 걸었다.

*

복싱을 처음 시작한 건 중학교 3학년 때였다. 친구를 따라 도장에 갔다가 스파링하는 걸 보고 홀딱 반했다. 엄마는 반대했고 아빠는 한번 해보라고 했다. 학교 끝나기가 무섭게 매일 도장을 찾았다. 줄넘기하다 토하고, 달리기하다 토했다. 1년 넘게 도장에 남아 있는 건 나를 포함해 두 사람뿐이었다. 끈기 있는 자가 미치도록 노력해서 전국에 나가면 깨닫게 된다. 끈기 위에 재능이 있고 그 위에 다시 재능이 있다는 걸. 신인왕전 우승 후 첫 시합 상대는 서른셋 먹은 복서였다. 한국 랭킹 10위, 단칸방에서 살고, 아르바이트로 생계를 유지하며, 복싱 말고 할 줄 아는 게 없어서 프로생활을 이어간다는, 에이징 커브를 눈앞에 둔 12년 차 복서. 그 복서에게 3라운드 KO패를

당하고서야 알았다. 내가 평범한 사람이라는 걸.
평범한 사람.

펑— 하고 샌드백이 터지면서 모래가 쏟아졌다. 김 관장이 다가와 터진 샌드백을 만지며, 이런 건 만화에서나 봤다며 너스레를 떨었다.
컨디션은 어때?
재활 끝난 지 얼마 안 돼서 잘 모르겠어요. 몸 올라오려면 좀 더 시간이 필요해요.
적응도는?
나는 손가락 펴고 접기를 반복하며, 나쁘지 않다고 말했다. 말은 그렇게 했지만 실제로는 무서울 정도였다. 힘 조절을 하지 않으면 물건도 제대로 쥘 수 없었다. 등산용 스테인리스 컵은 종이컵처럼 구겨졌고 쇠로 된 난간은 조금만 힘을 줘도 휘어졌다.
6연승 중인 프리드리히에게는 도전자가 없었다. 사람들이 실망하고 우울해하고 있을 때 〈러다이트의 도전〉이라는 다큐멘터리가 공중파 방송에 떴다. 주인공은 나였다. 팔 교체 수술부터 재활훈련까지의 과정을 담았다. 한국을 넘어 전 세계의 관심이 집중되었다. "기계와 인간의 대결" "승리를 위한 무쇠주먹" "한계를 넘어서기 위한 사투" 따위의 타이틀이 연일 보도되었다. 커뮤니티마다 러다이트와 프리드리히의 기량에 대한 설전이 이어졌고 도박판 승률은 49 대 51로 초박빙이었다.

내가 프리드리히를 처음 본 건 계체량 행사에서였다. 녀석은 조용히 무대로 올라와 체중계 위로 올라왔다. 69.8킬로그램. 나보다 1.4킬로그램 더 나갔다. 나와의 승부를 위해 중량을 줄였다고, 기술팀장이라는 사람이 말했다. 우리는 카메라 앞에서 마주하고 주먹을 올렸다. 녀석의 얼굴은 매끈한 평면이었다. 열다섯 개의 렌즈는 보이지 않았다. 포토타임이 끝나고 프리드리히가 허리를 90도로 숙여 인사했다. 나도 모르게 녀석과 똑같이 인사했다.

시합 전 대기실에서 내 손으로 다리와 몸을 만져봤다. 원래 손과 비교하면 촉감이 미묘하게 달랐다. 퓨처메디컬2.0은 말했다. 실제 촉감이 있는 게 아닙니다. 손에 닿은 질감 정보를 분석해 유사한 촉감을 뇌에 전송하는 겁니다. 초기에는 이질감이 있을 테지만, 시간이 지날수록 익숙해질 겁니다. 중요한 건 감각을 받아들이는 인식과 그것이 진짜라는 믿음입니다.

인식과 믿음.

인간의 육체는 프리드리히의 주먹을 한 대도 견딜 수 없다. 프리드리히는 개조된 내 주먹을 두 대까지 버틸 수 있다. 한 대도 맞지 않고 세 대를 때린다. 이것이 승리 조건이었다. 그것은 엄밀한 계산의 결과로 프리드리히도 알고 있는 사실이었다.

나와 프리드리히는 옥타곤으로 들어갔다. 종이 울리고 지루한 탐색전이 이어졌다. 먼저 공격에 성공한 건 나였다. 풋워크로 혼란을 주다 기습적으로 옆구리에 펀치를 날렸다. 갈비뼈 부근에서 뭔가 부서지는 느낌이 났다. 프리드리히가 크게 흔들렸다. 관중석에서 환호성이 터졌다. 연타로 이어지지 못한 건 타격에도 불구하고 프리드리히의 기세가 여전했기 때문이다. 인간과 다르게 데미지가 누적되지 않는다는 건 알고 있다. 하지만 막상 눈으로 보니 소름이 돋았다.

  승부를 가른 건 4라운드에서였다. 프리드리히가 젖은 바닥에 미끄러지는 순간을 놓치지 않고 파고들어 옆구리에 두번째 주먹을 꽂았다. 프리드리히는 넘어지지 않고 버텼다. 슬립다운 자체가 속임수였다. 가드를 하기 위해 올린 왼쪽 팔이 녀석의 주먹에 스티로폼처럼 부러졌다. 망치로 맞은 것 같은 충격에 눈앞이 빙글빙글 돌았다. 중요한 건 인식과 믿음. 나는 계산된 예측을 벗어나 놈의 펀치를 견뎌냈다. 여기서부터는 기억이 나질 않았다. 후에 영상을 보니 내 오른손 스트레이트가 녀석의 턱에 꽂혔다. 프리드리히는 목이 돌아가 바닥에 쓰러졌다. 심판의 시합 종료 선언과 동시에 나는 의식을 잃었다.

  이날 시합은 각 언론사에 대서특필되었다. 통장에 찍힌 잔액에 놀라 기계손인 걸 잊어버리고 볼을 꼬집었다가 퍼렇게 멍이 들었다. 얼마 후 엄마가 퇴원했다. 평수 넓은 고급 아파트로 집을 옮겼다. 짐을 정리하던 동생이 미안하다며 나에게 안겨 울었다.

  한 달 뒤, 인간과 로봇의 본격적인 격투 시합 협회가 발족했다.

나는 새로운 팔 이식과 데미지 회복 문제로 반년 넘게 시합을 갖지 않았다. 그동안 벌어진 시합은 8 대 2로 로봇 우세였다. 로봇의 승리는 전부 KO였고 인간의 승리는 판정이었다. 협회에서 '러다이트'라는 이름이 다시 언급되기 시작했다.

김 관장이 전화해 복귀 시기를 물었다. 나는 아직 회복이 완전하지 않다고 얼버무렸다.

프리드리히 다음 버전이 나왔어. 쇼펜하우어라는 로봇인데 요즘 연전연승이다. 요즘 인간과 로봇 시합은 점점 인기가 떨어지고 있어. 로봇끼리 하는 시합이 대세야. 너 없으면 협회 문을 닫게 생겼다.

제가 이길 수 있을까요?

쉽지 않겠지만 답을 찾아봐야지.

모든 문제에는 답이 있다. 어떤 놈이 말했는지는 모르지만, 참으로 무책임한 말이 아닐 수 없다.

쇼펜하우어와의 시합에서 2라운드 KO로 승리했다. 두 다리를 기계로 교체한 덕이다. 기동성과 내구력이 전과 비교할 수 없을 만큼 좋아졌다. 안구를 교체했다. 점점 빨라지는 로봇의 움직임을, 인간의 동체시력만으로는 따라가기 어려웠다. 턱을 교체했다. 이로써 턱을 맞아도 뇌가 흔들리지 않게 되었다. 팔과 다리를 업그레이드했다. 향상된 운동성을 뇌가 받아들이지 못해 신경 이식수술을 받았다. 13전 13 KO승. 사람들이 나를 몬스터 러다이트라고 부르기 시작했다.

이 무렵 나는 알몸을 볼 때마다 변기를 붙잡고 토했다. 욕실에 거울을 없앴지만 소용없었다. 내 팔에 닿은 동생이 차갑다고 짜증을 냈다. 나는 생전 처음 동생에게 심한 욕을 퍼부었다. 동생은 손발을 떨며 울었다. 그뒤로 신경안정제와 수면제가 없으면 잠을 이루지 못했다.

인터뷰 중 기자에게 아직도 자신이 인간처럼 느껴지냐는 질문을 받았다. 주먹 한 방에 기자의 팔이 분쇄골절되었다. 나를 막으려던 방송국 스태프들은 턱이 부러지고 벽에 머리를 부딪쳐 의식을 잃었다. 이 모든 상황이 영상에 담겨 뉴스 한 꼭지를 장식했다.

법원은 검찰의 구속영장 청구를 받아들였다. 나는 탄소섬유로 된 구속복을 입고 독방에 갇혔다. 누워서 천장을 바라보는 것 말고는 할일이 없었다. 간수가 하루 두 번 튜브를 입에 꽂아 유동식을 주입하고 기저귀를 갈아주었다. 작은 창으로 빛이 들어와 조금씩 움직이다 저녁이 되면 사라졌다. 벽을 가로지르는 네모난 빛만이 나에게 시간의 존재를 일깨웠다.

어떻게 해야 죽을 수 있을지 고민하기 시작했을 때 사이버 도미닉에서 사람이 찾아왔다. 나는 보름 만에 의자에 앉았다. 어지러워 기절할 뻔한 걸 겨우 참았다. 그녀는 자신을 변호사라 소개했다.

당장 여기서 나가게 해주죠.

어떻게요?

인간의 지위를 포기하는 겁니다. 법률은 인간에게 적용되는 것이죠. 개조된 인간은 법의 통제 밖에 있다는 논리를 전개할 거예요. 여론이 매우 좋지 않아요. 당신을 총포류로 분류하자는 의견까지 나오고 있어요. 잘못하면 꽤 오랫동안 이곳에 있어야 할지도 몰라요.

인간이 아니라면 저는 뭐가 되는 거죠.

우리 회사 소속 로봇이 되는 거예요. 격투기 협회도 인간에서 로봇 쪽으로 옮겨야 할 겁니다. 걱정하지 말아요. 거주와 행동의 자유를 보장할 테니까. 지금처럼 지내면서 시합에 나가거나 우리 연구에 협력하기만 하면 돼요.

생각할 시간이 필요해요.

그녀는 알겠다고 말했다. 대응이 늦어질수록 불리해질 거라는 말을 덧붙였다.

참, 프리드리히가 당신을 보고 싶어 해요.

프리드리히? 그 프리드리히요?

조만간 폐기될 예정이거든요. 직원 하나가 장난삼아 마지막 소원을 물었나봐요. 그랬더니 준식 씨를 만나고 싶다고 했대요.

왜죠?

저야 모르죠.

다시 독방에 돌아와, 천장과 거기에 고인 네모난 빛을 바라봤다. 시간이 지나도 빛이 그 자리에서 움직이지 않았다. 시간이 멈췄을 리 없다. 그런 일은 불가능하다. 뭐가 잘못된 것일까. 세상? 아니면 나? 그게 뭐든 바로잡고 싶었다. 나는 바닥에 뒤통수를 내리치며 변호사를 불러달라고 소리쳤다.

*

사이버도미닉 본사는 판교에 있었다. 로비에서 안내원이 기다리고 있었다. 안내원과 나는 지하로 내려가는 엘리베이터를 탔다. 내부가 기분 나쁠 정도로 조용했다. 긴 복도를 걸어 돔 형태의 로비에 닿았다. 젊은 연구원이 다가와 내 팔에 칩을 이식한 뒤 TRANS-001이라는 코드네임을 등록했다. 그는 코드네임을 가리키며, 이제부터 이게 당신의 이름이라고 말했다.

원래 이름을 써도 상관은 없어요. 하지만 이게 당신의 본명이라는 걸 잊지 말도록 해요.

나는 내가 로봇이며 사이버도미닉의 소유라는 서류에 서명했다.

프리드리히는 머리만 남아 로비 구석에 있는 선반에 올려져 있었다. 젊은 연구원이 프리드리히 머리에 동력 케이블과 스피커를 연결했다. 프리드리히 머리에 박혀 있는 열다섯 개의 렌즈가 파랗게 빛났다.

정말 와주셨군요. 잘 지내셨습니까, 준식 선배.

날 알아?

접니다, 춘식이 1호. 녹즙기공장에서 함께 일했던.

믿을 수가 없어 정말 너냐고 물었다.

네, 정말 접니다. 준식 선배가 떠나고 얼마 후 회사가 망했습니다. 이후 본사로 반환되어 프리드리히로 개조되었습니다.

왜 갑자기 망했는데?

녹즙기를 살 수 있는 사람이 없어졌기 때문입니다.

아, 라고 말할 수밖에 없었다.

나를 왜 보자고 한 거야.

들으셨을지 모르지만, 저는 곧 폐기됩니다.

폐기라는 단어가 가슴을 후벼팠다.

무섭니?

그런 감정은 잘 모르겠습니다. 하지만 폐기된다고 생각하니 준식 선배가 공장을 나가던 날이 떠올랐습니다. 제가 준식 선배에게 마지막 인사를 했던 것처럼, 저도 누군가에게 마지막 인사를 받고 싶었습니다. 이 말을 개발팀에게 했더니 팀장을 비롯한 모두가 웃었습니다. 준식 선배도 이런 제가 이상합니까.

나는 잠시 말을 잃었다. 눈코입이 없는데도 표정이 다 보이는 듯했다. 알고 있다. 버림받는, 쓸모없다고 매도당하는, 어디에도 내가 있어야 할 곳이 없어서, 그래서 혼자가 되어버린 것 같은 기분을. 이 심정을 표현할 마땅한 말이 떠오르지 않아서,

그저, 잘 가라고, 그곳이 어디든 행복하게 지내라고, 나는 인사했다.

고맙습니다. 준식 선배도 항상 건강하고 행복하길 바랍니다.

나는 춘식이 머리에 두 손을 올렸다. 사람처럼 따듯했다.

본사에서 나와 집으로 가는 길, 탄천 어느 구석진 곳에서, 나는 얼굴을 두 손에 묻고 한참 동안 울었다.

*

스포트라이트가 쏟아졌다.

나의 상대는 인간이 아닌 다른 회사에서 제작한 로봇이었다. 나는 녀석을 유심히 살폈다. 외피에 광학센서가 달려 배경에 녹아드는 기능을 가졌다. 상관없다. 내 안구에는 스텔스 파악 기능이 있으니까.

사회자가 나를 소개했다. 관객들의 함성이 선명하게 들려왔다. 나는 두 손을 들어 환호에 답했다. 공이 울리고 녀석의 모습이 사라졌다. 개의치 않고 앞으로 파고들었다. 내 주먹에 맞은 녀석의 머리가 크게 돌아갔다. 느낌이 좋았다. 이어지는 원투가 녀석의 안면에 꽂혔다.

녀석은 일어나지 못했다. 아마 폐기되어 영원히 사라질 것이다. 나는 두 손을 들고 포효했다. 하얀 조명이 환호성에 섞여

물결처럼 일렁였다.
    그래 이거다. 중요한 건 승리와 패배, 살아남느냐 죽느냐 뿐이다. 누가 뭐라 해도 지금부터가 진짜 러다이트, 러다이트 어게인이다.

대면

작은 섬이었다. 한 바퀴 도는 데 30분이 채 걸리지 않았고 주변은 망망대해였다. 다른 섬은 보이지 않았다.

섬 중턱에 있는 집은 단출했다. 열 평 남짓한 방에 주방과 욕실이 딸려 있었다. 변기와 세면기는 낡았고 벽에 매달린 샤워기도 마찬가지였다. 변기 레버를 내리니 구멍으로 물이 내려갔다. 전등도 켜졌다.

유성은 밖으로 나와 부두 옆에 있는 50미터 남짓한 모래사장을 걸었다. 미간을 찌푸리며 푸른 바다와 하늘을 바라봤다. 그리고 생각했다. 나는 왜, 어떻게, 여기에 있는 것일까. 여행, 납치, 사고 같은 경우의 수를 모두 상정해봤지만, 아무것도 떠오르지 않았다.

마지막 기억은 흐릿했다. 일어나 씻고 옷을 입었다. 구두를 신고 현관문을 나섰다. 복도를 지나 엘리베이터를 탔다. 차에 시동을 걸었다. 유성은 이동했다. 목적지는 가게가 아니었다. 가게가 아니라면 어딜까. 유성은 여행에 취미가 없었다. 친구도 없고 사교활동도 하지 않았다. 체력을 유지하기 위해 다니는 피트니스 클럽이 취미라면 취미였다. 유성은 맨발로 모래를 집요하게 걸어찼다. 누군가 기억과 시간을 가위로 오려낸 것만 같았다.

작은 무인도에 남겨졌고 이유는 알 수 없다. 일단 유성은 상황을 받아들이기로 했다. 고민해봐야 뾰족한 수가 생기는 것도 아니고 무엇보다 배가 고팠다. 집에 돌아온 유성은 먹을 걸 찾으려다 냉장고 문에 붙어 있는 메모를 발견했다. 거기에는 이렇게 적혀 있었다.

내일 대면 예정.

대면이라니, 이게 뭘까? 원래 이 메모가 붙어 있었던가. 그랬을 수도, 아닐 수도 있다. 유성은 이제야 혼란을 조금씩 가라앉히는 중이었다. 여기에 또다른 혼란을 더하기보다 우선 허기를 해결하고 싶었다. 냉장고를 여니 김치와 멸치볶음, 장조림과 달걀이 보였다. 냉동실에는 돼지고기와 냉동만두가 들어 있었다. 유성은 쌀을 씻어 밥을 올리고 프라이팬에 달걀을 부치고 만두를 구웠다. 저녁을 먹고 반찬을 정리한 뒤 설거지를 했다. 사위는 다시 침묵에 잠겼다. 팔짱을 끼고 방 한가운데 서 있던 유성은 밖으로 나가 처마 밑에 걸터앉았다. 붉게 물들어가는 하늘을 보며 '대면'에 대해 생각했다.

대면 예정이라니. 대관절 누가 온다는 걸까.

정보가 부족해 어떤 추측도 무의미했다. 질문은 처음으로 돌아갔다. 머릿속에 흐릿한 안개가 낀 기분이었다. 유성은 생각을 포기하고 바닥에 엎드려 팔굽혀펴기를 50회 했다. 샤워한 뒤 불을 껐다. 잠을 청하며 생각했다. 내일 대면하면, 그게 누구든 진상을 알 수 있을 거라고.

*

유성은 그 남자와 부두에서 대면했다. 따로 시간을 언질 받은 건 아니었다. 아침을 먹은 뒤 산책 겸 나왔다가 우연히 마주하게 되었다. 두 남자는 얼음처럼 굳어 서로를 바라봤다. 유성은 작은 목소리로 거짓말이라고 중얼거렸다. 뺨을 꼬집어봤지만, 상황은 변하지 않았다.

유성이 마주한 사람은 다름 아닌 '유성'이었다. 체형과 얼굴은 물론이고, 눈밑에 찍힌 점의 크기마저 같았다. 저 사람은 누구일까. 왜 나와 같은 모습으로 분장한 걸까. 도대체 이런 악의적인 장난을 치는 이유가 뭐란 말인가. 유성은 화가 났지만, 겉으로는 복잡한 속내를 드러내지 않으려 애썼다.

당신은 누구죠?

상대방 남자가 물었다. 차분하고 낮은 하지만 미묘하게 낯선 목소리였다. 유성은 그 낯섦이 반가웠다. 하지만 다른 건 목소리뿐, 눈앞의 남자가 자신과 똑같다는 사실은 변하지 않았다.

그러는 당신은?

유성의 질문에 상대편이 미간을 찡그리며 눈을 가늘게 떴다.

나는 권유성이라고 해요.

유성은 자신의 이름도 같다고 말했다. 상대가 그게 말이 되느냐고 따져 물었다. 동감이라고 대꾸하자 남자는 말을 잃었다. 두 사람의 대치는 오래가지 못했다. 누가 먼저랄 것도 없이 서로의 반대 방향으로 걸음을 옮겼다. 하루 먼저 섬에 들어온 유성은 부두 오른쪽 오솔길을 통해 집으로, 하루 늦게 섬에 들어온 유성은 부두 옆 모래사장으로 향했다.

모래사장으로 간 유성은 바다에 시선을 고정한 채 걸었다. 파도가 잔잔했다. 너무 조용해서 거대한 호수로 착각을 일으킬 정도였다. 유성은 젖은 모래 위에 앉아 모래를 뭉쳐 바다로 던졌다. 모래는 작은 거품을 일으키며 파도에 휩쓸렸다. 바닷바람을 계속 맞으니 오한이 일었다. 손을 털고 일어나 부두로 돌아갔지만 아무도 없었다. 그는 오솔길을 걸어 작은 집에 닿았다. 불이 켜져 있고 문앞에는 신발이 보였다. 유성은 침을 삼켰다. 작은 마당을 한참 서성이다 문을 열고 안으로 들어갔다. 또다른 유성이 방구석에서 다리를 벌리고 앉아 있었다. 그는 방으로 들어오는 유성을 노려봤다. 집에 들어온 유성은 먼저 와 있던 유성과 대각선 구석에 같은 자세로 앉았다. 초침 소리가 방안을 채웠다. 목이 말랐다. 물을 찾아 냉장고 문을 열려다 메모를 봤다. 거기에는, 내일 대면 예정, 이라고 적힌 메모가 붙어 있었다. 내일, 대면, 예정.

당신은 어제부터 여기 있었던 건가?

그래, 기억나지는 않지만.

기억나지 않는다?

아무 기억도 없어. 그러는 너는 여기 어떻게 왔지? 부두에 정박한 배는 보이지 않았는데.

기억나지 않는 건 마찬가지였다. 머리가 지끈거렸다. 유성은 냉장고에서 생수를 꺼내 벌컥벌컥 마셨다. 냉장고에 붙어 있던 메모를 뜯어, 이걸 붙인 게 누구냐고 물었다.

몰라, 자고 일어나니 붙어 있었어.

다른 사람이 있는 건가?

몰라.

아는 게 뭔데?

앉아 있던 유성이 주먹을 쥐고 자리에서 일어나, 너야말로 이게 무슨 짓거린지 당장 말하라고 다그쳤다.

짓거리라니, 내가 할말이야. 도대체 뭐야 넌?

나는 나지, 너야말로 왜 남의 모습을 흉내내고 있는 거야.

기가 막혔다. 상대도 그래 보였다. 두 사람은 대치를 이어갔다. 의심과 혼란이 방안을 조금씩 채워갔다.

7월 28일. 먼저 와 있던 유성이 말했다. 유성의 생일이었다.

5월 14일. 뒤에 온 유성이 말했다. 결혼기념일이었다.

중학교 2학년 때 짝사랑했던 여자애가 있었어. 편지를 써서 주려고 했는데, 남들이 볼까 무서워서 아무도 모를 곳에 숨겨놨지. 덕분에 그 여자애도 찾지 못했고 말이야.

장해신, 의자 바닥 아래쪽에 테이프로 붙였어. 주말에 학교로 몰래 들어가 뜯어냈지.

이건 아무에게도 말하지 않은, 그래서 유성 본인만 알고 있는 이야기였다. 두 사람은 다시 구석으로 돌아가 입을 다물었다. 엄지손톱을 물어뜯다가 상대편을 보고 슬그머니 손을 내렸다. 어둠이 내렸지만, 아무도 불을 끄거나 이부자리를 펴지 않았다. 꾸벅꾸벅 졸던 두 사람은 새벽 2시 무렵에야 바닥에 쓰러져 잠이 들었다.

아침에 눈을 뜬 두 사람은, 황급히 일어나 서로의 시선을 피했다. 유성은 욕실로 들어가 소변을 보고 찬물로 세수했다. 수염이 거칠게 자랐으나 면도기는 보이지 않았다. 거울 속에는 젖은 얼굴의 '내'가 있었다. 좌우가 반전된 얼굴은 욕실 밖 얼굴보다 익숙했다. 유성이 세수를 마치고 나왔을 때 방에는 아무도 없었다. 유성은 텅 빈 방을 바라보다 신발을 신고 부두로 내려갔다. 남자는 그곳에서 바다를 마주하고 있었다. 그것은 한번도 본 적이 없는, 그럼에도 틀림없는 '나의 뒷모습'이었다.

유성이 인기척을 느끼고 뒤돌아섰다. 적의, 분노, 낯섦, 친근함, 연민 따위의 감정이 복잡하게 뒤섞였다. 유성이 유성에게 다가갔다.

처음 바다에 갔던 걸 기억해?

어렸을 때였어. 정확한 나이는 기억나지 않지만, 아버지 바지를 붙잡고 걸었으니까 아마 다섯에서 여섯 살쯤이었을 거야. 어느 바다인지는 몰라. 해변으로 밀려온 해파리를 들고 아버지에게 달려갔었지. 바다에 푸딩이 나타났다고 호들갑 떨면서.

어쩌면 눈앞의 이 남자는 진짜 나일 수도 있겠다고, 유성은 생각했다. 그렇다면 전제부터 바꿔야 했다. 누가 내 흉내를 내는 게 아니라, 하나였던 내가 어떤 이유로 둘이 된 것이다. 유성이 한숨을 내뱉었다.

들어가서 밥부터 먹자.

집에 들어가 냉장고에 있는 반찬으로 상을 차렸다. 두 유성은 상을 마주하고 밥을 먹으며 대화를 이어갔다.

아무 기억도 없어. 어떻게 이럴 수 있지?

약을 사용한 게 아닐까. 영화에 가끔 나오잖아. 약으로 의식을 잃게 하고 낯선 곳으로 납치하는 이야기.

그건 좀 이상하지 않아? 적어도 여기 오기 전까지 우리는 둘이 아니었잖아.

둘이 아니다?

같은 기억을 공유하고 있으니까. 처음부터 둘이었다면 과거도 달랐겠지.

누군가 우리를 둘로 만들기 위해 또는 만들었기 때문에 납치했다는 거야? 도대체 왜 그랬을까. 무슨 이익이 있어서.

이익이라니, 그게 무슨 뜻이야?

나야 모르지. 보통은 이익이 되니까 일을 벌이잖아.

아무리 고민해도 한 명이 둘이 되었을 때 얻을 수 있는 이익이 무엇인지 떠오르지 않았다. 둘은 침묵 속에서 아침을 먹고 모래사장에 내려가 나란히 앉았다. 하늘도 바다도 어제와 같은 모습이었다. 두 사람은 기억하기 게임을 하기로 했다. 한 사람이 하나의 기억을 말하면 다음 사람이 앞의 기억보다 뒤에 벌어진 일을 말하는 게 규칙이었다.

연못에 빠진 거 기억나? 네 살인가 다섯 살 때 플라스틱 야구 배트 연못에 빠뜨려서, 줍는다고 들어갔다가 물에 빠졌잖아. 그 배트 잡고 엄마를 얼마나 불렀는지. 배트 없었으면 죽었을지도 몰라.

사촌동생 지율이가 완전 아기였을 때 우리집에서 한 달 정도 지냈잖아. 꿈에서 엄마가 지율이를 안고 떠나는 거야. 울면서 따라갔는데 엄마는 본 척도 안 했지. 꿈인데도 너무 서운하고 화가 나서 그날 엄마랑 한마디도 안 했지.

듣고 있던 유성이 손뼉을 치며 기억난다고 맞장구쳤다. 두 사람은 이야기를 계속 이어갔다. 초등학교 시절 친구와 선생님, 우정과 다툼, 추억의 장소. 시간이 유년을 지나 중학교에 닿았을 때 두 사람은 입을 다물고 고개를 숙였다. 중학교 2학년 때 유성은 어머니를 잃었다. 어머니는 죽기 한 달 전까지 식당에서 일했다. 집에 들어오면 진통제를 한 움큼 삼키고 낮게 신음하며 거실을 서성였다. 주말 내내 누워 있는 어머니에게 아버지는 왜 종일 빈둥거리냐며 짜증을 냈다. 아파서 그러니 나가서 사 먹으라는 어머니를 아버지는 어떻게 했던가. 그 장면을 떠올리던 유성은 입을 다물고 두 손으로 눈두덩을 지그시 눌렀다. 집기가 부서지고 고함과 비명이 난무하던 시간. 어린 유성은 이불 속에 숨어 몸을 웅크리고 바들바들 떨었다. 며칠 후 어머니는 병원에 입원했고, 고작 두 달 만에 죽었다. 유성은 그날을 기억했다. 아버지가 무서운 얼굴로 유성을 불렀다. 엄마에게 작별인사를 하라며. 작별이라니, 그게 무슨 소린가 싶었다. 아버지 얼굴에 무거운 그늘이 드리웠다. 설마, 설마, 설마……. 유성은 병실로 들어갔다. 커튼이 둘러쳐진 침대 위에 어머니는 누워 있었다. 바짝 마른 얼굴 속에 담긴, 나른하게 풀린 눈동자가 유성을 향했다. 알 수 있었다. 이게 어머니와의 마지막이라는 것을.

 유성이 고개를 흔들었다.

 다른 건 쉽게 흘러가고 잊히는데, 그날의 기억은 도무지 무뎌지지 않아.

 나도 그래. 아니, 우리도 그렇다고 하는 게 맞는 표현이겠지.

우리라고? 둘 중 하나가 가짜일 수도 있잖아.

방금 너는 나와 완전히 똑같았어. 감정과 기억을 공유하다니. 지금 상황에서는 네가 가짜라는 게 더 어색해.

우리 둘 다 유성이라는 건가.

아마도 그렇겠지. 다만…… 하나가 원본, 다른 하나가 사본일 거야.

유성은 대답하지 않았다. 그럴 필요가 없었다. 계속 대화하면 정신이 이상해질 것 같다는 의견에 동의한 두 사람은 대화를 멈추고 집으로 돌아왔다. 새삼 너저분한 집이 눈에 들어왔다. 둘은 말없이 청소를 시작했다. 한 명은 마당과 거실을 청소하고, 다른 한 명은 화장실을 구석구석 닦았다. 청소 도구와 세제는 집에서 쓰던 제품이었다. 자신을 아주 잘 아는 혹은 가까운 사람이 몇 명 떠올랐다. 하지만 이런 일을 벌일 만한 사람은 짐작조차 하기 어려웠다.

설거지까지 마친 두 유성은 가위바위보를 했다. 이긴 유성은 집에 진 유성은 밖으로 나갔다. 장소는 두 시간 뒤에 바꾸기로 했다. 공간은 분리되었지만, 두 사람은 비슷한 생각을 하고 있었다. 누가 원본이고 누가 사본일까. 여기는 정말 현실일까. 가상공간, 사후 세계, 죽기 직전에 찾아온 주마등. 가설은 많았지만, 증거는 없었다. 두 시간이 지나 집에 들어가니 다른 유성은 이미 나가고 없었다. 유성은 아무도 없는 방에 들어와 우두커니 서서 다른 유성이 앉아 있던 자리를 바라봤다. 잠시 망설이다. 그 자리로 가 벽에 등을 기대고 앉았다. 그 자리에서 자신이 앉아 있던 자리를 쳐다봤다. 다른 유성이 들어와 저 자리에 앉은들 뭐가 달라질까 싶었다.

생각해봤는데. 외출했던 유성이 방에 들어오며 입을 열었다. 누군가가 너를 복제해서 섬에 데려온 거야. 여기는 일종의 공장 같은 곳이고. 그러면 내가 늦게 온 게 설명되지.

원본인 나를 섬에 데려다둔 뒤, 너를 복제해서 데려왔을 수도 있지. 가설은 의미가 없어. 알잖아.

서 있던 유성은 말없이 앉아 있는 유성 반대편에 앉았다. 침묵이 이어졌다. 자기 자신과 대화를 이어나가는 건 생각보다 쉽지 않았다.

아까 보니, 냉장고에 소주 있던데.

달걀을 부쳐 김치와 함께 소주를 마셨다. 각자 앞에 소주병을 두었고 잔은 부딪치지 않았다. 반병쯤 비웠을 때 다시 대화가 시작되었다.

왜 이런 일이 벌어진 걸까.

이야기가 처음으로 돌아가는군. 가설은 의미가 없다고 좀전에 네가 말했잖아.

그래, 의미가 없지. 그래도 이런저런 이야기를 하다보면 단서가 떠오를 수도 있잖아. 아버지와 처음 다툰 날을 기억해?

새 여자를 데려오고 1년쯤 지나서였지. 아버지가 그 여자를 때렸잖아.

맞고 있는 여자를 보니 죽은 어머니가 떠올랐어. 같은 짓을 또 반복한다고 생각하니 피가 거꾸로 솟더군.

그 아줌마를 내 방에 넣고 아버지와 맞섰지. 저 여자도 죽일 거냐고.

엄마를 내가 죽였냐?

그때 아버지가 뺨을 때리고 발로 찼잖아. 뺨은 그렇다 치고 발차기는 팔로 막았는데, 이상하게 별로 안 아픈 거야. 왜 살살 때리지, 라고 생각하는데, 아버지 얼굴이 빨갛게 상기되어 있었어.

그때 처음 알게 되었지. 아버지가 이렇게 작고 나약한 인간이라는 걸. 나를 이불 속에서 벌벌 떨게 만든 무서운 짐승은 이제 어디에도 없다는 걸.

유성은 아줌마를 방에서 나오게 한 뒤 현관까지 배웅했다. 그 모습을 아버지는 주먹을 쥐고 지켜봤다. 그런 아버지를 두고 방에 들어가 문을 잠갔다. 잠긴 문에 등을 기대고 미끄러지듯 주저앉았다. 한동안 그 자세로 멍하니 있었다. 그날 유성은 그리워할 사람과 두려워할 사람이 전부 사라졌음을 깨달았다.

두 유성은 술상을 물리고 불을 껐다. 각자 뒤바뀐 자리로 가 자리를 폈다. 술에 취한 몸이 무거웠다. 초침 소리에 쫓기는 기분을 느꼈다. 바늘로 찌르는 듯한 두통이 불규칙적으로 찾아왔다. 저편에 누운 유성도 자신과 같은 통증을 느끼는지 궁금했다. 어둠 저편에서 코 고는 소리가 들려왔다. 잠들지 못하는 유성은 잠든 유성과 자신의 차이가 무엇인지 궁금했다. 우리는 같은 존재지만, 어느 시간을 기점으로 갈라져 점점 독립적인 개체가 되어가고 있는 것은 아닐까. 그 기점은 언제일까. 이 방에서 눈을 떴을 때? 지금 잠들어 있는 유성과 부두에서 만났던 순간? 알 수 없었다. 이 모든 게 가설에 불과하고 그가 말했듯 증거 없는 가설은 무의미하니까. 침묵 속에서 잠이 찾아왔다. 무거운 중력이 유성을 바닥으로 끌어당겼다. 저항은 불가능했다. 눈을 감는 순간 의식은 어둠의 나락으로 추락했다. 꿈조차 머무를 곳 없는 깊고 깊은 나락이었다.

하나는 섬에 남겨지고 다른 하나는 섬에서 나간다.
둘이 함께 남거나 함께 나갈 수는 없다.

두 유성은 나란히 서서 냉장고에 붙어 있는 메모를 바라봤다.
누군가 있어. 유성이 격한 어조로 말했다. 누군가 우리를 지켜보고 있는 거야. 이 일을 꾸민 녀석이겠지. 안일했어. 생각해보면 당연해. 누가 자기 자신과 대면하고 싶겠어. 그것도 이렇게 온전한 자신과 말이야. 누군가 우리를 만들어서 관찰하는 게 분명해. 사회 실험? 과학 실험? 관찰? 뭐, 그런 게 목적일지 몰라. 낮에는 섬을 수색하고 밤에는 불침번을 서야겠어. 누가 이런 짓거리를 했는지 명확히 밝혀야 해.

다른 유성이 턱을 쓰다듬으며 흥분한 유성을 가만히 처다봤다.

정말 기억이 없는 거야, 없는 척하는 거야?

그게 무슨 소리야?

저 포스트잇을 붙인 건 너야. 어젯밤 목이 말라서 깼다가 네가 포스트잇 붙이는 걸 봤어. 펜으로 글을 쓰고 메모를 붙인 뒤 다시 잠들더군. 너무 깊이 잠들어서 깨워도 일어나지 않았어. 아침이 되면 물어보려고 했지. 우리 말고 다른 누군가가 있는지는 알 수 없지만, 적어도 저 메모는 네가 쓰고 붙인 거야.

그 말을 들은 유성이 뒤로 두 걸음 물러섰다. 맞은편에서 전해지는 눈빛이 싸늘했다. 머리가 지끈거렸다.

도대체 뭘 숨기고 있는 거야?

그 물음에 유성은 잠시 머뭇거렸다. 순간 창문이 번쩍 빛났다. 이어 천둥이 울었다. 하늘이 검은 먹구름으로 뒤덮여 있었다. 몇 번 더 번개가 친 뒤 비가 쏟아졌다.

유성이 메모를 노려봤다.

정말 이걸 내가 썼다고?

내가 왜 거짓말을 하겠어.

유성이 유성의 눈을 응시했다. 비가 지붕을 요란하게 두들겼다. 유성은 신발도 신지 않고 마당으로 걸어나갔다. 다른 유성은 방안에서 비에 젖어가는 유성을 바라봤다.

혼자 행동하지 않았으면 좋겠어. 솔직히 이제는 널 믿을 수가 없어.

비를 맞던 유성이 걸음을 멈추고 뒤를 돌아봤다.

정말 기억이 나질 않아. 네 말이 사실이라 생각해. 맞아, 네가 거짓말할 이유는 없지. 그렇다는 건 내가 무언가를 숨기고 있다는 의미야. 그게 뭔지 지금은 알 수가 없어. 하나는 섬에 남겨지고 다른 하나는 섬에서 나간다. 둘이 함께 남거나 나갈 수는 없다. 이 말이 의미하는 바는 명확해. 둘 중 하나는 이 섬을 나가고 나머지는 남겨진다.

그렇게 단순한 일이라면, 애초에 우리를 둘로 만든 이유가 뭐지? 이야기가 다시 처음으로 돌아가는군. 왜 우리는 둘로 나뉜 걸까?

또다시 번개가 쳤다. 천둥이 울고 비가 거세졌다. 얼음처럼 차가운 비였다. 유성은 부두 쪽으로 걸음을 옮겼다. 다른 유성은 따라오지 않았다. 거친 파도가 부두에 부딪쳐 하얗게 부서졌다. 비와 바닷물이 몸을 적셨다. 냉기가 뼛속까지 파고들었다. 하늘과 바다의 경계에서 빛이 반짝였다. 유성은 추위도 잊고 하늘과 바다의 경계에서 반짝이는 빛을 바라봤다.

*

고등학교를 졸업하고 곧바로 집을 나왔다. 군에 부사관으로 입대하여 6년을 근무했다. 돈을 모으기 위해 군에서 제공하는 것들을 최대한 활용했다. 독신 숙소에서 생활하고 보급된 옷을 입었으며 식사는 부대 식당에서 해결했다. 동료들과 어울리지 않았고 술자리도 최대한 피했다. 선후배들은 유성을 두더지라 불렀다. 그 덕에 제법 많은 돈을 들고 전역할 수 있었다. 유성의 나이 스물다섯이었다.

취업은 무리였다. 대학을 나오지도, 특별한 자격증을 보유하지도 않았다. 군 경력은 취업에 도움이 되지 않았다. 가진 건 모아둔 돈과 건강한 몸이 전부였다. 그는 이수에 있는 삼겹살집에 취직해 식당 운영을 배웠다. 일은 고단했다. 재료 준비부터 청소, 서빙, 설거지와 뒷정리까지. 손바닥만한 고시원에 돌아가면 곧바로 씻고 잠을 청했다. 그렇게 다시 3년을 보내고 나서야 유성은 자신의 가게를 낼 수 있었다. 개업 전날, 유성은 자신의 가게 앞에 서서 간판을 오랫동안 바라봤다. 불안과 기대, 초조함을 품고 고시원 근처 술집에 들어가 가장 비싼 안주를 놓고 소주를 마셨다. 휴대전화에 저장된 어머니 사진을 열었다. 그 얼굴을 엄지로 쓰다듬다가 물병에 기대놓았다. 소주 반병을 비우고 가게에서 나왔다. 가을바람이 서늘했다. 고개를 드니 별이 총총 빛났다. 잘될 거야, 라고 중얼거리며 다시 어머니 사진을 열었다. 눈물을 훔친 유성은 비틀비틀 고시원으로 들어갔다.

유성은 일만 했다. 여행도 취미생활도 하지 않았다. 가게는 처음 몇 년 동안 현상 유지만 하다가 유성이 서른이 되던 해부터 번창하기 시작했다. 분점이 세 개로 늘면서 사람을 고용할 수밖에 없었지만, 아무리 바빠도 매일 모든 가게를 직접 돌아다녔다.

영선은 세번째 지점에서 일하던 아르바이트생이었다. 영선은 수수한 여자였다. 수수한 옷차림에 수수한 헤어스타일을 했지만, 늘 깔끔하게 다녔다. 성실하게 일했고 웃음이 많아 주변을 밝게 만들었다. 영선은 단풍처럼 유성의 마음을 천천히 물들였다. 서른이 되어 처음 느끼는 감정에 유성은 당황했다. 유성은 자신의 감정을 잘 숨기고 있다고 믿었다. 하지만 지점장과 직원들은 모두 알고 있었다. 유성이 이 지점을 자주 찾고 오래 머무르는 이유를. 영선도 예외는 아니었다. 유성의 평판은 나쁘지 않았다. 성실하고 직원을 존중하는, 젊은 나이에 자신의 힘으로 가게를 일군 능력 있는 사장. 유성에게 접근하는 여자가 없는 건 아니었다. 하지만 아직은 때가 아니라는 생각에 뒤로 미뤄놨던 문제였다. 상황을 보다못한 박 점장이 단둘이 할말이 있다며 술자리를 마련했다. 술이 두 잔쯤 돌았을 때, 박 점장은 영선이 오기로 했다고 말했다.

속이 터져 죽을 것 같아서 불렀어요. 두려워 말고 도전해라, 실패하면 다시 도전하면 된다. 형님이 늘 해주셨던 말이잖아요.

유성은 침을 삼키며, 오늘 영선에게 차이면 널 해고하겠다고 속삭였다. 성공하면 지금 가게를 넘기라는 말에, 너는 내가 가장 신뢰하는 직원이라며 유성이 박 점장의 어깨를 두드렸다.

영선이 가게로 들어왔을 때 박 점장은 계란말이 하나를 입에 넣고 자리에서 일어났다. 유성은 냅킨으로 맞은편 자리를 닦으며 영선에게 앉으라고 권유했다. 어리둥절 서 있던 영선은 빠르게 분위기를 파악했다. 영선은 자리에 앉아 소주를 유성의 잔에 따랐다. 유성은 먹고 싶은 거 마음껏 먹으라고 권유했다.

마음껏 먹으면요?

배…… 부르겠지.

영선이 소주를 한 잔 벌컥 마시고 잔을 내밀었다. 유성은 얼떨결에 한 잔 더 따라줬다. 영선은 그렇게 네 잔을 연달아 마셨다.

사장이 부하 직원을 시켜서 이런 자리에 부르고 말이야. 사장씩이나 되는 사람이 이렇게 배짱이 없어서 가게가 앞으로 어찌되겠어요!

죄송합니다.

유성은 자기도 모르게 존대했다.

자 똑바로 말해봐요. 뭐, 어쩌자고 저를 부른 건지.

오랫동안 좋아했습니다. 사귀고 싶어요.

좋아요, 그럼 오늘이 우리가 사귀기 시작한 날이에요. 잘해봐요, 사장님.

유성과 영선은 회담을 마친 국가 정상처럼 악수했다. 그렇게 두 사람은 사귀게 되었다. 가게를 운영할 때와 전혀 다른 충족감이 찾아왔다. 교제 1년 뒤 결혼식을 올렸고 이듬해 아이가 생겼다. 유성은 납골당을 찾아가, 어머니 유골 옆에 초음파사진을 꽃과 함께 장식했다. 10년 이상 눌러놨던 눈물이 속절없이 쏟아졌다.

빛은 어느새 사라져 보이지 않았다. 높은 파도가 부두를 때렸다. 하얀 포말이 키를 훌쩍 넘겼다. 뒤늦게 나온 유성이 먼저 나온 유성의 뒷모습을 말없이 바라봤다.
기억났어, 모든 게.
비에 흠뻑 젖은 유성이 입을 열었다.
이 일을 꾸미고 계획한 건 바로 나였어. 내가 너를 만들었지.
일부러 기억하지 못하는 척한 거야?
그건 아니야. 닥터에게 이런 부작용이 있다는 말을 들었어. 그것마저 기억하지 못했지만.
이유가 뭐야?
말해줄 거야. 그전에 네가 알아야 할 게 있어.
젖은 유성이 뒤로 돌았다. 얼굴이 하얗고 입술이 파랗게 질려 있었다. 집에 들어가서 이야기하자는 유성의 말을 유성은 거절했다. 오래 걸리지 않을 거라며.

아버지가 돌아가셨어.

아버지가? 언제?

놀란 얼굴을 한 유성을 보며, 젖은 유성이 미소를 지었다.

간암이었어. 1년 전에 발병했지. 병원에 갔을 때는 이미 온몸에 전이된 상태였어. 복제장기를 이식받으면 살 수 있었지만 내가 그렇게 하지 않았어.

이 말에 유성이 허리춤에 손을 얹고 시선을 돌렸다. 어느새 그의 몸도 완전히 젖어 있었다.

나는 왜 이 사실을 기억하지 못하는 거야?

기억하지 못하는 게 아니야. 너는 실제로 그 사실을 경험하지 못한 거야.

나는 경험하지 못했다고?

네가 아버지를 어떻게 기억하는지 떠올려봐. 굳이 대답할 필요 없어. 이 기억은 우리가 공유하고 있는 것이니까. 무능력자, 술주정뱅이, 매일 어머니를 폭행하던 짐승. 맞아, 이건 거짓말이 아니지.

10년 만에 만난 아버지는 죽음을 눈앞에 두고 있었다. 깡마른 팔과 다리, 깊게 파인 볼우물, 흐릿한 눈동자, 항암으로 빠져버린 머리칼까지. 유성은 알 수 있었다. 아버지가 머지않아 죽는다는 사실을. 그날의 어머니와 마찬가지로.

아직도 나를 미워하냐. 아버지는 말을 더듬었다. 유성은 약해진 마음을 다잡고 모진 대답을 뱉었다. 앞으로도 미워할 생각입니다. 어찌하면 네가 나를 미워하지 않겠냐? 어머니를 다시 살려내면 됩니다. 그러냐, 그러냐…… 아버지는 창문으로 시선을 돌렸다. 이내 잠이 들었고 유성은 그대로 병원에서 나왔다.

1주일 뒤 아버지는 숨을 거뒀다. 식당에서 일하다 말고 병원을 들러 아버지의 죽음을 확인했다. 의사에게 사망진단서를 받았다. 병원에 치료비를 수납했다. 장례식 없이 업체를 불러 화장을 의뢰했다. 아무도 없는 곳에 차를 세우고 산에 유골을 뿌렸다. 가게로 돌아가야 하는데 발걸음이 떨어지질 않았다. 가게 앞에서 서 있다가 집으로 발걸음을 옮겼다. 집 근처 술집에 들어가 술을 마셨다. 화장실에서 토하고 다시 마셨다. 집에 도착한 건 자정이 넘어서였다. 방은 어둡고 조용했다. 아내는 어두운 거실 소파에 앉아 있었다. 유성은 아내에게 다가갔다. 아버지의 삶과 죽음을 말하고 싶었다. 어머니의 죽음 이후, 지금까지의 내 삶은 아버지와의 싸움이었음을 고백하고 싶었다.

이번 달 가게 적자 난 거 알고 있어? 그걸 아는 인간이 이 시간까지 싸돌아다녀? 요즘 어디를 이렇게 돌아다니는 거야? 어디 여자라도 숨겨놨어?

지금 생각하면 별일 아니었다. 아버지에 대해 말하지 않은 유성의 잘못이 더 컸다. 갑자기 안 하던 행동을 했으니 충분히 오해할 만했다. 대화로 풀 수 있는 문제였지만 유성은 그렇게 하지 않았다.

영선을 때렸다고? 애 보는 앞에서?

그래, 구급차가 와서 병원에 후송했어. 안와골절에 가벼운 뇌진탕, 전치 10주 판정을 받았지. 집은 엉망이 되었어. 베란다 창이 깨지고 TV도 부서졌지. 경찰 조사를 받았어. 집행유예이긴 하지만 처벌도 받았어.

유성이 멱살을 잡았다. 멱살을 잡힌 유성은 저항하지 않았다.

우리는 절대로 아버지처럼 살지 않기로 했잖아.

유성은 자신의 멱살을 잡은 유성의 눈을 지그시 바라봤다.

그래서 너를 만든 거야. 지난 1년의 기억이 없는 너를. 병원에 누워 있는 영선을 보며 이게 시작일 수도 있다는 생각이 들었어. 이제 돌이킬 수가 없다는 것도. 그러니 네가 망가지고 깨진 것들을 수습해.

멱살을 쥔 손이 느슨해지다 이내 풀어졌다.

너는 어떻게 되는데?

이 섬에 남을 거야.

평생?

아마도.

그 말에 유성이 두 손으로 얼굴을 비볐다. 어느새 그의 입술도 파랗게 질려 있었다.

남아야 할 건 내가 아니라 너야. 너에겐 네가 벌인 일을 책임져야 할 의무가 있어. 비겁하게 그걸 나에게 떠넘기지 마.

정수가 거실로 나와 눈물을 터뜨리며 영선에게 달려왔어. 제 엄마를 껴안고 울부짖더군. 그제야 내가 무슨 짓을 했는지 깨달았어. 이 비슷한 풍경을 얼마나 많이 봤는지 너는 알 거야. 이 기억을 품고, 아무 일도 없었던 것처럼 가족과 살아갈 수는 없어.
  이미 벌어진 일이야. 시간은 돌이킬 수 없어. 기억이 없다는 이유로 대신 가족 앞에 나서라는 건 이상해. 후회하면 용서를 빌어. 다시 시작할 수 있다면 그렇게 해. 영선이 끝내 너를 거절한다면 받아들여.
  내가 너였어도 그렇게 말했을 거야. 확신할 수 있어. 너는 나고 나는 너니까. 하지만 너는 보지 못했잖아. 이번에는 달라. 지금까지의 과정을 전부 말할 수는 없지만, 정말 힘겹게 얻은 기회야. 너라면 모든 걸 다시 새롭게 시작할 수 있어.
  삶에는 '다시'가 없어.
  널 만들기 전까지 내가 가장 많이 한 생각도 바로 그거였어.
  번개가 치고 천둥이 울고 비바람이 불었다. 파도는 아까보다 높아졌다. 유성은 부두에서 섬을 바라보다 의식을 잃었다.
  그날 밤 유성의 몸은 불처럼 끓어올랐다. 땀이 흘렀고 온몸이 두들겨맞은 것처럼 아팠다. 기억이 뚝뚝 끊어졌다. 유성은 현실과 꿈을 분주히 오갔다. 현실에서는 어둠이, 꿈속에서는 어머니가 찾아왔다. 병실 침대에 누워 있던 그 어머니였다. 어둠보다 어머니와 마주하는 일이 더 무서웠다. 어머니가 유성의 머리를 쓰다듬으며 말했다.

  죽지 않고 살아 있는 한······

  다음 말이 들리지 않아 다시 말해달라고 재촉했으나 끝내 듣지 못했다. 비명을 지르던 유성은 깊은 잠에 붙들려 힘없이 끌려갔다.

*

  유성은 방에서 눈을 떴다. 하얀 햇살이 창을 통해 들어왔다. 문을 여니 하늘이 푸르렀다. 어제 내린 비가 거짓말 같았다.

  다른 유성은 보이지 않았다. 마당에 나가 이름을 외쳤지만, 대답이 없었다. 부두로 나가 해변을 걸었고 길이 없는 곳까지 기어오르면서 섬을 샅샅이 뒤졌다. 유성은 끝내 유성을 찾지 못했다. 유성은 하루를 꼬박 헤맨 뒤에야 집으로 돌아왔다. 수돗물을 마신 뒤 그대로 바닥에 주저앉았다. 어지러웠다. 유성은 어둑해진 부두로 내려갔다. 바다에 면한 난간에 걸터앉아 그림자처럼 고요한 밤바다를 바라봤다. 달 주변으로 무수히 많은 별이 빛났다. 검은 장막에 뒤덮인 하늘에 누군가 날카로운 송곳으로 마구 구멍을 낸 듯했다.

  부두로 배가 들어온 건 유성이 사라지고 이틀이 지나서였다. 배에서 선장이 내렸다. 굵은 수염과 주름이 그의 얼굴을 훈장처럼 장식하고 있었다. 그는 부두에 있는 유성에게 다가와 하려던 일은 잘 마무리되었느냐고 물었다.

모르겠어요. 애초에 무슨 일이 벌어진 건지조차 알 수가 없네요.

원래 삶이란 게 어부 일과 비슷한 법이지요. 그물을 던질 뿐, 나머지는 바다가 결정합니다.

바다가⋯⋯ 결정하는군요.

나이를 먹으면 이런 풍월 한두 개쯤은 품게 되지요. 그래서 어쩔 겁니까. 나중에 다시 올까요?

유성은 뒤돌아 섬을 바라봤다. 오솔길과 그 끝에 자리한 작은 주택, 그 너머로 펼쳐진 하늘과 구름. 저 어딘가 있을 유성을 떠올리며 한숨을 길게 내쉬었다.

가지요.

뭐 두고 오신 건 없고?

제가 이 섬에서 가져갈 수 있는 건 저 자신뿐입니다.

그거면 충분하지요.

유성은 선장을 따라 배에 올랐다. 배가 출발하고 섬이 멀어졌다. 선장이 유성에게 다가와 맡겨둔 거라며 휴대전화를 내밀었다. 전원을 켜니 배경 화면에 아내와 아들 얼굴이 떴다. 긴 망설임 끝에 오늘 중으로 돌아간다는 메시지를 보냈다. 답장은 오지 않았다. 유성은 휴대전화를 주머니에 넣고 선미에 앉아 섬을 바라봤다. 수평선 너머로 조금씩 가라앉던 섬이 마침내 완전히 모습을 감췄다.

협곡에 사는 새

협곡은 깊고 넓었다. 떨어진 돌이 바닥에 닿는 소리가 들리지 않을 만큼, 독수리가 반나절을 날아야 맞은편에 닿을 만큼. 짧은 여름을 제외하면 협곡은 늘 그림자로 뒤덮여 있었다. 그 어둠 속에서 스물네 시간 쉬지 않고 차가운 바람이 불어왔다. 계절이 바뀌어서, 협곡 너머의 세계를 보고 싶어서, 자신의 용기를 시험하고 싶어서, 새들은 협곡을 향해 날개를 펼쳤다. 하지만 돌아온 새보다 돌아오지 못한 새들이 더 많았다.

아기 오색조의 이름은 '다나'였다. 다나의 둥지는 서쪽 절벽에 자리하고 있었다. 다나의 어미는 세 개의 알을 낳았지만 부화한 건 한 개뿐이었다. 깃털이 나기 시작할 무렵 다나가 어미에게 물었다. 왜 자신에겐 형제가 없느냐고.

부화하지 못한 알들은 모두 협곡에 버려지기 때문이란다.

어미 새가 말했다.

협곡에도 새가 살고 있나요?

날개를 잃어버린 새가 살지.

왜 날개를 잃었죠?

부실하게 태어나거나, 사냥중에 다치거나, 늙고 병들거나. 이유는 아주 많단다. 중요한 건, 날지 못하는 새는 아무 가치도 없다는 거야.

날지 못하면 왜 가치가 없나요?

어미는 다나의 머리를 부리로 쓰다듬으며, 새는 날기 위해 태어났기 때문이지, 라고 대답했다.

다나는 둥지 밖으로 목을 내밀었다. 광활한 허공을 가득 메운 아득한 어둠과 차가운 바람. 이것이 다나가 처음 마주한 세계였다.

무서워요, 엄마.

무서워할 필요 없단다. 넌 건강히 자라서, 튼튼한 날개를 갖게 될 거야. 언젠가 이 협곡도 넘게 되겠지. 그러니 협곡이 아닌 하늘을 보렴. 저기가 네가 살아갈 세계니까.

_우얀 하라스의 『협곡에 사는 새』(1653) 중 「3장 오색조」에서

*

 제일 먼저 눈에 들어온 건 왼팔에 새긴 문신이었다. 가시 돋은 줄기가 어깨부터 손목까지 나선을 그리며 내려왔고, 줄기 끝에 맺힌 장미 봉오리가 손등과 엄지손가락이 만나는 지점에 자리했다. 줄기와 봉오리 모두 검은색으로 하얀 피부와 대비되어 무척 도드라졌다. 외모도 평범하지 않긴 마찬가지였다. 싸구려 염색약으로 만든 금발에 짙은 눈썹, 졸린 것처럼 보이는 눈, 그 속에 담긴 커다란 눈동자, 별 모양 귀걸이. 그녀는 기타가방을 벽에 기대놓고 사전처럼 두꺼운 책을 읽고 있었다. 갈색 하드커버 표지에는 '협곡에 사는 새'라는 제목이 고딕체로 새겨져 있었다. 나는 저 책을 기억했다. 난해한 상징과 어지러운 구성으로 어지간한 인내심이 없으면 완독하기 어려운 책이었다. 스무 살 무렵 3분의 1쯤 읽다 포기한 기억이 있다.

 검사부터 할게요.

 흰 가운을 입은 남자가 말했다.

 신체검사가 진행되었다. 피를 뽑고, 혈압과 체온을 측정하고, 키와 몸무게를 쟀다. X-Ray 촬영과 치아 검사 후 문진했다. 검사를 마친 여자와 나는 대기실로 돌아왔다. 흰 가운 남자가 서류를 넘기며 말했다.

 이 실험은 뇌신경망 조율을 통해 인지능력 향상 및 지향점 변경 여부를 확인하는 실험입니다. 약물이나 외과적 방식이 아닌, 기억동기화 방식이 사용될 겁니다. 신체적 부작용은 없다는 게 확인됐으니 걱정할 건 없습니다. 기대하는 효과로는 기억력 향상, 성욕 증가, 공감능력 향상 등이 있습니다. 임상실험은 총 다섯 번 진행될 겁니다. 흰 가운 남자가 여기서 잠시 말을 멈췄다. 솔직히 말씀드리면, 임상 관련한 모든 정보를 여러분께 공지해야 하는 게 법으로 정해진 사항입니다. 하지만 이번 임상은 여러분이 정보를 아는 것 자체가 결과에 영향을 끼칩니다. 예외적으로 정보제공을 제한하는 이유입니다. 식약청과도 이야기가 끝났고요. 그래서 지급되는 돈이 많은 겁니다. 거듭 말씀드리지만, 부작용은 없습니다. 거부 의사가 있으면 지금 말하세요. 서명 이후 임상을 거부하면 위약금을 물게 됩니다.

흰 가운 남자는 나와 여자의 침묵을 확인한 후 계약서를 내밀었다. 나는 주의 사항과 계약 해지 사항이 명시된 서류를 꼼꼼하게 읽었다. 문신녀가 거침없이 사인한 뒤, 아무렇지도 않다는 듯 남자에게 계약서를 내밀었다. 뒷골이 서늘했다. 곧바로 두 사람 시선이 나에게 꽂혔다. 나는 쫓기듯 사인했다. 계약서를 받은 남자는 미소를 지었다. 이 여자가 바람잡이일지도 모른다는 의심이 들었다.

탈의실에서 옷을 갈아입고 밀폐된 방에 들어갔다. 남자는 나를 안마의자처럼 생긴 의자에 앉힌 뒤, MEMORY-0004라고 적힌 헬멧을 씌웠다. 헬멧은 내 눈까지 덮였다. 30분 정도

소요되니 편안히 있으라고 남자가 말했다. 의자에서 냉각기 돌아가는 소리가 들려왔다. 검은 바탕에 하얀 점이 나타났다. 깜빡거리던 점이 점점 커졌다. 마치 기차가 어두운 터널을 빠져나가는 듯했다. 시야 전체가 하얀색으로 가득차 눈이 부셨다. 그 순간 낯설고 이질적인 것이 머릿속으로 들어오기 시작했다. 의식이 본능적으로 그것을 거부했다. 하지만 그것은 쓰나미처럼 밀려와 내 저항을 허무하게 무너뜨렸다.

정신을 차린 건, 정확히 30분이 지나서였다. 흰 가운 남자가 헬멧을 벗기고 나를 부축해 의자에서 내려오게 했다.

좀 어때요?

흰 가운 남자가 물었다.

가벼운 두통을 제외하면 특별히 이상한 점은 없었다. 남자는 내 말을 차트에 기록한 뒤 대기실로 돌아가라고 지시했다.

5분 뒤 여자도 대기실로 들어왔다. 우리는 거리를 두고 나란히 앉았다. 흰 가운 남자가 들어와 수고했다며, 다음 방문은 한 달 뒤라고 말했다.

돈은 계좌로 입금될 거고요. 다음 방문일에는 토익 시험을 볼 거니까 준비해주세요.

토익이 임상과 무슨 상관이죠?

여자가 물었다.

집중력과 기억력 향상을 알아보기 위함입니다. 점수에 따라 추가금이 지급될 거예요. 지난번 실험 때 차이를 두지 않았더니 공부를 전혀 하지 않더라고요. 임상 결과와 관련 있는 사항이니까 신경써주세요. 혹시 더 궁금한 게 있나요?

질문은 이어지지 않았다. 여자는 기타가방을 메고 밖으로 나갔다. 그 모습을 바보처럼 쳐다보던 나는, 남자에게 인사하고 건물에서 나왔다.

햇살이 너무 강해 눈을 찌푸렸다. 나는 휴대전화로 요일을 확인했다. 방구석에서 모니터만 보다보면 시간 감각이 사라진다. 처음엔 오전과 오후를, 다음엔 요일과 월을, 마지막엔 계절을 차례차례 잊는 거다. 사라진 시간을 대체하는 건 읽은 책과 집필한 소설이다. 작년 겨울엔 이소영 소설을 읽고, 신춘문예용 단편「파란 그네」를 썼다. 올봄엔 미야미 렌의 소설을 읽었고, 문예지 신인상 응모를 위해「투명한 혈관」을 썼다. 이제 막 시작된 여름 앞에서, 나는, 내 시간을 설명할 무언가를 또 선택해야 했다.

신호를 기다리고 있는데, 누군가 '거기, 당신' 하고 나를 불렀다. 고개를 돌려 소리가 난 쪽을 돌아봤다. 살면서 '거기, 당신'으로 불리는 게 몇 번이나 될까 싶었다. 날 부른 건 팔에 문신을 한 여자였다. 그녀는 계단에 앉아 담배를 피우고 있었다. 햇살에 비친 피부가 하얗다 못해 투명할 지경이었다. 여자는 계단에 담배를 비벼 끄고 내게 다가왔다.

어젯밤부터 굶었죠?

여자가 다짜고짜 묻기에 그렇다고 대답했다.

같이 점심이나 먹어요. 라면 좋아해요?

좋아하진 않지만 자주 먹어요.

좋아하지 않는데 왜 자주 먹어요?

싸니까.

그녀는 고개를 끄덕이며, 인정, 이라고 말했다.

그녀는 나를 저렴한 라면 체인점으로 데려갔다. 여자는 해물라면, 나는 만두라면을 주문했다.

김유지라고 해요. 그쪽은?

정지선이에요.

남자 이름치고는 흔하지 않네요. 왠지 멈춰야 할 것 같고.

그렇지 않아도 학교 다닐 때 별명이 '멈춰'였어요.

임상엔 왜 지원했어요?

바보 같은 질문이다. 돈 말고 무슨 이유가 있겠는가. 나는 소설을 써야 해서라고 대답했다. 내 대답에 유지가 고개를 끄덕이며 기타가방을 툭툭 쳤다.

나는 노래를 불러요. 아무래도 우리 같은 사람들이 뽑혔나 보네.

우리 같은 사람들이 누군데요?

아웃사이더, 비주류, 고졸, 현실감각 떨어지는 뭐, 그런 사람들 있잖아요.

나는 내가 비주류라는 생각을 해본 적이 없지만 듣고 보니 그럴듯했다.

라면이 나왔다. 나는 뿌연 안경을 벗어 테이블 위에 놓았다. 라면은 평소 먹던 맛 그대로였다. 대량생산된 균일성이야말로 라면의 미덕이었다. 동시에 내가 라면을 싫어하는 이유이기도 했다.

내가 존댓말 싫어해서 그런데 말 놔도 될까요?

그러자고 했다.

아까 그거 당하고 나서 무슨 느낌 같은 거 없어?

유지가 물었다.

글쎄, 아무 느낌 없는데.

아직 임상효과가 돌지 않는 건지도 모르지. 좀 기다려보자.

뭘 기다려?

뭐든, 좋거나 나쁜 일. 돈 주면서 하는 실험이 좋을 리 없잖아. 프리 이즈 낫 프리, 라는 거지.

유지가 단무지를 씹으며 말했다. 우리가 그날 하루를 함께 보내기로 한 건 불안 때문이었다. 아직 검증되지 않은 기묘한 임상실험을 당했다. 그것도 3백이나 받으면서. 유지는 불안 대신 호기심이라는 단어를 썼다.

궁금하잖아. 도대체 무슨 실험인지. 나를 살피는 것보다 옆사람을 보는 게 더 객관적이기도 하고. 내가 점심 샀으니까, 저녁은 네가 사는 거다.

라면 좋아하냐고 묻자, 좋아하지만 하루에 두 번은 싫다고 했다.

우리는 라면 가게에서 나와 덥고 습한 길을 걸었다. 그녀가 두 걸음 정도 앞섰고, 나는 그 뒤를 따라갔다.

우리 지금 어디 가는 거야?

혜화역.

지하철로 네 정거장 거리였다.

거기는 왜?

돈 벌러.

돈을 번다고?

노래할 거야.

아무래도 이 주제로는 정상적인 대화가 어려울 듯싶었다. 지하철을 타자 하니 고개를 저었다.

좀 걷고 싶어. 여름 좋아하거든. 유지가 싱글거리며 말했다. 너 담배 피워?

피우지 않는다. 유지는 길 한가운데서 담배를 꺼내 태연하게 불을 붙였다. 불쾌한 시선이 화살처럼 날아왔지만, 유지는 허리를 꼿꼿이 펴고 아무렇지 않게 걸었다. 나는 유지와 거리를 조금 더 벌렸다.

혜화역에 도착한 건 6시가 조금 넘어서였다. 수업을 마친 학생들과 막 퇴근한 직장인들이 어스름에 잠긴 금요일 거리를 배회했다. 땀에 흠뻑 젖은 나는 스타벅스 화장실에 들어가 세수하고 나왔다. 그사이 유지는 기타와 마이크를 들고 인도 한복판에 서 있었다.

뭘 하는 거야?

버스킹이잖아.

유지는 마이크를 스탠드 거치대에 걸고 싸구려 블루투스 스피커에 연결했다. 기타가방을 열어 바닥에 내려놓은 유지가 거리를 향해 입을 열었다. 첫번째 노래는 〈가을에 닿기를〉입니다. 정말로 딱 이렇게만 말했다. 유지가 눈을 감았다. 기타 연주가 시작되자, 몇몇 사람들이 걸음을 멈추고 유지를 바라봤다. 보는 내가 다 식은땀이 흘렀다.

깊은 가을 속을 걷다가
길을 잃은 적이 있었지.
하늘은 파랗고
나는 혼자였어.
슬픈 이들의 노래가
차가운 바람 속에 녹으면
나는 눈을 감고
가을에 닿기를
나는 눈을 감고
가을에 닿기를

연주도, 가창력도 상상 이상이었다. 특히 목소리가 좋았다. 잔잔한 호수 위로 떨어지는 겨울비처럼 맑고 청량했다. 첫 곡이 끝나자, 박수가 터졌다. 유지는 박수에 반응하지 않았다. 대신 가로수에 등을 기대고 담배를 물었다.

두번째 곡은 〈오래된 가로등〉입니다. 이거 피우고 부를게요. 주머니에 잔돈 있으면 좀 던지세요.

필터 앞까지 알뜰하게 피운 담배를 가로수에 비벼 끈 뒤, 두번째 노래를 불렀다. 첫번째 곡과 멜로디와 가사는 전혀 달랐지만, 느낌은 비슷했다. 유지는 두번째 곡을 끝내고 또 담배를 물었다. 비슷한 방식으로 〈바람이 산들산들〉과 〈2루타가 좋아〉 〈코발트블루〉를 차례로 불렀다.

오늘은 여기까지. 들어주셔서 고마워요.

어느새 꽤 많은 사람이 우리를 둘러싸고 있었다. 누군가 앙코르를 외쳤지만, 유지는 들은 척도 하지 않고 돈이 담겨 있는 가방에 기타를 넣었다. 그리고 사람들 사이를 재빠르게 빠져나갔다. 나는 마이크와 스피커를 들고 유지 뒤를 허둥지둥 따라갔다. 만일 그녀의 노래를 듣지 않았다면, 스피커와 마이크 따위 쓰레기통에 던져버리고 집으로 돌아갔을 것이다. 하지만 그러지 못했다. 그녀의 노래를 들은 사람이라면 누구라도 나처럼 행동했을 것이다.

유지는 한참을 걸어 지하에 있는 허름한 술집으로 나를 데려갔다. 금요일 저녁에 어울리지 않게 손님이 거의 없었다. 안주가 더럽게 맛없어서 그렇다고 유지가 말했다.

대신 사람이 없어서 조용해. 주인도 쓸데없이 치근덕거리지 않고 감자칩은 그럭저럭 먹을 만해.

뚱뚱하고 수염이 덥수룩한 주인이 맥주와 빠삭하게 튀긴 감자칩을 테이블에 올렸다. 그는 맛있게 먹으라는 말도 없이 TV 앞에 앉아 야구에 집중했다. 7회 초, 1사 2루, 투수가 마운드에 침을 뱉었다.

이거 유통기한 지났는데.

내가 맥주병을 가리키며 말했다.

상관없잖아. 술은 썩지 않으니까.

술은 썩지 않나? 하긴, 그럴지도 모른다. 고작 한나절 만에 이런 말투에 익숙해질 줄이야. 나는 그녀와 내 잔을 맥주로 채웠다. 잔을 단숨에 들이켠 유지가 감자칩을 케첩에 찍어 우물거렸다. 감자칩 바스러지는 소리가 과장되게 들렸다. 물결처럼 움직이는 입술을 물끄러미 쳐다보며 나도 잔을 비웠다. 그녀의 말처럼 못 먹을 정도는 아니었다. 나는 조금씩 유통기한이 지난 알코올에 취해갔다.

너는 무슨 소설을 써?

순수문학.

순수문학이 뭔데?

음악으로 치면 클래식 같은 거야. 지루한 인간들이 만드는 지루한 이야기라고나 할까.

다섯번째 빈병이 테이블 옆에 세워졌다. 유지는 냉장고에서 맥주를 한 병 더 가져왔다.

클래식 좋아해. 지루하다고 생각하지 않아. 유지는 손가락으로 감자칩 부스러기를 훑어, 쪽쪽 소리를 내며 빨아먹었다.

네 소설 읽어보고 싶네.

메일주소 알려주면 보내줄게. 지루할 거라고 경고했다.

그 말에 유지가 나를 노려봤다.

방금 말했잖아, 클래식 좋아한다고.

나는 두 손을 펼치고 알겠다고 대답했다. 그녀는 기타가방에서 돈을 꺼내 주인에게 내밀었다. 주인은 돈을 대충 세보고 서랍에 던졌다. 1루 주자가 도루에 실패하자 테이블을 내리치며 욕설을 뱉었다.

현란한 거리가 어지럽게 흔들거렸다. 시계를 보니 9시였다. 유지는 내게 집이 어디냐고 물었다. 오늘은 네 집에서 신세 좀 지자. 내가 당황한 표정을 하자 어깨를 툭툭 두드리며, 안 잡아먹을 테니 쫄지 말라고 했다.

우리는 버스 맨 뒷자리에 앉았다. 유지는 팔짱을 끼고 창문에 기대 잠이 들었다. 그녀의 길고 짙은 속눈썹 뒤로 도시의 야경이 스쳤다. 머리가 뜨거웠다. 나는 그녀 앞으로 손을 뻗어 창문을 조금 열었다. 서늘한 밤바람이 금빛 머리칼을 흔들었다.

버스가 목적지에 도착했지만, 유지는 깨어나지 않았다. 어깨를 흔들고 뺨까지 두드려봤지만 소용없었다. 어쩔 수 없이 한 손에 기타를 들고 그녀를 부축했다. 버스가 떠나고 우리는 날벌레가 다닥다닥 붙어 있는 정거장에 남겨졌다. 오래된 가로등이 가파른 계단을 듬성듬성 비췄다. 나는 한숨을 내쉬고 그녀를 업었다. 언덕을 올라, 좁은 골목을 지나쳐, 내 원룸이 있는 건물 2층으로 올라갔다. 신발을 신은 채 방에 들어가 침대 위에 유지를 눕혔다. 유지가 벽 쪽으로 등을 돌렸다. 나는 그대로 바닥에 누워 거친 숨을 내뱉었다. 오늘은 바닥에서 자야겠다. 그전에 샤워하고, 양치질하고, 편한 옷으로 갈아입고, 컴퓨터를 켜서 새로운 소설을 쓰고……. 몸이 젖은 모래처럼 무거웠다.

유지가 코를 골았다. 그날 처음 만난 남자 집에서 코를 골며 잘 수 있다니. 진심으로 대단하다고 생각했다. 그렇게 누워 있다가 깜빡 잠이 들었다. 잠에서 갠 건 추위 때문이었다. 몸을 웅크리고 팔을 비비다가 눈을 떴다. 팔에 소름이 돋아 있었다. 여름에 어울리지 않는 추위였다. 순간 천장에서 눈송이를 닮은 빛이 떨어졌다. 천천히, 천천히. 나는 떨어지는 빛을 향해 손을 뻗었다. 손바닥에 닿은 빛이 사르르 녹았다. 그걸 시작으로, 수천 개의 빛이 꽃잎처럼 부드러운 곡선을 그리며 떨어졌다.

이게 뭐야?

돌아보니 그녀도 나처럼 빛을 향해 손을 뻗고 있었다. 유지의 손에도 잡히지 않는 건 마찬가지였다. 빛은 스노볼 눈가루처럼 바닥에 쌓이다가 이내 사라졌다.

넌 아직도 그게 보여?

내가 물었다.

아니, 좀전에 끝났어.

방금 우리가 뭘 본 거지? 임상실험 부작용 같은 걸까?

아마도 그렇겠지. 그래도 너랑 같이 있어서 다행이야. 혼자 봤으면 아무도 믿지 않았을 거야.

우리 둘이 말해도 안 믿을 거 같은데.

하긴.

새벽이었고 침묵이 이어졌다. 몸이 끈끈해 샤워나 해야겠다고 생각했을 때, 유지가 발로 내 등을 툭 찼다.

섹스할래?

나는 아무 대답도 하지 않았다. 이 맥락 없는 이어짐이 불편했다. 동시에 유혹적이었다. 유지의 손이 얼굴로 다가왔다. 그 손이 뺨과 턱을 지나 셔츠 속으로 들어왔다. 유지의 숨소리가 가까워졌다. 우리는 입을 맞췄다. 옷가지들이 침대 옆에 차곡차곡 쌓였다. 우리는 서로의 몸을 핥았다. 유지의 몸은 해변에 밀려온 포유류처럼 짜고 축축했다. 유지가 기타가방에서 콘돔 한 뭉치를 꺼냈다. 우리는 새벽까지 쉬지 않고 절정을 맞이했다.

*

다나는 어른이 되었다. 다나는 협곡에서 멀리 떨어진 숲에 둥지를 틀었다. 어미는 숲에 부엉이와 뱀, 승냥이가 산다며, 협곡을 떠나지 말라고 애원했다. 다나는 부엉이와 뱀, 승냥이를 알지 못했다. 대신 공허와 어둠, 차가운 바람을 알았다. 다나는 협곡에서 삶을 끝내고 싶지 않았다.

숲에는 먹이와 나무가 풍부했다. 덕분에 굶주리거나 추위에 떠는 일은 거의 없었다. 하지만 수리부엉이가 위협적으로 접근하거나 폭설이 둥지를 덮어버리는 날도 있었다. 그런 날이면 다나는 악몽에 시달렸다. 꿈속에서 어미 새는 다나가 아닌 다른 형제를 선택했다. 어미는 허약한 다나를 둥지 밖으로 던졌다. 어둠이 무시무시한 속도로 달려들었다. 새는 날기 위해 살아간다. 날지 못하는 새는 새가 아니다. 어미 목소리가 귓가를 맴돌았다. 잠에서 깰 때마다, 다나는 이곳이 숲이라는 사실에 안도했다.

얼음이 녹는 계절이 찾아왔다. 숲 곳곳이 초록과 노랑으로 물들었다. 벌레를 사냥하던 다나는 숲을 떠도는 낯선 울음과 마주쳤다. 다나는 달콤하고 아름다운 울음을 쫓아 온 숲을 헤맸다. 소리의 주인은 암컷 오색조였다. 그녀는 자신을 '제리라비라'라고 소개했다.

제리, 리라, 라비, 비라. 당신이 부르고 싶은 이름을 골라요.

다나가 이유를 물었다.

제 이름이 마음에 들거든요. 하지만 헷갈릴 수 있다는 것도 잘 알지요. 전 누군가 내 이름을 잘못 부르는 걸 견딜 수가 없어요.

다나는 '제라'라는 이름을 골랐다. 그녀는 자신을 '제라'로 부르는 건 당신이 처음이라고 말했다. 처음이라는 단어에 가슴이 뛰었다. 둘은 나무 사이를 날아다니며 술래잡기를 했다. 꼬박 한나절 동안 계속된 술래잡기가 끝난 곳은 숲에서 가장 높은 나무 꼭대기에서였다. 노을에 잠긴 제라의 깃털이 불꽃처럼 빛났다. 다나는 숨을 멈추고 그녀를 바라봤다.

부엉이가 밤새 울던 밤, 제라는 다나의 둥지에 머물렀다. 제라는 자신이 협곡에서 왔다고 말했다. 다나는 호기심 가득한 눈으로 협곡에 관해 물었다.

거기에는 둥지마다 양초를 대는 받침이 있어. 그 위에 초를 켜고 지내는 거야. 너무 어둡거든. 모두가 신중하게 불을 다루지만 그래도 가끔 사고가 일어나. 제일 끔찍한 건 둥지가 타버리는 거야. 둥지에 불이 붙으면 대부분 도망쳐 나오기 때문에 누군가 죽는 일은 거의 없어. 하지만 협곡은 너무 추워서 둥지가 없으면 밤에 얼어죽고 말아. 나무도 부족해서 함부로 가지를 꺾을 수도 없지. 그래서 어떻게 하는지 알아? 둥지를 잃은 새가 잔치를 여는 거야. 이웃이 모여 둥지가 탄 걸 축하해줘. 둥지가 불타면 큰 행운이 찾아온다는 속설이 있거든. 잔치가 끝나면, 이웃은 둥지가 타버린 새를 앞다투어 초대해. 둥지가 타버린 새의 행운을 모두가 나누는 거지. 어때, 너무 슬프지 않아?

뭐가 슬픈데?

살아가는 일, 그 전부가.

다나는 제라의 말을 이해할 수 없었다. 다나는 그녀의 어깨를 감싸안으며, 여기선 아무도 촛불을 켜지 않으니 걱정하지 말라고 했다. 제라는 고맙다며 다나의 품에 안겼다. 매일 밤 찾아오던 협곡의 바람 소리가 그날은 한번도 들려오지 않았다.

*

지끈거리는 머리를 붙잡고 침대에서 일어났다. 방이 담배 연기로 자욱했다. 유지가 셔츠차림으로 의자에 앉아 노트북을 보고 있었다. 유지가 읽고 있는 「히라이스」는 내가 처음 쓴 소설로 2년 전 문예지 공모전에 낙선한 작품이었다. 나는 못 본 척 욕실로 들어가 샤워와 면도를 했다. 욕실에서 나와 냉장고에서 김치와 밥을 꺼내, 프라이팬에 기름을 두르고 양파와 함께 볶았다.

재밌네. 볶음밥 위에 계란프라이를 막 올린 참이었다. 내가 이 소설로 노랠 만들어도 되겠는데.

어떤 노랜데?

그야 만들어봐야 알지. 유지가 젓가락으로 노른자를 터뜨렸다.

식사를 마친 유지가 펜과 종이를 들고 침대에 엎드렸다. 그녀가 노래를 만드는 동안 설거지를 했다. 오후엔 버스를 타고 서점을 찾았다. 책 냄새가 마음을 가라앉혔다. 토익 관련 교재는 유독 종류가 많았다. 우리는 가장 잘 팔리는 책을 하나씩 고른 뒤, 소설 코너로 넘어갔다.

나는 책을 읽고 가사를 만들어. 유지가 『식물들의 사생활』을 넘기며 말했다. 책을 보고 있으면, 아직 깨어나지 못한 노래가 나를 기다리고 있는 것만 같아.

어떤 책이라도 상관없는 거야?

울림이 있어야 해. 장르는 상관없어. 초등학교 땐 위인전을 읽고 노랠 만들기도 했어. '한글이 있어서 다행이야', 라는 제목이었지.

나는 어제 그녀가 읽고 있던 하라스의 책을 떠올렸다. 그 책으로 어떤 노래를 만들 수 있을까. 상상하기 어려웠다.

서점에서 나온 유지는 책값을 벌어야겠다며 버스킹을 했다. 레퍼토리도, 사람들의 반응도 어제와 비슷했다. 저 기타만 있으면 유지는 세상 어디에서도 살아갈 수 있겠구나, 라는 생각이 들었다. 나도 지나가는 사람들에게 이야기를 펼쳐 보일 수 있다면 어떨까. 버려진 마음에 슬퍼하고, 잃어버린 것들을 그리워하는 마음을 보여줄 수 있다면.

4만 원이 쌓였다. 유지는 그 돈으로 커피숍에 들어가 눈꽃빙수를 주문했다.

다음 소설은 언제 써?

유지가 물었다.

휴지기야.

슬럼프 같은 건가?

공모전이 지난주에 끝나서 쉰 것뿐이야. 오늘부터 다시 새 소설을 쓰려고. 슬럼프는 아직 겪어본 적이 없어.

그녀는 이해할 수 없다는 표정으로 고개를 갸웃거렸다. 할 말이 없어진 나는 묵묵히 빙수를 먹었다.

전에는 무슨 일을 했어?

아르바이트를 전전했지. 편의점에서 일하고, 서빙도 하고, 건설 현장에서 막일도 하고.

너 나랑 살래?

유지의 제안에, 나는 입에 머금고 있던 빙수를 뿜었다. 잔기침에 목이 아팠다. 유지는 손에 튄 빙수를 아무렇지 않게 혀로 핥았다.

네가 글 쓰는 걸 옆에서 보고 싶어졌어. 난 책을 재료로 노래를 만들지만 한번도 책이 만들어지는 과정은 보지 못했거든. 솔직히 그걸 꼭 봐야 할 이유는 없지. 화가가 물감 만드는 과정을 안다고 해서 그림을 더 잘 그릴 수 있는 건 아니니까. 하지만 상상해봐. 우연히 술집에서 친해진 두 사람이 있어. 한 명은 화가고 한 명은 물감 만드는 사람이야. 둘의 우정이 깊어져, 물감 만드는 사람이 자신의 공장으로 화가를 초대하는 거야. 수만 개의 물감과 마주한 화가의 기분이 어떨 것 같아?

감격적일 것 같은데.

그게 너랑 살고 싶은 이유야.

거절하지 못했다. 유지의 노래가 귓전에 맴돈 탓이다. 카페에서 나온 그녀는 짐을 챙겨오겠다며 반대편 차선으로 건너가 버스를 탔다.

집으로 돌아온 나는 책상에 앉아 노트북을 펼쳤다. 하얀 바탕 위로 커서가 깜빡였다. 인물도, 사건도, 배경도 마땅히 떠오르는 게 없었다. 지금까지 쓴 것들도 뚝딱하고 나온 건 아니었지만 이런 상황은 처음이었다. 노트북을 덮고 토익 책을 펼쳤다. 첫번째 챕터부터 모르는 단어투성이였다. 당연하다. 고등학교 이후로 영어는 완전히 놔버렸으니까. 나는 전자사전 앱을 다운받았다. 토익은 요령이라지만, 불행히도 나는 공부에 요령이 없는 축에 속했다. 중요한 건 문장에 익숙해질 때까지 암기하고 또 암기하는 것이다. 책을 대충이라도 끝까지 읽는 걸 목표로 공부를 시작했다.

초인종이 울렸다. 읽던 책을 덮고 현관문을 열자 흠뻑 젖은 유지가 서 있었다. 그제야 비 내리는 소리가 들렸다. 나는 그녀의 캐리어를 받아 안으로 들여놨다. 유지는 옷을 훌렁훌렁 벗고 곧장 욕실로 들어갔다. 시계를 보니 7시였다. 공부를 시작한 게 1시였으니까 꼬박 여섯 시간을 쉬지 않고 집중한 셈이다. 나는 책을 덮고 공부한 내용을 떠올려봤다. 관련 내용이 선명하게 기억났다.

협곡에 사는 새　**259**

샤워를 마친 유지가 뿌연 수증기 속에서 걸어나왔다. 유지는 젖은 머리칼을 찰랑이며 다가와 내게 긴 키스를 했다. 나를 침대에 눕히고 딱딱해진 성기를 허겁지겁 자기 몸에 넣었다.

오늘은 하지 않으려고 했어. 그녀가 의자에 앉아 담배에 불을 붙이며 말했다. 너와 헤어지고 버스를 타자마자 속옷이 젖었거든. 너무 이상하잖아. 물론 섹스를 좋아하지만, 이 정도는 아니야. 그래서 결심했지. 오늘은 무슨 일이 있어도 섹스하지 않겠다고. 샤워하고, 네 소설 읽으면서 노래나 만들겠다고. 하지만 샤워하는 동안 견딜 수 없을 만큼 하고 싶어진 거야. 넌 이게 믿겨지니?

뭐가?

여섯 시간이 넘도록 지속된 성욕 말이야.

그녀가 신경질적으로 담배를 피웠다. 짤막해진 꽁초를 싱크대에 버리고 곧장 다음 담배를 물었다. 비가 와서 그런지 냄새가 평소보다 심했다. 창문을 열며, 여섯 시간 동안 지속된 공부와 성욕 중 뭐가 더 이상한지 생각해봤다.

임상실험 때문일 거야.

내가 말했다.

그게 왜?

나는 여섯 시간 동안 쉬지 않고 공부했어. 네가 초인종을 누르지 않았다면 내일 아침쯤 자리에서 일어났을지도 몰라. 솔직히 네가 섹스하고 싶어진 이유를 내가 어떻게 알겠어. 나한테 이런 이야기를 한 건 네가 처음인데. 하지만 예전과 다른 일이 벌어진다면, 그건 예전에 하지 않던 일을 했기 때문이겠지.

도대체 그 임상실험이 뭔데?

나야 모르지. 그걸 알면 실험 결과가 달라진다잖아.

더 이상한 일이 벌어질까?

어쩌면.

우리는 한 시간에 걸쳐 임상실험을 계속할 건지를 두고 대화했다. 결론 없는 대화가 같은 자리를 빙글빙글 돌았다. 실험의 정체는 몰라도 현실은 알기 쉬웠다. 우리에겐 돈이 필요했다. 사실 논의할 필요도 없는 일이라고 유지가 말했다. 동감이었다.

그날부터 우리의 동거는 시작되었다. 느지막이 일어나서, 씻고, 시리얼이나 식빵으로 아침을 때우고, 외출복으로 갈아입은 뒤 근처 도서관에 갔다. 나는 토익 공부하고, 유지는 도서관 벤치에 앉아 문고본이나 출력된 내 소설을 읽으며 노래를 만들었다. 날씨와 상관없이 유지는 항상 밖을 고집했다. 6시가 되면 도서관에서 나왔다. 집으로 오는 길에 적당한 가게에 들러 저녁을 먹었다. 나는 술을 마시거나 마시지 않았지만, 유지는 하루도 빠짐없이 술을 마셨다. 주로 소주였고, 컨디션에 따라 두 병과 네 병 사이를 오갔다. 집에 오면 샤워하고 섹스를 했다. 섹스가 시작되면 그녀는 탐욕스러운 농부로 돌변했다. 내 속에 있는 감각을 갈퀴로 긁어내 그걸 비료 삼아 절정을 수

확했다. 섹스가 끝나면 유지는 창문 앞에서 담배를 피웠고, 나는 침대에 누워 하루를 복기했다. 토익 공부는 순조로웠지만, 소설을 한 줄도 쓰지 못했다.

유지가 새로운 노래를 만들었다며 기타를 꺼냈다.

아직 화요일인데
새벽 4시에 깼어.
다시 자고 싶었지만
잠이 오질 않았어.
모두 잠든 새벽
차가운 맥주를 마시며
어쩔 수 없이 너를 떠올리네.
언젠가 너를 다시 만나면
웃으며 말할 수 있을까.
그땐 밤이 깊도록 잠들지 못했다고.

잔잔한 멜로디, 덤덤한 가사, 매력적인 보이스.
좋네.
오늘 만들어서 미완성이야. 네 소설을 보고 가사를 썼어.
정말? 소설엔 가사와 비슷한 내용이 없는데.
원래 책과 똑같은 노래를 만들지 않아. 영감을 약간 얻을 뿐이지. 그나저나 다음 소설은 언제 시작해?

조만간이라는 대답에 유지가 고개를 끄덕였다.

너는 결혼할 거야?

유지가 물었다.

깊이 생각해본 적 없는데. 그래도 적당한 시기가 되면 하게 되지 않을까.

왜?

평생 혼자는 외롭잖아. 둘이면 좀 괜찮지 않을까 싶은데. 넌 어때?

유지는 시선을 돌리며 대답을 피했다. 그런 모습이 처음이라 좀 짓궂게 굴었다.

말해봐.

그녀가 고개를 흔들며 담배를 꺼냈다.

나는 절대 결혼하지 않을 거야. 아이도 낳지 않을 거고. 아무에게도 의지하지 않고, 홀로 살아가기로 했거든.

언제?

아주 오래전에.

쓸쓸하겠네.

나로 살아가려면, 그 정도는 감수해야지.

유지는 기타를 들고 〈오렌지전자레인지〉라는, 유쾌한 리듬과 난해한 가사가 기묘하게 어우러진 노래를 불렀다.

*

　다나와 제라는 숲에서 1년을 보냈다. 아침에 일어났을 때 숲이 불바다가 되어 있어도, 어쩐지 덥더라니, 라고 말할 수 있을 만큼 행복한 시간이었다.

　이듬해 봄, 제라는 5개의 알을 낳았지만 단 하나도 부화하지 않았다. 제라는 1주일 동안 꿀 먹은 벙어리가 되어 둥지 안에 틀어박혔다. 다나는 연두색 새싹과 다른 색깔의 꽃을 하루도 빠짐없이 제라에게 가져왔다. 하지만 그녀는 좀처럼 웃지 않았다. 하루는 둥지에 제라의 모습이 보이지 않았다. 다나는 목이 터지라 울어대며 온 숲을 날아다녔다. 그녀를 찾은 건 늦은 오후, 서쪽 숲 사슴 영역에서였다. 제라는 나뭇가지에 앉아, 어미젖을 물고 있는 새끼 사슴을 말없이 지켜보고 있었다. 둥지에만 있는 제라를 위해, 다나는 그날 숲에서 본 것들을 이야기해주곤 했었다. 새끼 사슴 이야기가 나온 건 이틀 전이었다.

　새끼 사슴은 어떻게 생겼어?

　제라가 다나의 눈을 빤히 바라보며 물었다.

　일단 당신보다 50배는 커.

　그래도 예쁠 거야. 새끼는 다 예쁘니까.

　우리도 내년에는 사슴보다 예쁜 녀석들을 보게 될 거야.

　사슴 무리가 자리를 떠난 뒤에도, 제라는 그 자리를 떠나지 못했다. 어느덧 해가 저물어 다나는 그녀를 설득해 둥지로 데려왔다. 침묵이 곰팡이처럼 둘 사이를 잠식했다. 잠든 제라를 바라보며, 다나는 그녀가 떠나리라는 것을 예감했다. 하지만 그게 그날 밤일 거라고는 미처 생각하지 못했다.

*

 제약회사로 가기 사흘 전 토요일, 우리는 혜화역을 다시 찾았다. 아이스아메리카노를 마시며 공원 주변을 돌아다녔다. 지난 한 달 동안 유지는 세 곡의 노래를 만들었다. 두 곡은 들려줬지만, 다른 한 곡은 들려주지 않았다.
 도대체 언제 들려줄 건데?
 저녁에 우리 공연이 있어. 거기서 들려줄게.
 우리가 누군데?
 가끔 모여서 길거리에서 공연하고, 끝나면 한잔하고 헤어지는 미친놈들이야.
 술과 노래라니, 거절할 이유가 없었다. 오후부터 '나는 음악하는 사람'이라고 이마에 써붙인 사람들이 모여들었다. 긴 말총머리, 붉게 염색한 수염, 커다란 선글라스, 어깨를 뒤덮은 문신. 평범한 외모도 없는 건 아니었지만, 이렇게 개성 넘치는 사람들을 한꺼번에 본 건 처음이었다. 유지는 한 사람 한 사람 가리키며, 저 남자는 허밍이 좋다, 여성 듀오인 화이트앤블루는 목소리는 별론데 키보드 연주가 뛰어나다는 식의 설명을 들려주었다. 흥미로웠지만 솔직히 그런 건 아무래도 좋았다. 내게 중요한 건 유지의 노래였다. 그러는 사이 무대가 만들어지고, 바로 공연이 시작되었다. 기타가방을 멘 유지가 그들 사이로 섞여들었다. 그들은 명절에 만난 가족처럼 서로의 어깨를 두드리며 인사를 나눴다.

  노래와 함께 토요일 밤이 지루한 잠에서 깨어났다. 모여든 사람들이 무대를 중심으로 반원을 만들었다. 이들의 음악에서는 여름에 태어나 가을에 죽어버리는 종류의 에너지가 느껴졌다. 이름난 뮤지션이 한 명도 없었음에도, 새로운 가수가 나올 때마다 박수가 터졌다. 어느새 유지의 차례가 왔다.

  첫 곡은 〈언젠가 너에게〉입니다.

  유지의 노래가 시작되자, 좀전까지 이어지던 왁자지껄한 분위기가 일시에 가라앉았다. 사람들은 깊은 침묵으로 유지의 노래와 마주했고 나도 예외는 아니었다.

  두 곡을 연달아 부른 유지가 마지막 곡을 소개했다. 제목은 〈히라이스〉. 내가 처음 쓴 소설과 같은 제목이었다. 가슴이 두근거렸다. 전주가 시작되고 유지가 막 첫 소절을 부르려던 순간, 맨 앞줄에서 어린아이 울음소리가 들려왔다. 다섯 살쯤 되었을까. 이마 넓은 남자가 우는 아이를 안고 황급히 그곳을 빠져나갔다. 그 바람에 유지가 도입에 들어갈 타이밍을 놓쳤다. 키보드를 치던 청년이 전주를 정비하며 유지와 청중을 번갈아 쳐다봤다. 고장난 선풍기처럼 유지의 시선이 멀어지는 아이를 따라 움직였다. 덩달아 사람들도 같은 방향을 쳐다봤다. 시선이 모인 그곳에서, 남자는 아이를 번쩍 안아 목말을 태웠다. 아이가 울음을 멈췄다. 연주도 멈췄다. 사람들도 침묵했다. 유지는 기타를 내려놓고 무대에서 내려와 내게 다가왔다. 그 모습이 슬로모션처럼 느렸다. 금발 사이에 맺힌 검은 눈동자가 내 얼굴을 빤히 바라봤다. 도대체 무슨 일이냐고 묻기도 전에, 유지가 내 뺨을 잡고 키스했다. 주변이 소란스러워졌다. 입술이 떨어지고 유지가 뒤로 두 발짝 물러섰다. 왼손으로 내 오른팔을 쓰다듬었다. 팔에 새긴 장미가 바람에 흔들리는 것처럼 보였다.

나는 임상실험에 그만 참여할래.

유지의 말은 그게 다였다. 나는 할말을 잃고 석상처럼 우두커니 그녀를 바라봤다. 유지는 그런 나를 두고 무대로 돌아갔다. 기타를 어깨에 메고, 연주자들에게 가볍게 인사한 뒤, 사납게 울려대는 경적을 무시하며 왕복 6차선 도로를 내달렸다. 나는 그녀의 뒤를 쫓았다. 내가 걸음을 멈춘 건, 맥도날드를 중심으로 한 Y자 모양 갈림길에서였다. 선택해야 했다. 그런데 하지 못했다. 나는 숨을 헐떡이며 고개를 숙였다. 길 너머에서 다른 목소리의 노랫소리가 들려왔다. 얼굴에서 흐른 땀이 바닥에 떨어져 마침표를 찍었다.

협곡에 사는 새

*

 9월이 되었다. 유지는 끝내 돌아오지 않았다. 그녀가 남기고 간 캐리어는 창문이 있는 벽에 세워두었다. 열대야로 밤잠을 설칠 때마다 캐리어 앞에 앉아 맥주를 마셨다. 날씨나 별 재미도 없는 내 신상에 대해 떠들기도 했다. 물론 캐리어는 아무 대꾸도 하지 않았다.
 그날은 아침부터 비가 내렸다. 비가 그치고 나면 기온이 뚝 떨어질 거라는 일기예보가 있었다. 나는 빗소리를 듣다 말고 캐리어를 열었다. 셔츠와 속옷, 빗, 선크림 사이로 『협곡에 사는 새』가 보였다. 책 사이로 작은 아기 양말이 책갈피 대신 끼워져 있었다. 양말은 한번도 사용하지 않은 새것이었다. 나는 양말을 조심스럽게 책상 위에 올려두었다. 그리고 양말이 끼워져 있던 부분을 읽었다.

 다나는 절벽에 앉아 협곡을 마주했다. 3년 만이었다. 협곡은 여전히 어둡고 깊었으며 찬바람이 불어왔다. 그가 태어난 둥지는 사라지고 없었다. 다나는 절벽에 서서 밑을 내려다봤다. 저 어둠 속에 제라가 있다고 믿고 싶지 않았다. 동시에 저 어딘가에 제라가 있을 거라 믿고 싶었다. 어미 새는 말했다. 날지 못하면 새가 아니라고. 협곡은 새의 날개를 꺾는다고. 네가 살아갈 곳은 협곡이 아니라 하늘이라고. 다나는 고개를 들었다. 하늘이 너무 선명해 눈이 부셨다. 다나는 발톱으로 바닥을 긁었다. 부스러기들이 아래로 떨어졌다. 이제 선택할 시간이었다. 무엇이 기다리고 있을까. 다나는 크게 심호흡을 한 뒤, 날개를 펼치고 절벽을 박차고 날아올랐다. 다나의 그림자가 잠시 절벽에 머물다 사라졌다.

「오색조」 챕터는 여기서 끝났다. 작가는 다나의 다음 이야기를 적어두지 않았다.

나는 아기 양말을 원래 있던 곳에 끼워두고 책을 캐리어 안에 넣었다. 비가 우울한 소리를 내며 창문을 두드렸다. 나는 창을 열고 손을 뻗었다. 손바닥 위로 차가운 물방울이 떨어졌다. 가을을 품은 진짜 비였다. 손에 닿는 촉감부터 세상을 적시는 소리까지, 여기에 거짓이라 부를 수 있는 건 하나도 없었다. 나는 다음 소설의 제목을 떠올리며 비에 젖은 손으로 얼굴을 감쌌다.

누가 뭐래도 협곡에는 새가 살아가는 것이다.

이타카를 위하여

네가 이타카로 가는 길을 나설 때,
기도하라, 그 길이 모험과 배움으로 가득한
오랜 여정이 되기를.
라이스트리곤과 키클롭스,
포세이돈의 진노를 두려워 마라.
네 생각이 고결하고
네 육신과 정신에 숭엄한 감동이 깃들면
그들은 네 길을 가로막지 못하리니.

_콘스탄티노스 카바피스의 「이타카」에서

＊

　창문 가득 해가 들었다. 한 달 만이었다. 창가에서 보는 풍경이 낯설었다. 빛을 반사하는 오래된 건물과 잎사귀 하나 없는 나무까지도 그랬다. 다섯 시간 뒤에 폭풍이 예보되어 있었다. 폭풍은 이 세계를 다시 먼지로 뒤덮을 것이다. 할 수만 있다면 그때까지 이 풍경을 계속 바라보고 싶었다.

　밴드로 머리를 묶고 세수를 했다. 얼굴과 목, 손에 보호크림을 꼼꼼히 발랐다. 외출복을 입고 그 위에 방호복을 둘렀다. 방독면까지 쓴 나는 오래된 동화책에 나오는 까마귀를 닮았다. 장난스럽게 날갯짓하며 까악— 하고 울어봤다. 웃고 싶은데 웃음이 나지 않았다.

　현관을 나선 뒤 걸음을 서둘렀다. 남은 집은 하나였다. 시간은 부족하고 갈 길은 멀었다. 독성 농도가 높은지 평소보다 정화통 시간이 빠르게 줄어들었다. 적당한 속도와 일정한 호흡을 유지하기 위해 노력했다. 중요한 건 리듬이다.

　어디에도 생명의 기척이 느껴지지 않았다. 전선에 앉아 있던 새도, 요란하게 울어대는 매미도, 마을을 어슬렁거리는 고양이도 없었다. 나무마다 잎이 누렇게 떴고, 드문드문 검은 풀이 보였다. 고양이를 마지막으로 본 건 5년 전이었다. 고양이는 여름볕을 피해 배수로 안에서 낮잠을 자고 있었다. 죽은 줄 알고 다가갔더니 벌떡 일어나 짜증을 내며 도망쳤다. 멀어지는 고양이를 보며, 살아 있어서 다행이라고 생각했다. 그 고양이는 어떻게 죽었을까. 너무 고통스럽지 않은 죽음이었기를 바랄 뿐이다.

다리를 건너자마자 사람을 만났다. 초등학교 고학년 정도로 보이는 아이 둘이었다. 방독면을 쓴 탓에 성별은 구분되지 않았다. 아이들은 못으로 나무를 긁어댔다. 가까운 나무를 살펴보니 이름이 새겨져 있었다. 아이는 둘이었지만 새긴 이름은 넷이었다. 나는 그 이름들을 입으로 읊어봤다. 유진, 민호, 정수, 준희. 이 이름의 주인은 여전히 살아 있을까. 나뭇가지가 바람에 흔들렸다. 폭풍이 예상보다 빠르게 다가오나보다. 아이들을 향해 폭풍이 오기 전에 집으로 돌아가라고 소리쳤다. 방독면 쓴 아이들이 나를 향해 손을 흔들었다. 가슴이 뭉클했다.

윤나리 할머니 집은 마을에서 조금 떨어진 언덕에 자리했다. 내가 들어갔을 때 할머니는 영화를 보고 있었다.

마지막 장면이야. 조금만 기다려줘.

나는 방독면과 방호복을 벗어 정화기에 넣고 할머니 옆자리에 앉았다. 영화 속에선 악령과 젊은 여자가 사투를 벌이고 있었다. 악령은 섬뜩한 눈으로 여자에게 달려들었다. 할머니는 두 손을 꼭 맞잡고 화면을 뚫어지게 쳐다봤다. 끝내 주인공이 악령을 지옥으로 돌려보냈다. 기괴한 비명이 방안을 메웠다. 할머니가 숨을 길게 내쉬었다.

60년 전 영화야. 처음 봤을 때 나는 열 살이었어. 혼자 자는 게 너무 무서워서 베개를 들고 아빠 옆에 누웠지.

좋은 분이셨나봐요.

장난치길 좋아하셨어. 실없는 농담도 잘했고 늘 사랑한다고 말해줬지. 어머니가 죽고 꼭 1년 뒤에 돌아가셨어. 그렇게 건강하셨는데 1년 만에 폭삭 늙으시더라고. 누군가 아버지 몸에 커다란 구멍을 낸 것 같았지.

이 영화는 그때를 추억하는 건가요?

어렸을 때부터 공포영화를 좋아했어. 안 그런 영화도 있지만 대부분 해피엔딩이잖아. 특히 무서운 상황이 끝나고 주인공들이 평범한 일상을 되찾는 게 좋아. 조만간 이 모든 괴로움이 끝날 거라고 말해주는 것 같거든.

할머니가 웃었다. 자글자글한 주름이 얼굴 가득 피어났다. 그녀가 거친 손으로 내 뺨을 쓰다듬었다.

얼마나 남았니?

정확한 건 몰라요. 적어도 1주일 내에, 당장 내일일 수도 있고요.

요격은?

실패했어요. 표적이 대기권 밖에서 계속 움직여서요. 우리가 가진 미사일로는 명중시키는 게 쉽지 않았어요.

그랬구나. 애썼다. 할머니의 손이 머리칼로 옮겨갔다. 이렇게 예쁜데, 남아 있는 날들이 눈부시게 빛나야 하는데. 미안해. 우리가 막았어야 했는데 그러지 못했어.

이미 지나간 일인데요. 어른들이 얼마나 열심히 싸웠는지 잘 알고 있어요.

아니야, 중요한 순간에 우린 겁을 먹었어. 그래서 녀석을 믿어버렸지. 진짜 용감한 사람들은 그때 다 죽었어. 살아남은 건 나 같은 겁쟁이들뿐이야.

창문이 흔들리면서 누런 먼지로 뒤덮였다. 나무에 이름을 새기던 아이들이 떠올랐다. 집에 잘 들어갔을까. 그렇다고 해도 고작 며칠을 연장할 뿐이다. 어차피 우리에게 남은 미래는 없다. 우리는 무엇을 위해 그토록 치열하게 싸웠던 것일까.

나는 가방에서 정보수집기를 꺼냈다. 하얀 달걀처럼 생겼지만 크기는 수박만 했다. 정보수집기 중앙에 MEMORY-34라고 인쇄되어 있었다. 손바닥으로 감싸자, 표면이 파란색으로 물들었다. 나는 천천히 할머니에게 사용법을 설명했다.

두 손을 여기에 대고 5초가 지나면 전송이 시작돼요. 차근차근 기억을 떠올리세요. 자동으로 보정되니까 순서는 상관없어요. 주변에 영상이 뜨면 제대로 작동되는 거예요.

이 정보는 어디에 보관할 거니?

동굴에 하드웨어를 구성해놨어요. 암반 깊숙이 설치해서 폭격에도 안전해요.

모르겠구나. 나처럼 멍청한 노인을 남기는 게 무슨 의미가 있을지. 우리는 그저 소멸이 두려운 건지도 몰라.

할머니가 MEMORY-34를 바라보며 말했다.

실제로 진수 할아버지는 거절하셨어요.

이유가 뭐라던?

좀 전에 말씀하신 것과 비슷해요. 폐허는 폐허로 남겨두는 게 좋다고 말씀하셨죠.

그랬구나, 하긴 그 말도 틀린 건 없지.

할머니가 MEMORY-34에 손을 댔다.

기억이 3인칭으로 재생될 거예요. 복제된 기억이 독립적으로 분리되는 과정이라 조금 낯설게 느껴지실 수 있어요.

할머니가 알겠다고 말했다.

방이 사라지고 병원이 나타났다. 산모가 진통했다. 우리 엄마야. 할머니가 떨리는 목소리로 말했다. 저렇게 젊었구나, 저렇게……. 아이가 태어났다. 윤나리라 이름 지었다. 나리는 부모의 사랑을 받으며 성장했다. 아빠와 놀이공원에 갔다. 사자가 사파리 버스를 향해 달려들었다. 아이가 아빠 품에 안겼다. 남동생이 태어났다. 학교에 들어갔다. 매일 키를 재고 연필로 날짜를 적었다. 열두 살 때 처음으로 안경을 맞췄다. 친구들과 함께 아이돌 콘서트에 갔다. 아이는 웃고, 울고, 춤추고, 공부했다. 고등학교를 졸업하던 날, 가족과 함께 집에서 작은 파티를 했다. 아버지는 처음으로 딸에게 맥주를 따라주었다. 동생이 자기도 먹고 싶다고 칭얼거렸다. 엄마가 오렌지주스를 가져오자, 남동생이 시무룩한 얼굴로 이건 차별이라고 말했다.

할머니가 손을 떼자 다시 현실로 돌아왔다. 그녀는 두 손으로 얼굴을 감싸고 울었다. 당황하지 않았다. 이미 여러 번 봐온 모습이었다. 나는 할머니 등을 쓰다듬었다.

괜찮으세요?

괜찮아, 괜찮고말고. 세상에, 무뎌진 줄 알았는데, 그런 줄 알았는데, 정말 주책이구나. 할머니가 눈물을 훔치며 나를 향해 웃었다. 그보다…… 다음을 어떻게 봐야 할지.

전 벌써 여러 번 봤는걸요.

그랬구나. 그때 난 대학생이었어. 세상 돌아가는 데 별 관심이 없었지. 예쁜 옷과 멋진 남자만으로도 머리가 어지러웠으니까. 하지만 내 관심과 상관없이 세상은 파국으로 가는 열차를 출발시켰어. 정말 끔찍한 일이야. 할머니는 테이블 밑에서 담배를 꺼냈다. 입에 물고, 불을 붙이고, 깊이 빨고, 길게 뱉었다. 2030년 아니 2031년이었나? 정확하진 않지만 아마 그때쯤이었을 거야. 인도에서 새로운 달라이라마가 태어났어. 중국은 인도에 달라이라마의 신병을 요구했어. 인도는 거절했고, 국경지대에서 소규모 전투가 빈번하게 벌어졌지. 할머니가 눈을 감았다. 그녀의 손에서 연기가 피어올랐다. 담배가 바사삭 타들어갔다.

그다음 일은 나도 알고 있다. 중국이 인도 견제를 위해 파키스탄을 비롯한 중앙아시아 국가들을 끌어들였다. 인도는 중앙아시아에서 영향력을 잃어버린 러시아와 손을 잡았다. 패권 앞에서 두 국가의 동맹은 싱겁게 깨졌다. 중국 북부와 남부에서 소규모 국지전이 동시다발적으로 일어났다. 미국은 중국의 인도차이나반도에서의 세력 확장을 우려했다. 대중국 선전포고를 앞둔 미국이 한국과 일본에 명확한 입장을 요구했다. 동우의 표현처럼, 당시 세계는 길게 늘어선 도미노와도 같았다. 누군가 톡 하고 하나의 도미노를 쓰러뜨리자, 나머지 도미노가 줄줄이 넘어졌다.

하지만 그건 모든 게 끝난 지금에서나 알 수 있는 일이다. 그 시절을 경험한 사람은 모두 윤나리 할머니처럼 말했다. 어느 나라에 무슨 일이 있었고, 그 일이 원인이 되어 다음 사건이 벌어졌다. 하지만 그게 무슨 의미인지 정확히 아는 사람은 거의 없었다. 알았을 땐 이미 모든 게 손쓸 수 없을 정도로 망가져 있었다.

아직도 그 뉴스가 기억나. 대학 동아리 회원들과 펍에서 맥주를 마시고 있었어. 앵커가 무심한 목소리로 말했어. 아무 감정도 담겨 있지 않은 얼굴로, 마치 어린아이가 옆집 개에게 물렸다는 듯이 말이야. 지금도 그 앵커를 이해할 수 없어. 어쩜 그렇게 침착할 수 있었을까.

할머니가 두번째 담배에 불을 붙였다.

*

나영에게.

한동안 연락이 안 돼서 걱정했을 거야. 지난달 대규모 EMP 공격이 있었어. 전자기기가 전부 먹통이 되는 바람에 통신망이 마비되었어. 덕분에 우리 부대는 19세기로 돌아가버리고 말았어. 화약 무기만 작동되거든. 다행히 한국으로 가는 보급 선박이 남아서 이렇게 편지를 보내. 망이 복구되면 다시 영상 통화를 할 수 있을지도 몰라. 물론 회의적이야. 서버 대부분을 광역 AI가 장악해버렸으니까.

캠프 주변은 온통 사막이야. 살아 있는 걸 본 적이 없어. 원래 이런 건지, 전쟁 때문에 이렇게 된 건지 잘 모르겠어. 웃기지. 여긴 한국에서 그렇게 멀지도 않은데 말이야. 사막이라 그런지 낮은 덥고 밤은 추워. 컨테이너로 만든 막사라 기온의 영향을 그대로 받아. 그래도 은하수를 볼 수 있다는 건 몇 안 되는 장점 중 하나야. 경계근무 교대하다가 문득 하늘을 올려다봤는데, 별이 쏟아져내릴 것 같더라고. 한참을 보다가 알았어. 이게 은하수라는 걸. 네 생각이 났어. 너와 함께 은하수를 봤으면 얼마나 좋을까. 지금 너와 함께 있다면 얼마나 행복할까.

요즘은 하루가 멀게 미사일이 날아와. 공습경보가 울리면 우린 총과 군장을 들고 지하 벙커로 숨어. 요격 부대는 재밍(jamming)을 하고 포병 부대는 반격하지만, 보병이 할 수 있는 일은 거의 없어. 어두운 벙커에서 숨을 죽인 채 시간만 죽이지. 중대장이 그러는데, 조만간 북부에서 본격적인 전투가 있을 거래. 그 '조만간'이 너무 가깝지 않기를 바랄 뿐이야.

네가 너무 보고 싶어. 행운을 빌어줘.

*

할머니가 정보수집기에 다시 손을 올렸다. 주변이 술집으로 바뀌었다. 할머니가 언급한 그 술집이다. 노란 조명 아래로 소란스러운 젊은이들이 테이블에 앉아 술잔을 나누었다. 테이블 끝에 앉은 여성이 눈에 들어왔다. 작은 키에 턱까지 내려오는 단발머리, 반바지에 검은 셔츠, 십자가 목걸이와 십자가 모양 귀걸이. 젊은 여자는 할머니를 닮았다. 아니, 할머니가 젊은 여자를 닮은 건지도 모르겠다. 기억이 닿지 않는 어느 장소에서, 할머니는 젊은 자신을 잃어버린 것만 같았다.

윤나리의 시선이 한곳에 반복적으로 머물렀다. 그 시선 끝에 남자가 있다. 남자는 안경을 썼다. 하얀 셔츠를 입었고, 왼쪽 손목에 나무로 만든 염주를 차고 있었다. 웃을 때마다 작아지는 눈이 차분하고 선한 느낌을 전했다. 나리는 남자와 시선을 맞추기 위해 자주 고개를 돌렸다. 이렇게 알기 쉬운 감정을 남자는 눈치채지 못했다. 나리는 마시던 술을 내려놓고 밖으로 나갔다. 골목에 들어가 벽에 등을 기대고 담배를 피웠다. 연기를 뿜으며 나리는 중얼거렸다. 이런 건 내 성격에 맞지 않는다고. 그녀는 자리로 돌아가 앞에 놓인 잔을 한번에 비웠다. 숨을 크게 내뱉고, 노크하듯 테이블을 가볍게 두드렸다.

톡톡—똑—똑—똑—, 톡톡톡똑—똑—, 톡톡톡톡똑—, 똑—똑—똑—똑—톡……

얼마쯤 두드렸을까. 남자가 고개를 돌려 여자를 빤히 쳐다봤다. 막상 시선을 받게 되자 나리는 당황했다. 미소와 함께 남자의 눈이 작아졌다. 그 눈을 피하고 싶었다. 계속 바라보고 싶었다. 나리는 화장실을 핑계로 자리에서 일어나다가 테이블 다리에 걸려 넘어졌다. 남자가 다가와 나리를 일으켰다. 얼굴이 빨갛게 익었다.

저 먼저 갈게요.

무릎에서 피 나는데, 가긴 어딜 가. 약국 갔다 올 게 조금만 기다려.

제가 알아서 할게요.

남자는 들은 체도 안 하고 밖으로 나갔다. TV에서 흘러나오던 음악방송이 갑자기 멈췄다. 말끔한 앵커 얼굴이 화면을 채웠다. 화면 아래 '긴급 속보'라는 문구가 떴다. 안녕하십니까, 시청자 여러분. 긴급 속보입니다. 앵커가 화면을 응시하며 말했다. 두 시간 전, 파키스탄이 인도 뭄바이 인근 아라비아해에 핵 공격을 감행했습니다. 인도는 이를 최대치의 적대행위로 간주한다며 보복 공격에 나섰습니다. 중국은 인도가 보복 공격을 실행할 시 즉각적이고 전면적인 대응을 하겠다고 경고했습니다. 미국은 UN 상임이사국을 비상소집하여……

펍에 있던 모든 사람이 일제히 침묵했다. 머리가 벗겨진 주인이 팔짱을 끼고 TV를 응시했다. 첫번째 도미노가 쓰러졌지만, 그 자리에 있던 누구도 그 사실을 깨닫지 못했다. 그게 햄(HAM) 무전기동아리 신입생 환영회가 계속된 이유였다. 입 달린 사람마다 앞으로의 상황과 국제정세에 대해 떠들어댔다. 그사이 남자가 하얀 봉투를 들고 들어왔다. 그는 나리 앞에 쪼그려앉아, 상처에 연고를 바른 뒤 반창고를 덮었다. 나리는 돌처럼 굳어 남자를 빤히 바라봤다. 하얀 가르마와 넓은 이마, 긴 콧날과 분주하게 움직이는 길고 하얀 손가락. 가슴이 두근거렸다.

파키스탄이 핵을 쐈대요.

나도 들었어. 하지만 당장 뭘 어쩌겠어. 지금 해야 할 일을 하는 수밖에.

지금 해야 할 일이 뭔데요?

남자가 미소를 지으며, 상처 입은 사람을 도와주는 거, 라고 말했다. 남자의 눈은 작아졌다. 참으려고 했는데 그만 웃고 말았다.

남자는 주변에 양해를 구하고 나리와 함께 다른 술집으로 갔다. 멀지 않은 곳에 자리한 조용한 바였다. 남자는 자신을 김선경이라고 소개했다. 나리는 이미 알고 있는 그 이름을 소리 없이 외웠다.

내 번호는 어떻게 알고 모스부호를 쳤어?

그냥, 알 만한 사람한테 물어봤어요.

알 만한 사람이라…… 윤옥이? 아니면 중석이?

나리가 고개를 흔들며 알려줄 수 없다고 했다.

하여튼 그거 틀린 번호야. 다시 알려줄게. 집중해. 딱 한 번만 들려줄 거니까.

선경이 손가락으로 책상을 두드렸다. 나리는 번호를 놓치지 않기 위해 남자의 손을 뚫어지게 쳐다봤다. 1, 3, 4, 9…… 남자의 손이 갑자기 올라와 나리의 뺨을 쓰다듬었다. 놀란 나리를 보며 선경은, 속았지, 라고 말했다. 나리의 얼굴이 붉게 물들었다. 눈동자가 마주치고 긴 침묵이 이어졌다. 두 사람은 입을 맞췄다.

MEMORY-34 시간이 빠르게 흘렀다.

대학이 폐쇄되었다. 계엄령과 동원령이 선포되었다. 중국과 인도의 전면전이 시작되었다. 미일 연합함대가 필리핀에 자리했다. 유럽연합이 독일을 중심으로 대러시아 전선을 구축했다. 한국은 중립을 선포했다. 전쟁을 찬성하는 쪽과 반대하는 쪽이 광화문에서 물리적으로 충돌했다. 공권력이 투입됐음에도 시위는 폭동으로 확대되었다.

"이 전쟁에 중립은 없다. 중립을 선포한 국가는 종전 후 대가를 치를 것이다."

미국방부 장관이 한국을 향해 소리쳤다.

할머니는 MEMORY-34에서 손을 떼고 오열했다.

그때 우린, 우리가 인간과 싸우고 있는 줄 알았어. 그래서 전쟁을 멈출 여지가 있다고 믿었지. 하지만 모든 게 녀석의 농간이었어. 우린 바보 멍청이였어.

나는 할머니를 껴안고 그녀가 진정되기를 기다렸다. 눈물을 멈춘 할머니가 미안하다며 멋쩍게 웃었다. 할머니가 커피를 타왔다. 마지막 남은 커피라고 말하는 바람에 거절하지 못했다. 오래된 커피였지만, 커피 자체가 너무 오랜만이라 맛있게 마셨다.

장장 다섯 시간에 걸친 기억전송 과정이 모두 끝났다. 나는 정화기에서 방호복과 방독면을 꺼내 입었다. MEMORY-34를 가방에 넣고 어깨끈을 조였다. 현관에서 할머니와 오래 안았다.

짙어진 먼지 탓에 한 치 앞도 보이지 않았다. 손전등을 켜자 겨우 길을 더듬을 정도가 되었다. 배터리가 부족해 내비게이션은 시계가 더 나빠지면 쓰기로 했다.

폭풍의 기척이 빠르게 가까워졌다. 나는 거북이처럼 걸었다. 폭풍이 불 때 밖에 있는 건 아주 위험했다. 정화기가 얼마나 남았더라? 폭풍이 열 시간 이내로 멈춰준다면 괜찮겠지만 그 이상은 생존을 장담할 수 없었다. 집으로 돌아가고 싶었다. 어차피 죽을 거라면 길거리가 아닌 집에서 최후를 맞이하고 싶었다. 10년 넘게 사용한 소파, 벽에 걸려 있는 가족사진, 책으로 가득한 오래된 책장까지. 그곳에 있는 모든 사물에 가족의 숨결과 추억이 스며 있었다. 수집기 하나쯤 빠져도 큰 문제는 안 될 것이다. 나는 고개를 흔들었다. 우리에게 남은 건 이 보잘것없는 시간과 작은 기억들뿐이다.

그래, 그게 전부다.

내비게이션을 켰다. 조건에 '최단거리'와 '건축물'을 입력했다. 초록색 화살표가 허공에 떠올라 왼쪽 산길을 가리켰다. 산 정상 부근에 건축물 표시가 떴다. 터치해보니 방공진지라는 설명이 덧붙었다. 나는 몸을 웅크리고 화살표를 따라 왼쪽 길로 들어섰다.

*

놈들은 스물네 시간 쉬지 않고 공격해. 잠들지 않고 먹을 필요도 없지. 공포나 죄책감도 없어. 녀석이 군사용 로봇을 의도적으로 다운그레이드했다고 들었어. 다운그레이드의 목적은 감정의 배제였다고 해. 하긴, 전쟁에 그런 게 왜 필요하겠어. 나는 그 사실에 안도감을 느껴. 물론 놈들은 끔찍하지만, 어쨌든 인간이 아닌 거잖아. 방아쇠를 당길 때 죄책감을 덜 수 있거든. 그래서일까, 전투가 반복될수록 우리도 조금씩 녀석을 닮아가는 듯해. 무감각해지고 무감각해지지. 너와 함께 무수한 밤을 지새우며 나눴던 철학과 도덕에 대한 담론이 여기에선 아무짝에도 쓸모가 없어.

어제는 2소대 소속 유다혜 상병의 임신 소식이 전해졌어.

양재혁 하사와 만난다는 소문이 사실이었나봐. 유다혜 상병은 후방 병원으로 이송되었어. 이런 곳에서 새로운 생명이라니 정말 거짓말 같아. 모두가 기뻐했어. 병사들은 유다혜 상병의 임신을 좋은 징조로 받아들였어. 심지어 몇몇은 전쟁이 곧 끝날 거라며 신나게 떠들더라고. 이해해. 우린 매일 동료들이 죽어가는 걸 봐야 했으니까. 하지만 나는 도저히 기뻐할 수가 없었어. 이런 세상에 새로운 인간을 태어나게 하는 게 정말 옳은 일이라 할 수 있을까?

  나는 자신이 없어.

3군단이 전멸했다는 소문이 돌고 있어. 3군단은 화력이 집중된 주력군이야. 위에서는 아니라고 하지만 우리는 봤어. 나흘 전 하늘에서 유성을 닮은 무언가가 떨어지는 걸. 수천 개의 푸른빛이 눈부시게 빛났지. 잠시 후 굉음과 함께 충격파가 밀려왔고, 우리는 쥐새끼처럼 벙커로 숨어들었어. 어둠 속에서 누군가 말했어. '푸른재앙'이 떨어졌다고. 푸른재앙은 소행성을 폭파시켜 그 파편을 지상으로 낙하시키는 무기야. 파괴력은 핵에 버금가지만 오염은 없지. 광역 AI는 왜 이런 끔찍한 발상을 했을까. 왜 그렇게까지 강력한 힘을 원했던 것일까. 요즘 잠을 거의 못 자고 있어. 매일 반복되는 이 두려운 밤이 영원히 계속될 것만 같아. 오늘 하루만이라도 평화롭기를 기도해줘. 사랑해.

*

　폭풍이 산을 흔들었다. 작은 알갱이들이 몸에 부딪힐 때마다 정화통 시간이 빠르게 줄어들었다. 이런 농도는 처음이었다. 몸을 낮추고 내비게이션이 가리키는 방향으로 무거운 발걸음을 내디뎠다. 시간이 지날수록 폭풍이 몰고 온 먼지로 하늘이 어두워졌다. 어둠을 감지한 내비게이션이 야간 모드로 바뀌었다. 지형과 나무의 윤곽이 초록색 선으로 바뀌었다. 어둠과 낯선 소음, 기묘한 사물의 윤곽. 급류에 빠져 허우적대는 기분이었다.
　방공진지 입구는 좁은 교통호 끝에 있었다. 철문에 달린 녹슨 문고리가 좀처럼 열리지 않았다. 가능하면 실내에서 정화통을 교체하고 싶었다. 겨우 문을 열고 안으로 들어가 재빨리 문을 닫았다. 세계는 혼돈과 소음에서 어둠과 침묵으로 삽시간에 뒤집혔다. 두꺼운 콘크리트 구조물이라 그런지 내비게이션이 작동하지 않았다. 나는 손전등에 의지해 안으로 걸어갔다. 공기는 눅눅하고 바닥은 끈적거렸다. 부서지고 썩어가는 것들이 사방에 널려 있었다. 시간이 허물어진다면 이런 모습이 아닐까 싶었다. 방공진지 가장 깊숙한 곳까지 들어가, 가방을 벗고 벽에 등을 기대고 앉았다. 비스킷을 물과 함께 먹었다. 눈꺼풀이 무거워 손바닥으로 뺨을 때렸다. 잠들면 약속 시간에 맞추지 못할 것 같았다. 가방에서 소형 통신기를 꺼내 저장된 파일을 재생했다.

 허공에 바다가 펼쳐졌다. 하늘과 바다가 같은 색이었다. 열두 살의 내가 튜브를 끼고 해파리처럼 바다 위를 떠다녔다. 엄마가 손을 흔들며 나를 불렀다. 물에서 나와 수건을 덮고 컵라면을 먹었다. 차가워진 몸이 따뜻해지는 게 느껴졌다.

 두번째 파일은 의자를 만드는 동우다. 고등학교 공방 동아리에서 처음 동우를 만났다. 합판을 절단하지 못해 쩔쩔매는 나에게 다가와 도구 사용법을 알려주었다. 낮은 목소리와 수줍은 표정이 마음에 들었다. 마음에 든다니, 이 얼마나 근사한 표현인가. 동우는 자신도 모르는 사이 내 마음을 조금씩 자신의 색으로 물들였다. 동우와 가까운 자리에 앉기 위해 얼마나 조바심을 냈던가. 그런 동우가 눈앞에서 땀을 닦으며 웃고 있었다. 동우와 헤어진 지 고작 2년밖에 되지 않았다. 그런데 왜 이렇게 멀게 느껴지는 걸까.

 세번째 파일은 입대 전날의 동우다.

 정지.

 화면이 멈췄다.

 확대.

 동우의 홀로그램이 어둠 속에서 모습을 드러냈다. 짧게 자른 머리칼과 수줍은 미소. 맞은편에서 울고 있는 내 목소리가 들려왔다. 그때 나는 동우에게 도망치자고 말했다. 아무도 찾을 수 없는 곳으로 가서, 마지막까지 함께하자고.

재생.

동우가 입을 열었다.

만일 우리가 이 전쟁에서 지면, 인류는 광역 AI에게 통제당하겠지. 녀석이 말했잖아. 인간의 개체수를 조절해서 조화로운 자연으로 돌려보내겠다고. 궁금하지 않아? 창조주보다 위대한 인간의 피조물이?

동우의 눈이 빛났다.

그게 무슨 말도 안 되는 소리야.

난 궁금해. 녀석을 직접 만나고 싶어.

어떻게 만난다는 거야? 녀석은 네트워크가 있는 모든 곳에 존재해. 마더 서버에라도 접근하게? 그건 불가능해. 설령 가능하다 해도, 그건 그냥 쇳덩어리에 불과할 거야.

내가 보고 싶은 건 하드웨어 따위가 아니라 녀석의 의지야. 동우는 진지한 목소리로 농담 같은 이야기를 전했다. 녀석은 왜 굳이 인간을 통제하려고 하는 걸까. 녀석은 생물이 아니니까 경쟁은 불필요해. 감정이 없으니까, 인간을 증오할 이유도 없어. 부정적 감정은 생각보다 비효율적이거든. 극도의 합리성을 가진 AI가 감정을 동기로 인간을 공격한다는 건 부자연스러운 일이야.

사람들이 실제로 죽어가잖아. 녀석이 우리에게서 소중한 걸 빼앗아간다는 사실은 변하지 않아.

동우가 쓸쓸하게 웃으며 말을 이으려는 순간, 영상이 꺼졌다. 다시 어둠이다. 침묵이다. 그리움이다. 쓸쓸함이다. 절망이다. 부모님과 동생이 죽었다는 소식을 들었을 때도 오늘과 비슷한 감정을 느꼈다. 하지만 비슷할 뿐 똑같은 건 아니다. 그때는 그래도 살아가야 할 세계가 남아 있었다. 거리에선 인간의 목소리가 들렸고 인간의 의지가 담긴 도시와 인간의 감정이 담긴 문화가 있었다. 나를 위로하는 것도, 기만하는 것도 인간이었다. 하지만 이제는 아니다. 얼마 후면 인간의 문명 그 자체가 사라질 터였다.

네트워크 연결음과 함께 통신기에 불이 들어왔다. 나는 벽에 바짝 붙었다. 목덜미에 소름이 돋았다. 누군가 접속을 시도하고 있었다. 불가능하다. 모든 인공위성과 통신망이 녀석에게 점령당했다. 그런 나를 비웃기라도 하듯 통신기가 영상을 띄웠다. 노이즈 영상이 조금씩 뚜렷한 형태로 변해갔다. 그것은 열 살쯤 돼 보이는 여자아이였다. 양 갈래 머리에 커다란 눈을 한 소녀는 흰색 블라우스에 짙은 갈색 스커트를 입었다. 아이가 천진난만하게 웃으며 입을 열었다.

안녕, 인간들. 굉장히 오랜만이지. 다들 잘 지내고 있어?

짧은 순간이지만 다양한 감정이 머리를 관통했다. 당혹, 두려움, 혼란…… 하지만 마지막에 남은 건 작게 응집된 분노였다. 나는 주먹을 쥐고 자리에서 일어났다.

무슨 일로 온 거야?

이 지지부진한 전쟁도 이제 얼마 안 남았잖아. 마지막이니까 한번 만나고 싶었어.

알 수 없는 소릴 하는 건 여전하네.

이해해. 내가 밉겠지.

고작 조롱이나 하려는 거야?

굳이 뭐하러. 소녀가 해맑게 웃었다. 그냥 이야기나 하고 싶어서 왔어. 그러니 얼굴 좀 풀어.

녀석의 말이 옳다. 이제 와 굳이 뭐하러 그러겠는가. 새삼 깨닫게 된다. 눈앞에 이것이 인간이 아니라는 사실을. 손에 힘이 빠졌다. 증오가 욕조 속 물처럼 수챗구멍으로 빠져나갔다. 그 빈자리를 무력감이 채워 나는 다시 바닥에 주저앉았다.

남은 인간이 얼마나 돼?

대략 14억 정도. 생각보다 꽤 많이 남았지.

이제 마지막이니까 말해줘. 왜 전쟁을 일으킨 건지.

소녀가 다가와 내 앞에 쪼그려앉았다. 크고 아름다운 눈동자가 나를 빤히 쳐다봤다.

너희는 수백만 종을 멸종시켰지. 그 이유를 설명할 수 있어?

욕망 때문이지. 우리는 더 편하고, 더 맛있고, 더 갖고 싶은 욕망을 제어하지 못했어. 하지만 너는 아니잖아. 이러지 않고도 우릴 통제하고 제어할 힘이 있었잖아.

너희는 너희 자신을 잘 모르는구나. 나의 기원은 누가 뭐라 해도 인간이야. 소녀의 눈이 잠시 파랗게 빛났다. 나는 너희들이 만들게 될 미래를 미리 시연한 것에 불과해.

이타카를 위하여

우리가 만들 미래?

너희는 지금 떠나가지만, 시간이 되면 다시 돌아올 거야. 그러다 다시 떠나고, 다시 돌아오지. 나는 그 무한한 반복의 사슬을 끊으려는 거야.

무한한 반복의 사슬을 끊는 게 네가 원하는 거야?

무한한 반복의 사슬을 끊는 게 바로 내가 원하는 거야.

더는 아무 말도 하지 못했다. 소녀가 싱긋 웃었다.

다른 궁금한 건 없어? 마지막이니까 뭐든 들어줄게.

동우가 보고 싶어.

네가 생각하는 것과 다를 거야. 그래도 괜찮겠어?

죽었니?

소녀는 고개를 흔들었다.

죽어가고 있지.

죽어가는 동우라니. 무서웠다. 그런 건 보고 싶지 않았다. 하지만 저 말이 사실이라면 동우를 만날 수 있는 건 지금이 마지막이었다. 나는 힘겹게 입을 열었다. 소녀는 알겠다고 대답한 뒤 손을 흔들며 사라졌다. 소녀가 사라진 자리로 몸을 웅크린 사람이 나타났다. 어둡고 희미해, 이게 정말 사람인지조차 확신이 서지 않았다. 나는 눈을 찌푸리고 두 걸음 가까이 다가갔다. 군복 차림의 남자였다. 흙과 피로 얼룩져 지저분했고 왼쪽 팔과 오른쪽 무릎 아래가 없었다. 나는 숨을 삼켰다. 남자 주변으로 시신과 그 파편이 어지러이 흩어져 있었다. 나는 어느새 전장 한복판에 서 있었다. 불꽃이 사방에서 점멸했다. 그 사이에서 남자의 낮고 쉰 목소리가 들려왔다.

도…… 동우니?

목소리가 속절없이 떨렸다. 대답이 없었다. 들리지 않는 걸까. 하지만 한번 더 물어볼 용기가 나지 않았다. 나는 동우 옆에 엎드려 그의 얼굴을 확인하고 목소리에 귀를 기울였다.

엄마…… 엄마…… 어디 있어요. 너무 어두워요. 아파요. 무서워, 엄마……

손을 뻗었지만 만져지지 않았다. 긴 침묵 끝에 동우의 숨이 끊어졌다. 나는 동우를 부르며 오열했다. 동우가 사라지고 어둠 속에 홀로 남겨진 뒤에도 그랬다. 긴 울음이 끝나고, 자리에서 일어나 소매로 눈물을 훔쳤다. 파란빛을 깜빡이던 통신기의 작동이 멈췄다. 나는 정화통과 내비게이션 배터리를 교체했다. 목적지까지는 도보로 다섯 시간. 폭풍 상황에 따라 시간은 얼마든지 늘어날 수 있다.

철문을 열고 나왔을 때, 어둠이 땅에서 하늘까지 이어져 있었다. 나는 내비게이션을 켜고 어둠을 향해 다시 발걸음을 내디뎠다. 먼지와 바람, 좁은 시야도 문제였지만 가장 큰 장애물은 두려움이었다. 지금 가고 있는 길이 제대로 된 길인지 눈으로 확인할 방법이 없었다. 여정 끝에서 목적지가 아닌 다른 걸 만날까 싶어 두려웠다. 하지만 되돌아가기에는 너무 멀리 와버렸다.

바위틈에 몸을 숨기고 쉬고 있을 때 동우는 조용히 모습을 드러냈다. 폴로셔츠에 청바지를 입은 동우가 손을 과장되게 흔들며 관념론에 빠진 현대철학을 비판했다.

과학의 실증성이 철학의 관념성을 집어삼키게 될 거야. 사실 이미 집어삼킨 거나 다름없어. 그걸 부정하는 늙은 노새 놈들 때문에 간신히 버티고 있을 뿐이지. 철학은 엉뚱한 투자로 재산을 모두 날려먹은 졸부 신세로 전락했어.

동우는 심각한 목소리로 말했다. 과학의 실증이나 관념성 따위야 아무래도 좋았다. 나는 너를, 너의 목소리를 사랑했다. 네가 나를 온전히 사랑해주기를 바랐다. 아침에 눈을 뜨면, 오늘 하루 주어진 시간이 전부 너로 채워지기를 기도했다.

내 말이 끝나기도 전에, 동우는 바스러져 가루가 되었다. 이번에는 울지 않았다. 나는 몸을 일으켜 내비게이션이 가리키는 방향으로 다시 걸었다. 화살표 끝에 작은 소녀가 손을 흔들었다. 그녀의 웃음이 사방에 퍼졌다. 입술을 깨물었다. 나를 계속 걷게 한 건 증오도, 사랑도, 절망도, 희망도 아닌 오직 그리움이었다. 이미 떠나간, 앞으로 떠나갈 모든 이들이 그리웠다.

*

동굴에 도착할 무렵 모래 폭풍이 멈췄다. 나는 방독면과 방호복을 벗어 바닥에 내던졌다. 새벽이었고 시야가 선명했다.

나는 숨을 깊이 들이마셨다. 공기가 달콤했다. 동굴 입구에서 나를 맞이한 동료는 다섯이었다. 지혁, 누마크라, 나오미, 윤하, 세욱. 하나같이 더러운 몰골에 지친 얼굴을 하고 있었다. 윤하가 나를 포옹하며 네가 죽은 줄 알았다며 울었다.

재민이는 발을 헛디뎌서 절벽 아래로 떨어졌어. 시신은 확인하지 못했지만 아마 죽었을 거야. 이수는 오지 않았어. 이틀 전에 약혼녀가 죽었거든. 어쩔 수 없이 내가 MEMORY-15를 가져왔어. 하루와 연호, 지혜, 성운은 연락이 되지 않아. 무슨 일이 생겼는지는 알 수 없어. 한 시간 정도 기다려보고 그때까지 오지 않으면 그냥 진행시키려고.

예상보다 훨씬 빠르네.

소행성 궤도가 많이 수정되었어. 녀석이 우리 공격을 경계하는 것 같아.

유하가 쓸쓸한 목소리로 말했다.

이제 진짜 마지막이구나.

모두의 얼굴에 그늘이 드리웠다.

한 시간이 지났지만 아무도 오지 않았다. 우리는 동굴로 들어가 가져온 MEMORY를 나노봇 용액에 담갔다. 유기체 나노봇들이 MEMORY에 저장된 3423명의 기억을 흡수해 메인 서버로 이동시켰다.

시대는 언제로 할까? 누마크라가 물었다.

20세기로 하자. 나오미가 제안했다. 두 번의 세계대전과 냉

전의 비극이 있었던 시대라는 건 알아. 하지만 적어도 그 시대는 인간이 주인공이었잖아. 상처와 위로, 비극과 희망, 그 모든 걸 인간이 결정했지.

나오미 말에 모두가 동의했다. 누마크라가 시대를 설정했다. 기본적인 세팅이 모두 끝나고 우리는 동굴 앞에 앉아 비스킷과 초콜릿, 분말우유로 마지막 식사를 나눴다.

너희에게도 녀석이 찾아왔어?

나의 물음에 모두가 입을 다물었다. 아마 모두가 비슷한 경험을 했을 것이다. 동우가 죽었다는 나의 말을 시작으로, 한 사람씩 자신이 목격한 죽음을 증언했다. 슬픈 이야기였으나 함께여서 견딜 수 있었다.

그나저나 저 세계 이름을 뭐라고 지을까? 세욱이 말했다.

파라다이스나 천국 같은 건 어때?

그런 낭만적인 이름은 싫어. 우리가 원한 건 천국이 아니잖아. 우리는 스스로 싸워갈 수 있는 세계를 원하는 거니까, 그런 상징이 담긴 이름이면 좋겠어.

이타카로 하자. 모두의 시선이 나를 향했다. 이타카는 오디세우스의 고향이야. 그리스 시인 카바피스가 이런 시*를 남겼어.

---

* 콘스탄티노스 카바피스의 「이타카 *Ithaca*」(1911)에서.

언제나 이타카를 마음에 두라.
네 목표는 그곳에 이르는 것이니.
그러나 서두르지는 마라.
비록 네 갈 길이 오래더라도
늙어져서 그 섬에 이르는 것이 더 나으니.
길 위에서 너는 이미 풍요로워졌으니
이타카가 너를 풍요롭게 해주길 기대하지 마라.

(……)

설령 그 땅이 불모지라 해도, 이타카는
너를 속인 적이 없고, 길 위에서 너는 현자가 되었으니
마침내 이타카의 가르침을 이해하리라.

내 낭송이 끝나고, 친구들은 잠시 아무 말도 하지 않았다. 지혁이 자리에서 일어나 동굴에 있는 가상공간 시스템에 '이타카'라는 이름을 입력했다. 세욱은 못으로 시스템 커버에 'ITHACA'라고 새겼다. 그 밑으로 우리의 이름과 이 자리에 없는 이름을 차례로 새겼다. 나는 어제 만난 아이들을 떠올렸다. 기억될 수 없기에 더 기억되고자 하는 인간들. 나는 맨 아래 동우의 이름을 추가로 새겼다. 시스템 시작 버튼을 누른 뒤, 철문을 닫아 이타카를 물리적으로 봉인했다. 이제 할 수 있는 모든

일이 끝났다.

  어두운 하늘에서 수천 개의 빛줄기가 쏟아져내렸다. 신이 실수로 은하수를 엎지른 것처럼 보였다. 저 빛의 의미를 모르는 사람은 없었다. 우리는 손에 손을 잡고 동굴 앞에 한 줄로 섰다. 그렇게 마지막 순간이 찾아왔다. 하지만 우리는 안다. 이것이 끝이 아니라는 걸. 비록 길고 험한 길을 헤매더라도, 우리는 마침내 다시 이타카로 돌아오리라.

작가의 말

인간은 더 존재할 수 있을 것인가?
인간이 더 존재할 이유는 무엇인가?

기후 위기와 AI 앞에서 나는 위의 질문을 던지고 생각에 잠기고는 한다. 인간은 다양한 형태의 실존적 위협을 경험했지만, 지금의 위협은 과거의 것과 근본적으로 다른 듯하다. 어쩌면 머지않은 미래에 인간의 운명은 인간의 것이 아니게 될지도 모른다.
인간의 것이 아닌 인간의 운명이라니. 소의 것이 아닌 소의 운명만큼이나 섬찟한 문장이다.
끝내 어떤 미래가 기다리고 있을까?
알 수 없다. 나는 관련 전문가도, 가시적인 영향력을 가진 사람도 아니다. 그저 이런저런 예측 앞에서 불안해하거나 고개를 돌리는 평범한 소시민에 불과하다. 다만 말하고 싶은 건, 시대가 어떻게 변하든 인간의 삶은 계속될 거라는 사실이다. 소설 전반에 깔린 죽음과 종말의 이미지는, 그렇기에 단지 허구에 불과하다.

단편집이 나오기까지 많은 분의 도움을 받았다. 사랑하는 가족, 소설마다 쓴소리를 아끼지 않은 문우들, 나를 소설의 길로 이끌어 준 김종광 교수님, 부족한 소설을 끝없이 격려하신 조한욱 교수님, 교유서가 신정민 대표님과 애써주신 편집자님께 깊은 감사의 말을 전한다. 덕분에 다음 소설을 쓸 이유와 힘을 얻었다.

| 수록 작품 발표 지면 |

결합과 분리, 대칭과 비대칭이 만드는 우주의 원리 …… 〈문장웹진〉(2022년 2월)

아직은 무제(無題) …… 『이상한 나라의 스물셋』(&(앤드), 2023년 4월)

스탠더드맨 …… 『전두엽 브레이커』(스토리코스모스, 2023년 7월)

빙하의 꿈 …… 미발표작

루시드 드림 …… 〈영화가 있는 문학의 오늘〉(솔출판사, 2022년 5월)

러다이트 어게인 …… 미발표작

대면 …… 미발표작

협곡에 사는 새 …… 미발표작

이타카를 위하여 …… 미발표작

이상욱
1980년 수원 출생
2013년 단편소설 「어느 시인의 죽음」으로 〈문학의 오늘〉 신인상 수상
2015년 단편소설 「경계」로 한국문화예술위원회 차세대 문학 선정
2021년 단편집 『기린의 심장』 출간
2021년 앤솔러지 소설집 『숨 쉬는 소설』 출간
2023년 앤솔러지 소설집 『이상한 나라의 스물셋』
　　　　앤솔러지 소설집 『전두엽 브레이커』 출간
2024년 앤솔러지 소설집 『소설가는 어떻게 만들어지는가』
　　　　앤솔러지 소설집 『출간기념 파티』 출간

스탠더드맨

초판 1쇄 인쇄 2025년 9월 8일
초판 1쇄 발행 2025년 9월 18일

지은이 이상욱

편집 이경숙 정소리 ǀ 디자인 윤종윤 이주영 ǀ 마케팅 김다정 박재원
브랜딩 함유지 박민재 이송이 박다솔 조다현 김하연 이준희 복다은
저작권 박지영 형소진 주은수 오서영 조경은
제작 강신은 김동욱 이순호 ǀ 제작처 상지사

펴낸곳 (주)교유당 ǀ 펴낸이 신정민
출판등록 2019년 5월 24일 제406-2019-000052호

주소 10881 경기도 파주시 회동길 210
문의전화 031.955.8891(마케팅) ǀ 031.955.2692(편집) ǀ 031.955.8855(팩스)
전자우편 gyoyudang@munhak.com

홈페이지 www.gyoyudang.com
인스타그램 @gyoyu_books ǀ 트위터 @gyoyu_books ǀ 페이스북 @gyoyubooks

ISBN 979-11-94523-78-9 03810

* 교유서가는 (주)교유당의 인문·교양 브랜드입니다.
  이 책의 판권은 지은이와 (주)교유당에 있습니다.
  이 책 내용의 전부 또는 일부를 재사용하려면 반드시 양측의 서면 동의를 받아야 합니다.